闪念

白明 著

知识出版社

图书在版编目（CIP）数据

闪念 / 白明著 . -- 北京：知识出版社，2016.1
ISBN 978-7-5015-8192-4（2020.4重印）

Ⅰ．①闪⋯　Ⅱ．①白⋯　Ⅲ．①随笔－作品集－中国－
当代　Ⅳ．① I267.1

中国版本图书馆 CIP 数据核字（2016）第 005489 号

闪念

出 版 人	姜钦云	
责任编辑	万　卉　周水琴　邢树荣	
装帧设计	洪堂安	
出版发行	知识出版社	
地　　址	北京市西城区阜成门北大街 17 号	
邮　　编	100037	
电　　话	010-88390659	
印　　刷	保定市正大印刷有限公司	
开　　本	787mm×1092mm　　1/16	
印　　张	18	
字　　数	130 千字	
版　　次	2016 年 1 月第 1 版	
印　　次	2020 年 4 月第 2 次印刷	
书　　号	ISBN 978-7-5015-8192-4	

定　　价　49.80 元

"闪念"其实是人的一种日常微思，犹如空气中悬浮的微尘在光柱下被我们看见一样！只不过"闪念"可以证明我们存有活性的思维，就像通过微尘可以让我们知道空气里也有"万物"！

2015年12月

目录

第一辑

杂谈　1

第二辑

渐行如书　65

第三辑

关于艺术　91

第四辑

茶言微语　155

第五辑

解读自己　175

第六辑

课言录　196

附录

讲座　228

集评　249

插图　264

| 第 | 一 | 辑 |

| 杂 | 谈 |

1

世界上唯一公正的应该是时间吧！最具意志力的也应该是时间！时间从你身边飘过，悄然无息，当你意识到这一刻的时候它已不是这一刻了。此时的钟声传来已不是彼时的钟声了；此时思考的我也不是彼时的我了；我此时气息的吐纳也非彼时气息的吐纳；那平时不被自己在意，很少受到呵护的兢兢业业地在你胸腔里输送血液和氧气的跳动着的心脏的此一下也非是过往的彼一下！虽然你就是如此感慨，时间仍然没有表情不动声色地又走了。

时间被看到靠钟表，时间穿越被感知靠精神，时间成为手上的把玩是古董，时间成为被欣赏的表情是丰厚的阅历，而让时间成为有感情和呼吸的"私属"则需用心人的"领悟"。

手表上的指针按精确的振频转着，那是时间被看到的形象。时间到底是什么容颜？时间本身有温度吗？时间会有情感吗？时间是通过物质的生死来表达意志的，它自己会表达吗？时间本身有生死吗？时间有同伴吗？抑或有语言？时间站得高吗？能同时看到远古和未来吗？这想法很幼稚吧？人类一思考，上帝就会发笑！但又一想，幼稚或许就是时间送给人类最美好的礼物呢，抑或就是时间本身呢！那也说不定……

对时间的敬畏存于我们对生命的敬畏之中，时间主宰着世界的公证，时间变幻着一切，看不懂的多了才让我们去信仰宗教，看得懂的多了让我们没有信仰。时间在我们的思考之中，时间在我们的黑白头发之间，时间在让我们变化着喜怒哀乐，时间让我们饥饱交替。我们的意识和身体的反映如果与大部分人的意识和反映基本同步，我们就是社会中被视为正常的人，你的意识和反映如果早上一秒和晚上一秒，要么是成功的前提要么是灾难的前兆。后悔的哲学本质是对时间的无奈和对时间一往无前的强大的绝对服从。依赖时间的生物钟在人的生活中起着相对的作用时被称为生活有规律，如果起着决定性影响而无弹性时被称为强迫症。速度是由时间决定的，速度的强大和力量是对时间的强大和力量的几何级放大。时间真的无形无味吗？不一定。时间的形在于你思考时间时看到的形状，时间的味在于你体会时间时嗅到的味道！时时不同……

时间笑的样子灿烂吗？时间会有阴影吗？时间忧愁的时候谁在陪伴？时间也信宗教吗？时间也有思想吗？虽然我仍知道这又是更低的幼稚，但我仍愿意这样想，并愿意这样相信。这样幼稚一下应该是有利于身心健康的。我相信时间对每个人都在说着话，只是我们听不懂。艺术家应该是属于最靠近听懂的那一小部分人，因为这个职业的人是用想象力去说话的。

时间能听到吗？我十三年前的小集叫《时间的声音》，我没有将作品集叫"时间的容颜"，是因为"容颜"可以看到，却是表面及小部分，但倾听"时间的声音"却有无限可能和无限想象还有无限理解……

时间能让"在"与"不在"存于两世、分秒之间。"在"的时候多想想"不在"，智慧就有了光芒。智慧之本质是"真情"和"在"的意义！从"不在"里证出"在"，并从"在"里逻辑出"不在"，从而了然了"不在"是多么公正和不公正！"悟"既是心，也是情！更是从"不在"反推到今天的"在"的重要……

当我已不能用完整的时间读完一本书，儿时却能望着天空的云彩至日落暗淡，时间是什么概念？当今天婴儿的新生和老人的死亡可以定格在几分几秒时，两晋文人心中的时间是个什么概念？当我们在屏显上点击一条信息不能马上见到都无法耐心等候的今天，那些仍在抄写着经书的信徒的时间又是什么概念？

时间是一种非显现的深刻与公正，让人能明白些事理，去掉些小惑，产生些温情，变化些角度，获得些感悟，有了些表达，少了些外在和欲求。时间有回不去的过去和未知的未来及可能把握又常常不能把握的现在。创作于我不是"表达"，是一种排他性的"记录"！

如果认为我是读书人，我并不迂腐。如果看到我偶尔愤青，我也不是公知。如果认为我是艺术家，我又没有大范。见着我散步、喝茶、穿中式衣，我与"国学"也没什么关系。在课堂上讲课，是职业。在工作室无闲是习惯。好老物、异石，是敬仰时间。

看似平凡的每一天对许多人来说可能是不一样的，喜悦与忧伤，获得与失去，团聚与别离，同一时间！不同"空间"！

每个人的想法不同，表达却大同小异。表达的意义是给被关注者的，不被关注则无须表达。我们离古人很远，我们用想象和敬仰填补意义；我们离外国人很"远"，我们用尊重和善意弥补距离；我们离今人很近，我们却用现实和挑剔去"远离"！其实，我们能理解的恰是"古人"和"外人"，我们难解的正是自己和今人，原来"时间"和"空间"证明的是"远近"和"彼此"。远即是近，彼即是此！

有时思考会带来"恍惚"和"不真实"，对应今天的中国是这样，对应自己的回忆也是这样。这些发生在自己身上的真实的日常，依据知识和今天的现实，总有许多"片断"如梦般经不起推理，可又不容置疑。按思考中的所有前提原本应是另一种可能？知此"思考"无益，却仍不由自己，由"时间"引起……

在一个你并不想来却不得不来的陌生空间里，有时，思绪会进入常常被自己忽略的自身之内又是自身之外的领域，避开了自己的视线，真实地依着某种气息或光影，唤起的却是与这些毫不相干的另一种记忆,却是陌生的记忆!这种感觉非常美妙和柔软,让我极愿沉迷。想记下些什么,又无一丝痕迹可寻。

时间是无数条不相通却密布交织的隧道,人进入这自成"逻辑"却透明如丝织般的"隧道",距离近得彼此可以被看见,但速度和感知自成体系,相望并各行其道……

学生问我,如果将学习艺术与人生联在一起什么能力最重要,回了几字"对时间的领悟"!

"时空"予与肌体和心灵的感受大多是不一样的,这种不一样由于习惯了也就漠视了。其实我们在"时空"里拥有许多的可能,除了显现的行为,还有"心灵"在"时空"里的游玩,这种显现与隐性的两种状态同时被自己"意识"到,我想应该就叫"恍惚"。我时常"恍惚",或许就是我自认心智健康的"理由"?

只有时间无始无终!

天灰蒙,小雨,高楼里。一种清爽平静的忧郁随视线到达远方,却明知视线没有穿越多远,甚至没有越过对街的建筑。玻璃窗上的雨线近在眼前,思绪却飘向了不定的更远。不年轻也不老的我,却在二十余年前迷恋过太多老年人常迷恋的"痕迹""时间""旧物""意识""水象""灰白"……(这些都曾是我的创作主题),现在是迷恋"走神"!"走神"很美妙:是一种无感觉的"穿越";是一种真正意义的"时空游历";是一种无"我"的境界;是绝对非常态的"异域之

旅"；是一种非冥想的"一恍回视"。又一恍，陌生回到熟
悉……

我喜欢"过客"这个词，过客有动态，快一些显浪漫，缓一些
显从容；再快一些叫飘逸，再缓一些叫静闲。不管怎样，过客
是速度的一个程序：或清晰或模糊，但都很"美"。我们于各
自的人生是大过客，于自然是小过客；创造历史的和给我们的
精神喂食的人是人类的大过客，芸芸众生是人类的小过客；我
们于亲朋是至关重要的过客，于他人是无关紧要的过客；于我
们有关的任何事与物是有缘分的过客；于我们无关的任何事与
物是无缘分的过客。

"过客"还反映出我们的生存范围，我们只与这世界很小很
小很小的部分空间发生联系，所以一切自大的宏伟都是自以
为是的"过客"。人生最大的过客是"拥有"的"过客"。
"过客"将我们定在一个时间短暂、空间窄小、情感悲观的纬
度中。"眼光"不仅关乎我们看到什么，还关乎于我们在看到
中取舍什么。视线的落脚处可能是我们想象的起始处，想象飘
到何处就不以这个落脚来牵引了，这正是思想美的本质和意
义。但再丰富奇异的天马行空的美学想象也要靠落到实处才能
得到意识的确认，否则联想甚至是不被联想者自己尊重。而这
个产生美的实处则存于我们生活的周围。"过客的眼光"是我
的层面和我的角度和我的生活，艺术创作是我以"过客"身份
向我"过客着"的世界和社会说话的一个方式。这是一个被动
的"过客"，但我却无法更改我"过客"的程序，成为另一种
"过客"。

欣赏被"过客着"的这个世界，体察身边的美学和智慧，享受至高的家庭依赖和本来就很小很小很小的自然空间带给我们无穷的微小乐趣才是一个合格和成功的"过客"。将眼光变得祥和，享受"过客"的快乐！"过客"的深层意义还暗示了我们对问题和现象的研究和反映不可能真正做到透彻和准确，表象具有粉饰一切的功能。

"过客"的另一个深层意义还暗示了我们不仅不容易看清事物的本质还容易健忘，因为健忘所以还容易执着、固守和恋旧。这给了记录和反映这些"过客"们的行为和感慨的史记、文学、艺术和影像等一个有意义的存在，欣赏、学习、收藏和研究才有了体系和各自的专业。"过客"们各自过着，而这所有"过客"们的记录和反映就成了文化。在哲学本质上，一切有益的关于物质和精神的记述、创造、发明都是源于生命对"过客"现象的深层恐惧。

青春年少时，无所畏惧，"死亡"二字是遥远的南极，既不会提也不会想；生命健康时，"死亡"二字是可以随口发声的一种调侃，在心里却是毫无挂碍；力不从心，年岁渐长时，"死亡"二字偶有提及，在心里也存有隐形；病难随身，年岁已高时，"死亡"二字很难启口，心里却常有念及；如你或你所爱之亲人身有绝患，那"死亡"二字就成了口中的避讳，在心里却是时时地占据；当你亲临亲人挚友的离别，"死亡"二字就是那一刻两界的"解读"，让你永不能信，永不能释！当孤独、敏感、怀念和思想成为一个人的生活主体并必须面对常常见到和听到的各种"死亡"时，"死亡"就成为被思考和研究的对象：既恐惧又迷恋，既精神又肉体，既想象又体验，既无关又切身……此时，"死亡"已不是单一的最终生命指向，而是与"生命"有关的双向延伸和一体共融的转换！

一好友长兄发来短信询问：以我之状态和年轻如何思考起"死亡"来？呵，他想岔了。这只是想到即发的感慨，证明此时此刻我思我想而已，仅此而已。没有"死亡"何来畏惧，何来美善？何来敬爱？生活在思想和哲学中的人，对"死亡"问题有天然的关怀和投入的浪漫。我清晰地记得童年时就曾纠缠于这个让我在许多年以后才略知一二的话题，这个话题从此就如影相随了。宗教里，文学里，艺术里，现实里，人群里，意识里，身体里，亲情里，光明里，阴影里，正义里，邪念里，欲望里……无处不是将最终的归途落在了"死亡"上！这世界上唯一公正的是"死亡"。思考"死亡"是需要纯粹、严肃和勇气共同对待的深刻话题。思想得越早自身的获益越大：能看淡别人看不淡的，能放下别人放不下的。能将从容、淡定变成风度和容颜，能让自己成为接近真实的自己。思考"死亡"，仅此而已！

"远"是空间和距离，却是想象与激情的落点。"远"的神秘和"远"的未知正是填充美好和理想的场域。东方人对"远"的倾爱更是因为这种审美的"远"是一种无法被证的"自由"的美，这种"自由"是人性浪漫的祥云，依着性灵在空中飘逸升腾，若隐若现，由着心性的"云"与之呼吸。

记忆的本质是情感的。可以自然自动地甄选被记忆的往事并附加岁月而改变其初发的"性质"，这是每个人自成系统的生命活动，从不停息。时间将许多的事淡忘，又将许多不经意的小事慢慢抚育成可以让我们感动并能从中不断生发出鲜活的"记忆"来的记忆安慰。被不断加深和记起的往事，越小越不起眼越被自身忽视或越是我们需要的"健康"依赖。

人们使用"记忆"最多的地方是获取知识，并依靠这个能力获得事业上的成功，但人的幸福感与"知识记忆"联系并不紧密，能深刻影响我们生活的是"情感记忆"。

生活环境的变化太快，让怀旧的年龄大大提前，原本缓慢的群体式怀旧变为个体怀旧。怀旧有时并非总是真实的回忆，怀旧有时是怀旧的人在顺着他的内心不断地改编"回忆"！怀旧虽然美，却是深浅不同的忧伤！

岁月如丝，缠缠绵绵，很厚却温软！明明不想怀旧，怀旧却来了，明明想深陷怀旧，怀旧却在那温软的外面。

宇宙入心！个人是有限的，因有限才让人充满智慧：宇宙不知道人类"存在"，所以我们最好用一半以上的时间过好我们自己的日子，余下的时间用于事业和创造，"精彩人生"在平和且唯一的个体生命面前，意义没那么重要！

冬日里在明媚的太阳下晒着，安静地看着天空的蓝色里泛出暖暖的黄调来，遥远的"无"里竟全是童年心象的"有"，脑海里生出"壮丽的苍穹"字样！我们就在这样的苍穹下比光速还快地闪过，却可以缓慢地享受着日照并缓慢地思考且觉得人生有趣。

我们人生的旅途中，熙熙攘攘，思想之门的钥匙和自由的行李却常被我们寄存！当需要慰藉时，已想不起寄存的地方在哪儿。

"距离"是个神奇的空间，不仅改变视觉还改变观念！"距离"虚化了细节，让人容易生出宏观；"距离"让人充满想象，容易产生创造；"距离"让人隔断得失，有利准确判断；"距离"让人滋生善念，容易生出浪漫和美好……

我们很少去思考上一秒和下一秒的不同，日复一日时，它们没有"区别"。当情感异化、当结果改变、当生死转换时，这上下的不同几秒就是"两个世界"，人们感慨的是这重大的"时"不同，忽略的是无异的相近。时间之于生命，每时变化细微，实难察觉。无奈日积月累，一旦显现即是强大的意志。

2 /

我其实并不喜欢糯米，但却喜欢粽子。我并不多吃粽子，更喜欢闻粽香。并不只是闻其香，我更喜欢看它的形。并不只是喜欢它的外形，我还喜欢看它的内心！古人怎么会做出如此美雅的简朴食物？为着纪念一位气节高贵的文人。粽子的形状多美呀！不用视觉细抚和加上思考便不知其隐藏大美的神奇（极简主义造型让我们会联想到许多现代美学和流派）。糯米泛黄的白的莹润华泽，在粽叶暖暖的青绿色衬托下显出的静美让你透不过气来！一片的清白。粽香是需要闭目深吸细细体会的，粽香飘来也可以治疗乡愁和鲁莽的……粽香在汉人的记忆里飘了两千余年！如果能邮寄一种气味给我的未来，我希望是一缕粽香！

兰溪白枇杷让人很爱！虽说今年的白枇杷因天气原因不如往年，运到北京后也没在树下摘尝那么鲜美。但其色黄白，绒毫细柔，体量小巧，形态一致而各不相同，皮薄如竹衣，饱满温软。成熟枇杷去皮极易，掀下的果皮自然卷曲，几可透光。无论你如何小心怜爱、用力轻盈，汁液已顺手而溢，雅香渗鼻。

果肉牙白，入口透香，切不可速咬，轻合牙床，再用舌将满含汁液的果肉一抹即化，由味蕾而心会：甜而不腻，香而不魅，柔而不软，滑而不粘！有微醉的得意和文人特有之想象的飘逸！

我景德镇工作室开馆，几个朋友送的红酸枝书柜和巨大的巴西黄花梨木桌让我每次看着摸着用着，心里总是觉得应该是宿命信缘的！如此几百年上千年的上好好木转辗几万里，竟静静地安置于我的书房、茶室和工作室，与我朝夕相处，为我安神静气，悦我性情……无缘又何至？

朋友送来几枝自家院子里折下的盛开蜡梅，插在宾馆的长形玻璃瓶里，房间里有了早春的气息。蜡梅的嫩黄有点厚，对应着朴实的枝节又略显娇弱。梅香怡人，却儒气略重，近嗅有蕊粉之味，稍远适宜。我虽偏爱白梅，但有蜡梅可赏也是春节一雅。

院子里一老盆景被我忽视了，小雨中闲踱，见着，一惊，自然太自然了，上上茶人境界。盆里乾坤，含着禅意妙语，却是寂静无声。一时出神。

柳帘丝风摇，唯她能稳秋！

感动着荷一生的形态美雅。任何的季节，任何的天气，任何的角度，任何的心情，荷都能以其形色的动容、淡定迎接所有投向她们的视线。无论疏散与密集，青春年少与阅历丰满都是素面纯朴、本真天然，穿插交合、舒合安泰。

枯荷也灿烂，无丝毫做作地将情色交与天水，裸露的筋骨是骄傲与无求的满足，并散发出太阳的味道来。驻足静听，荷阵撼胸。

荷、风相融，摇曳生姿，伫立，走神竟是清空！

一片叶子飘落在慢镜头里，在地理频道，极静极缓慢地飘落，见到一自然落叶的真实情态，又生出了感慨。这叶由生而长而黄而枯，从未被关注过，而落下的这瞬间却被镜头捕获，一闪而过的自然之景被巨大地放慢，被巨大地注视，这一瞬，一叶如"释"了！叶只是"自释"，无选择，来即来，去即去，见到这飘落了，却让我更想知道这飘落之前其生长的精彩来！这叶生于何处何枝何向？落于何地归于何方？我们看到的是"如释"！镜头里的震撼源于极朴素的真实，我们的眼睛比镜头见到了更复杂和记录了更浩瀚的真实，只是我们少了关注和回放。

银杏树现在仍是无叶的光枝，却是让我能注目细品的树种，树形简单，情态也简单，但"银杏"的名字和树身的肌理、质地却仍有着特殊的场息。气质干净，枝节却长得自由，甚至有点唐突，枝头如钉，略显生硬，这种"不拘小节"的生态带着一种见多识广的风度，且并不张扬。人们对无叶的银杏是漠视的，至少是少了关注，只因其树的平常与低调。确实，冬天的银杏苍劲不如松，抒情不如柳，清雅不如竹，肆意不如藤，孤傲不如梅，但银杏的独特恰是在这些"异"里显出了不温不火的安详和无求。相望，一想这"无叶"的枝头上的每一叶苞转过几日十几日就抽出了绿芽，且是一种绿里泛黄如"白茶"

般惹人怜爱的嫩绿来，再想着这绿还得往更绿里长，叶脉清晰得可以用视线看出触觉来，且是那种有精确度的触觉。叶形如扇、边缘似浪、春来满绿、秋来金黄的银杏，最惹眼最美丽最浪漫最风景的当然是银杏的叶子，这由绿转黄的所有颜色均无可挑剔，从青春之绿到金黄灿烂的每一天都值得关注和期待。

银杏的黄是那种仅一棵也能在林子里被看到并吸引目光的美树，成片成排不仅是美，简直可以说是一种伟大的壮观。银杏是古老的树种，被尊为活化石，这样能带来远古气息的树种在今天不是很多，这足以说明其拥有的适世能力和无限生机。透黄的银杏叶被我收作书签时是在二十八余年前，那时银杏就以其独特风雅的色、形、质，成了我书页中的插伴。那时就幻想着要在自家的院子里植上几株银杏，能时常近树细观和隔窗相望这样的"化石"抽芽生长，看着由绿转黄，看着黄叶在寒风中飘下偶尔几片或十几片风情的"小扇"来，铺黄了树下的地面。其时要再落些白白的雪，该是怎样摄人心魄的美呀？我一定会立于树下，入此美景，成为被观者。只要有能走的过道，我是不会去全清扫这院子里的银杏落叶的，除了捡几粒银杏的果实替这树收着，就让它们回到天然，无扰地休息。这样的情景，我以为只是多感的想象，但现在却真的是在自家的院子里拥有了十几株银杏了。对着这还未出绿的银杏树，看着就生出了满心的欢喜，映出了上述的画面，好似曾经的经历。虽然还是无叶的银杏，由着这样的想象引发，还真看出了这美树的不同来。

一片银杏飘落在身上，一时恍惚，扇形筋脉下优雅的长长细枝牵出的是手心里可近观的"失落"，似该叶与己熟悉，一叹：

刚才还在枝头，现在却是分离……

风吹过，校园里金黄银杏叶时密时疏地飘下，落地的声音是那样入心，这是怎样的一种成熟的、无碍的、宽仁的、放松的"天语"？听之动容，却是一种"释然"的动容……

南方园林中长在园角、石旁、天井里的芭蕉，我原是不怎么喜欢的，但文人墨客们喜欢自是有道理的吧。芭蕉形高，叶宽舒展，随风摇曳，情态着实好看。芭蕉的美在于其"柔"。外形柔，内质也柔；叶展是柔，未展也是柔；叶脉如丝是柔，叶形如浪还是柔；叶挑向天是柔，叶垂向地仍是柔。芭蕉生机勃勃时能"听出"舒节延展之"声"，能读出张扬四溢之态，能品出妖媚传情之貌。来时绿如碧，去时瘦黄枯，无长久，青春总难驻。

芭蕉伴石，一阴一阳，一柔一坚，一动一静，一季一恒。荣显繁华，枯显禅机！恰是生命感慨，既是哲学又是美学，既是物性也是人性还是悟性。古文古诗古词古画多有写描，芭蕉喜阴，总是对应着女人之娇，对应着美貌之瞬，对应着青春之短，还对应着"异灵"之"惑"，所有的对应还对应着惆怅、留恋、惜爱！由此，芭蕉原是引发"悟性"的情态之"物"？芭蕉的以上特质更加衬出了石的"恒定"，使"恒定"之容的不动声色充满了"阅历"。我工作室外不远处植有一排芭蕉，多年之物，无人管束，已是天然之态，高过二层瓦屋。虽无石相伴，却四季不同形，每每见之总能驻足一视，也算是慢慢寻出些古人爱此物的缘由来，既证了自己对"物"的不太愚，也证了自己心智成熟得太慢。

徒步回家，清华园里老树不少，老树大都长着青苔。青苔在视线里有奇异的妙不可言，突然让心生出了柔软。阅微善待，人的目光触碰到这样的"微"而且产生了呼应是何等的温润慈爱！我见不到自己的目光，但我见到的青苔一定感受到了。

冬天的树枝其实很好看，在阳光下，在白雪里，在冷月中，无叶掩修饰，无乱色干扰，本真得毫无防备，好看得让人动心，只是它们自己并不知道！

门口的吊兰已冻坏，原来绿白相间富有弹性的可爱兰草现在已成透明状软软塌在水槽卵石上毫无生气，模样让人怜爱。蹲在边上抚看，惜惜又惜惜。

创作间隙，在院子里散步赏雨。我新种的紫竹在小雨中翠绿新芽挂着水珠，对比着其他未掉落的闪黄泛白的大叶显出异样的生机，而新枝上竟有一小蜗牛，在雨后初露的阳光下透着光明，让人战栗的感动！

喜欢丝绸像是天性。小时候养过蚕，为采桑还爬过树，至今还记得采桑时手上叶子的具体大小和闻着的清气。与桑蚕有关的记忆让我有隔世般非真实的诗意联想，似乎那真实的经历是发生在他人身上而我只是羡慕的旁观者。将桑叶和幼蚕放在清洗干净并在盖上打了几个小眼的大"雪花膏"铁盒里，每天小心呵护，上学下课带着，看着这天虫长大，看着这长大了的蚕爽爽地吃着鲜嫩的桑叶，那特殊的蚕食之声是我能听出快乐来的真实声音，那时并不知"天籁"一词，却领略了这词的快乐。再大些的蚕就换在纸盒子或竹器里，这样柔弱软棉的蚕虫就这样靠着嫩青桑叶的生机，在春的季节里的某一天到了这天虫回馈的日子，竟能吐出透明的细丝来，且织成形态极好看的茧来，这茧的颜色该是这世上最具宽慰感的白的色彩了，这白白的茧经水烫煮后就能抽出用于织绸的丝来。

"丝"字最早的写法如两条辫子，那应是从热水中捞出的蚕丝形状了，这过程很是神奇。种桑养蚕的行业和丝绸的发明是中国最无声地影响世界几千年的"善行"，能识这"天虫"的人是何等入微和智慧，这是上天赐予东方人了悟形态、生命、转换、时空的启示之物！丝绸的光感、质感、手感都极大地诠释了什么是"天然的高贵"。"丝"字本身就显出讲究和精细来，"绸"字显出的是情态，柔、垂、滑兼具。丝绸于人的皮肤是那样天然适宜，人身体较敏感和柔弱的脖子在冬季就常用丝巾来照护着，更不要说做成衣服贴身而穿了。

因丝绸，在古代的中国与西域的通商中造就了伟大的"丝绸之路"，后因中国的丝、瓷器与茶的贸易又成就了著名的海上"丝瓷之路"。因丝绸也造就了中国的织锦、中国的刺绣、中国的色染（当然是与棉织一起），因丝绸也成就了伟大的唐宋绢画与工笔重彩。因丝绸留下精美绝伦的中华服饰，留下无以计数的工艺技法、针法、织法等；因为丝绸，也留下更多的墨迹法帖。因为丝绸，成就了"天府之国"和"苏杭天堂"的许多风流。丝绸的美丝与缠绵有关，所以许多男女情爱的"荷包"传奇都会牵出丝绸的身影。丝绸还是一种极易引发文人联想的媒介，可以说一些浪漫、华丽的词句和故事是在丝绸里飞翔而来的！因为丝绸，我们有彩绸之舞，因为丝绸，我们有屏风、帘帐之趣；因为丝绸，我们有扇里千秋；因为丝绸，我们有伞下风光。没有织成绸的丝是音乐的玩伴。古琴的弦就是丝弦，我们民族弦乐里的多数弦、弓是由丝做成的，这丝竹之音在我们头顶的上空已经飘了几千年了。

蚕丝与我们华夏人的生活、审美实在是"丝丝入扣"的。丝与绸，是一种让人见着、用着、想着、读着都能生出无限感慨，兼具浪漫华丽又天然朴实双重品质的"灵物"，"柔软"地承载着中国的"生活中的美学"价值。又一想，这样的"神品"竟是那小小的白色"天虫"依着青绿的桑梓，吐出的极细又绵长的丝液化成的！我们用怎样的敬畏和珍惜能回馈这"桑蚕"对我们人类的恩赐呢？我听说过有"梅冢""茶冢""花冢"，我们的"桑冢"和"蚕冢"在哪里？我想，在我未来的小院子里，一定要植几株桑树，养些美蚕，依着"天虫"，回到儿时去。

到杭州丝绸城一逛，由丝绸又生感慨。西方人说中国人没有浪漫，是巨大谬误和盲目自大。西方人的浪漫更多的是情感和男女风月。中国文人对浪漫的享受是全方位的。如发现蚕丝并制成绸缎，这就非常浪漫，且是一千几百年来为世界人迷恋并一直享用的真切浪漫。以"天虫"为此神奇小虫命名的本身就是浪漫。中国人还发现一种植物的嫩叶能与人的健康、心灵与精神及美学有关，以"茶"名之，如何了得的浪漫！

中国人还发现了一种罕有的天然石髓在千万年的河道里冲洗后的温润和君子之德，并命名为"玉"，更是惊心得让神灵也动容的浪漫。中国人还发现了书写形式与心灵深处的亲情关系，发展了"书法"这门奇异的艺术，又是何等浪漫？中国人还发明了用高岭土和出于水成于火的如玉、如馨的瓷，青花之蓝已成国色的浪漫！中国人还发明一种看似轻盈舒缓却能以静制动、以内御外、以"气"为核心的武功，并以仁厚、修身为最终目的的"太极"，又是何等悯人的浪漫？中国人的浪漫还存于古琴，存于风花，存于雪钓，存于松竹梅兰，存于语言之韵，存于士隐，存于高格，存于龙凤。还存于望云观月，存于叠山理水。甚或存于残荷、孤松、流水、独桥和炊烟。

一夜读"蚕"书，生出许多感叹：感叹自然造物神奇！感叹先人智慧！感叹这样的"蚕"字由"天虫"组成！感叹念着"蚕"字能心生"禅"意！感叹这天虫吐出的丝液能织锦成绸！感叹这幼小的生命竟能依着温度和光自己选择诞生的时间破卵而出，与桑叶的生长同步！感叹这样的"天虫"携着青绿万益的桑树融入我们的文化和生活！感叹自己有幸由着"天虫"的一生自我解惑……

金瓜家又添了窝小狗，好可爱！好好可爱！用手摸着，小狗竟围过来，往你怀里钻，舔着我的手，痒痒的。小狗暖暖的、肉肉的，毛色各不相同的短尾时快时慢地摇着。单纯、干净的眼神在人类中已极奢侈少见了，望着你，让你无法挪步。

香樟树很招人爱，也惹鸟爱，见一小灵鸟在小雨中停在樟根的顶端，低头振翅伴着欢快的鸣叫，竹枝间和院子的树中也有几十只鸟和唱，望着突然有种幸福的感动，眼睛也如这雨天般的湿润了，只不过这湿润与人的体温一致的温暖。

工作室周围的鸟叫声充满欢乐！今天是否有鸟过着生日或是鸟

的节日？如此高低起伏、长短相较，且清澈和畅。好久没这么美美地享受鸟们的欢聚了。休息时也一改以往在院子里散步喝茶的习惯，就在工作台边坐着倾听，不想打扰它们！接电话更是轻语。鸟鸣无意，我却感动。

一路上到处飞着蝴蝶，是那种乡下才见的不大的白蝴蝶，时高时低地飞着，线路不定，起伏异动。翅膀一张一合让白色带着闪烁，在绿树和路边草地上如白菊般兴奋着我的视线，甚或成群地停在路中央，车近时才从容闪起，飘飞着四散，浪漫之极。这种鲜活的白色的肆意穿行充满了自由和欢乐，让真实的田园具有了美学田园的提升。这地方叫"梅溪"（江西余干），名字就让人充满着浮想，过去应是文人隐居之地吧，梅花绕溪，莲荷飘香，何等风雅？蝴蝶识文，翩舞赋诗！只一想象，梅溪已过，这如闪的"白"亦少了。

一夜雨，属中等偏小的雨，平均略有变化的自然的雨声。能听出哪些是雨落在屋顶，哪些是掉到地上，哪些是顺水槽而下，哪些是从屋檐倾泻。魏、晋、盛唐时文人写雨无数，但雨声决非今天我于夜中所听！没有了钢筋水泥的干扰，那时的雨声更能引发文人的诗意，那时的雨声应是天籁吧？

看HBO，一场大雪的景象让我平生感慨！片片雪花飘落在何处自己并不知道！虽美丽但却极易被"伤害"！寒冷让结晶更坚硬完美，可掉落时却易碎，略温暖又让雪花异形而不够完整，我们怜爱地接住能落在手中的雪，却融化在最能显现爱的手心……如人，平庸者易存，完美者易伤，过爱者易折！

日光照雪，喜气暖眼。为何南方的雪景总是比北方的金贵和美丽？不仅是南方雪少，重要的是玉白之下掩不住的佳木青色和果硕生机显出雪的性灵来，也显出更接近心灵的自然美学来……

绵绵的雨持续地下着，粉墙黛瓦中的岁月之痕多出了细白的线条，伴着熟悉得让人容易走神的滴答雨声，视线明明是聚焦一处，却是如烟般弥散开来，伫立，一切被收纳的光影近在咫尺，思绪却依着这清晰的眼前引向了遥远的孤意，在密集却明显并不乱律的雨声中慢慢听出了"静美"的智慧！

站在长白山绿渊潭的瀑布跟前，近在咫尺，水量巨大、速度极快的水直冲而下，在十几米的空间里尽是水珠、水雾飞溅，满身润湿。裸露着的肌肤被雾水抹得透凉，和着连绵不断闷雷似的惊心之响，让心胸备受震撼。瀑布是水的极致形态，柔软至极、润物无声、深流的静水，在此却是彩虹英雄！一种舍生忘死的浪漫，一种自由飘扬的潇洒，一种集体跋涉的豪情。山中的瀑布是一道闪电，是书法中的狂草飞白，是天地舞台的轰鸣鼓声。瀑布是大山美学中的诗歌，却是灵性飘逸的自由美诗。

瀑布是活着的生命，看似大形"不变"，却是瞬息万变，每每视之都是新景。此景于山水于我都是唯一的对视，唯一的谋面！闪念之间，此景已变，此水已新。

想着，又回到现场，身心仍是震撼，仍能还原出被巨大的声波和水汽侵略得有些麻木的身体感觉，思维却是让瀑布感染的无比活跃，无比快乐。大瀑布于今已是难得一见的珍稀景观。

这闷闷的水声一直传来，是那种有着深深恒定的内在力和涵养的闷闷的声音，声落声起的两声中听不出具体间隙，却能感觉到那隔窗传来的闷闷的音频里的涌动和"见"到发出这音频的海浪的模样。随着这起伏之乐，在我的眼睛里是蔚蓝和碧绿，以及这蔚蓝和碧绿遥远的交汇处的微微的灰白。近处里在碧绿中一条白线由近海处扩展向我的视线靠近，且由直直的白细线渐变为曲粗，并生出了密密的花瓣，形态渐起，将这白白的条状花形托到它们的力量所限的高度，突然倾泻到那细细的沙滩上，留下倾情的滋润却是付出了所有的吻痕后迅速退却，另一浪又来了。这图色就这样伴着这闷闷的起伏，在我略清醒时即占据着我的意识和我的视网膜，音形配合得天衣无缝。推开客厅露台落地窗，涛声轰响……

静观天云，如列阵移动，山显出了恒定，人也显出了"恒定"。再看，云未动，是我们和地球在转动。天云下，有鸟飞过，云未动，地球未动，是自由的情态在视线里闪动。风过耳，闭目，除了人在飞，一切均未动。

云雾无形，却能改变我们对有形的看法。山、峰、树、石在云的漫过飘浮中显出轻、灵、秀、美、逸、趣来，变化万千，惑了视线，幻了感觉，诱了想象，移了时空，显了生机，换了"人间"。

3 /

古琴在琴桌上一放，无声的安静里已充满了音符，在散漫的光中丝弦有着无上尊严！古琴的美有着雍和的中正气度，温润安详的光泽传承的是仁厚，讲究的造型流线几如智者的浅吟，这种能发出天籁之音的琴一经触及，就一直陈放在我心里！并从此觉得胸中有"物"。

好手表，不仅计时，好手表表达的是时间的形象，一定是严谨又浪漫，严密又优雅，复杂又简单。小小空间里倾注了艺术家、工艺人、制表匠对时间形象的无限想象和定义。自铊飞轮技术的出现，手表已是由无伴奏和室内乐变成了交响乐团。时间的形象由此变得丰满而复杂、多样且充满个性和智慧，如哲学流派的林立，各成体系，各具逻辑。在这个小而又小的空间里用金属的表情和结构诠释时间的形象和意志比一部《时间简史》来得要更复杂更困难更具挑战，关键是这是一个给时间下定义的小空间，指针的转动是活着的时间的生命，是真正的与时俱进的步伐。每一个小小零件的设计成功都是一个时间殿堂里的支柱和铭刻着的碑文。计时工具在远古就极受重视并具崇高地位甚至受到祭祀，这表明人类对看到时间的样子是多么敬畏。可古代只是看到白天太阳的方向和投影的样子，夜晚的时间被彻夜的黑暗了。机械的转动和摆动装置计时器的出现不亚于当时车、船的发明。怀表、手表的出现就像飞机的出现一样伟大。精致的机械表不仅有时间的美,还有金属的美,手艺的美,艺术的美,甚至还能看出制作工具留下的美来。所有这些加上无数历经磨炼为时间造像的人文精英的创造,变成一款小小的手表,带在你的手上。时间在你的手里,是何等浪漫和"富有"。

一直对陨石怀有敬意,十年前(2001年)在哈佛博物馆见到的陨石切片纹饰竟是中国的太湖石,更是让我生出了奇幻……穿越时空。茶几旁的书柜里摆着一粒几年前我在西藏米拉山口停歇时淘的小陨石,抬眼即见,这深色的珠子如枣般大小,重却非铁质,表面晶体密布,黑褐两面,无须上手把玩,思绪已入"天际"了……

这形若狗头的陨铁总是让我恍惚了时空,一种熟悉又完全陌生的金属内部交织出如天空中观察到巨大的城市纹脉,意志坚强,交织复杂,秩序又自由!这些结构经由太空飞逝,与气体产生反映,于软硬之间的极限状态里形成神奇。不知来于何处,不知落于何地、何时,被何人拾起,又经无数人抚慰,缘分注定安于我室。

陨铁于我是心灵世界的一块磁石,具有神奇的魔力和神奇的向往。想象这从浩瀚的宇宙空间飞向大地的天外来客携带了多少光芒、速度、热度?转换了多少时空、物质和能量。目之所及、手之所握的信息全是浓缩的苍穹……

造纸的历史走到了今天,几万种纸应该是有的,但唯有中国的宣纸最让人心动，最有讲究最有表情和美学价值。宣纸的形状就美，不说保存着纤维边缘的纸，裁切过的纸一整刀舒展卷叠着的样子也很耐人端详，似正楷般不露锋芒却平坦富有韧性。整叠纸展开再掀出一张张来，纸声绵软，下垂感很浪漫。纸质温润，色白，但不惨白、不空洞、不冷漠，是丰厚的一种白，且呈祥和之气。纸质软柔平滑，略透光，纹理繁复丰厚，似绵似丝似云烟，涵养交织着细密的生机。若是老纸则褪尽火气，阅尽岁月，如主人善待又存放于江南的旧纸则不可擅用，纸本身就可悬挂欣赏，痕迹若隐若现若"禅"意，近嗅有"春秋"气。宣纸是我们的祖辈赠予我们的文化礼物，水墨之所以成为水墨是因为有这大美的宣纸。从自存的一箱箱宣纸中取纸的过程，是自觉感知的过程。最神奇的是宣纸对墨色精神的呈现，这是中国宣纸品质的伟大之处，这又是另外的话题了。

汉碑拓片实际上就是一幅幅独立的石版画。是汉语法度和汉字美学与汉代书家、碑刻家与石材性情在两千余年的时空中共同完成的石版画。中国人的视觉先天就是幸福的！

越来越喜欢品玩碑拓，这种人为留在石头上的字被称为"石上千秋"。石载着文字，穿越寒暑，既有笔墨行于纸、绢、竹、木上的柔韧，又有刀刻裂石的自信，还有岁月万千的风情。一层黑色已经懂得墨与石的能巧之人的施予，反衬于纸背，却通过正面让我们识得这文字穿越和携有的天人物宇的文明密码之全息影像！

汉字智慧！"儒"，人之需也，儒学，即人需之学，治人与被人治之学说。"道"，用头脑指挥行动，在天地间游走逍遥。

道学，心治之学说。"佛"，非人也，无俗人之习性、欲念。佛学，虚治之学说。"基督"，从细节基本开始督导，日常中要不断自醒、提示、监督才能"净化"。所以中国要人之需的"儒"；西方要日常相互基本监督的"基督"。

古琴曲"幽兰"，据说由孔子谱就，唐时被传至日本，此谱后由中国琴者抄录回国。找出管平湖弹奏的"碣石调幽兰"来听。此曲谱解题说明传自南朝梁代的丘明（494—590），是史上唯一所见文字谱。细听冥想，幽兰之情态肆意、平凡、寂寞又孤高并具王者风范的品质是怎样被孔子化为琴音的？努力地想象却也是无从还原孔子周游途中遇见兰草时的真实心境。但我已足够幸福了，只因于今能听到孔子的琴音。

渲染着青花《瑞屿祥云》文君长瓶，突然感慨和感激起手中的毛笔来。中国的毛笔真是个神奇的工具，是上天对华夏人的偏爱和恩赐，因为这笔和围绕这笔诞生了许多的技法和审美，是哲学也是舞蹈，甚至是武学。如此柔韧，如此美丽，如此神奇。让我能依着"她"制出如此顺我意顺我眼的瓷来。笔带着料、携着水在瓷坯上来回地揉染着，带出了无限的变化，视线和手、心竟是由谁牵引着，一时自己也无察觉和判断，只是这样的"顺应着"，这样一直勾勒、涂绘、渲染、水润、点划。一切都是这被称为各种"毫"的大小不一的软软的笔带出，就在这软毫中诞生了我这许多的被称为"东方新古典"的青花作品。并由作品带着这笔的痕迹和性格进入世界几十家博物馆、美术馆及众多藏家的手中，成为画集更是进入了世界各地。这笔的灵异到今天才有感悟、慨叹，可证愚钝。

中国就在这软毫中诞生了一种被美学里称之为正派、气度、豪放、雄厚、潇洒、弹性、张力、柔韧、浪漫、飞扬、散逸、朴素；写实，写意，写情，写真；山水、花鸟、人物；楷、行、草、隶、篆，直至仁爱、友善、温和、风雅的漫步从容！这笔中的柔软、含蓄的功能和人的造化是人类文明的云天信游。中国是世界上唯一使用单一的最柔软的动物毫毛制出工具，和符天顺地的植物材料制成的温润棉软的宣纸和水墨，来表现最丰厚最内涵最坚硬的物质的形神。宣纸和水墨的软柔暂不提，仅就这笔的棉、和、柔、软就是无上"神物"。横、折、竖、勾都是法度，而法度恰是精准与认同并能追慕的人类审美规范的契合。快慢、干枯、尖平、厚薄、肥瘦、满亏、润燥等都是情态，并能流派缤纷、新旧两立。

一支笔，承山水日月，记风流万载。于柔中显山重，显水智，显物性，显人魅，显石硬，显情软，显云散，显天高，显书智，显理哲。一竖似藤，一折如铁，一横示稳，一飞带风，一顿安山，一挥天虹。如此，宇宙剧场尽是笔尽情欢的舞台，挥洒出食、色、性的日月光阴。由软生出万物来是"道"，以柔和克刚硬是太极，以虚为实、以涵为用是美学，笔是身先士卒、身体力行的楷模。笔以各种动物毫毛制成，形成各不相同的弹力和含水量，并由此造就了不同的"笔性"。中国人的手感实际是由长期使用毛笔带来的对"妙到毫巅"感悟的培养，所以文人墨客不仅发明和讲究了无法用数量和文字记述的技术技能技巧技艺，且培养中国人的独特审美和对"心悟""心证"的无限尊崇，造成了由笔的痕迹带出的品读和想象，似极了"道""禅"的本质，为何真正的大文人能脱俗，恰是此吧。

"把玩"也是由手感的细腻造成的一种享乐，而这也可能是由笔悟带来的"副产品"。书法成为艺术更主要是由中国的毛笔献身而就的，不仅是艺术，更是人生哲理。下笔收笔讲究藏锋和收峰，行笔讲究中锋，转折讲究力度，整字讲法度，满幅讲气度。中国书法讲"气"，行草狂草更是讲究气的，而"气"靠的全是感觉，且是武学精髓，如此"抽象"的品质，全是由软柔的毫毛带来的。想着这笔，散逸飘浮的不仅仅是想象了。毛笔，今人因平凡而不及、因普通而不顾、因曾用而不护、因久远而不奇、因简单而不思、因难悟而不喜。毛笔离我们华夏人的生活已渐行渐远，且日行日远了。华夏人溯源的能力和领悟文明的能力，最关键的是领悟审美的能力与我们远离毛笔一样，离"她们"渐行渐远。对我已用过的已有一定数量的各种毛笔，从此我会收齐存放，这是我的感激和尊重！是我回应自我上述感言的一种态度！

工作室里的几枝老橹是朱兄送我的。上次我们去乌镇时看见遗弃在路边的随意摆放的废橹，那种特殊的生活和岁月的美让我一见动心，当即找人要买下却不得。这几枝橹是分两批约半年后才到我工作室的。现在正静静地在我工作室里向注视她们的人释放出她们的身世阅历。一根橹，结合了桨和舵的功能，这是一个平凡却无比智慧的伟大发明。好物件一般都美，这是生活美学和工艺美学的基本前提。橹就很美，像极了汉字中走之旁下面那有力又浪漫的一笔，而且是颜鲁公的正楷笔法，而且是利用羊毫的弹性在腕力的控制下由轻而重地一压一拖一起而完成的那完美的一笔。汉字的走之旁变成长而又长的橹，在水中左右划动，船就贴水缓然起航了。这潜入水中的橹摆动带起的水纹是一个又一个充满力量的旋涡，如水中的"太极"。这摇橹的人可双手摇，也可一手缆绳，一手摆橹，情态甚是好看，如是少妇则更是风情了。这橹制作也很见讲究，摇柄与橹身是相镶而成，有些缠上藤条或细麻绳。橹身上有铁或铜的包边，既美观又实用。摇的动态有舞蹈性，如"摇"这个字发音的动听和浪漫。这橹被王世襄称为"柔橹"虽突出了橹被看到的美，但却未现出橹在水里的筋骨来，这是船获得前进的力量之所在。工作室里的橹是旧橹，该有几十年了。最先使用它的人可能已是老者了，这橹见过的人和物，经历的丽日和风雨是一本厚厚的书。它的无数次的来回摆动不知"度"过了多少的缘。看到它们，似乎也就看到了橹服务过的船和橹摇摆过的河。如见到钟摆，得到的是时间的模样。

喜欢旧物，但不好古董，这很奇怪。朋友说以我的资质和接触美器的缘分应是喜欢古董才是。我也愿看古董，但只去博物馆看珍品，一般形质的不看。况古董和皇室之物天性孤冷，未必有来自生活和自然的旧物让人觉得亲切，但我却又不是个"民艺"主义者。我只喜好我的视线看到并直觉上产生感触的物。如这不值钱容貌风朴又不好摆放的旧橹，一般人怎有兴趣。又想我在世界各地的游历，总是带回些小石、小矿、小物、小化石这样的毫不值钱的物来，却是真正拥有了那物所在地域的品性和气息。我迷恋能把玩的小陨石更是缘于对天外的幻想，这既不湿润又不透彻的"丑"石，在我手里就成了无限幻想的依托了。又想，迷恋不显贵旧物之人的内心该是丰富的吧，该是朴实的吧，这反证的必要是担心在这样变异的社会里，我们是否还能心灵健康？再看这橹，这如汉字走之旁下面从容而浪漫的一笔的橹，在水里曾摇出了多少人与水、木的诗意和生活的天然！更让我浮想的是，摇船人却不知甚或笑话被这橹荡漾出的水纹在我等眼里是怎样与诗意联系起来的？实则我也是不懂的，只是一瞬闪念，为旧物所动而已……

对船的热爱让我有做诗人的体验。我清楚地知道我是叶公好龙式的热爱方式，只是停留在对帆船的质地、帆布卷曲和鼓风的饱满、色彩的风霜印迹、系帆、升帆的绳索绷紧的力量和松弛的柔性、分割的空间的美如音乐般吟唱着。如画家的杰作一样自信、空阔、紧密和硬朗，一切都合艺术的法度。线条的美在帆船之美中具有雕塑的力和素描的层次，尤以收帆后的船桅之绳索的线条更显纯粹。帆船之美还有升帆、降帆的动态之美、力量之美和过程之美。除此外，帆船毕竟不是巨大的海轮和军舰，所以更具手工之美。木材的质地、拼接的讲究、弧形的不动声色和巨大张力，船架的坚实厚重、疏密有度、大开大合，配于铆钉的突出和发动机的意志、铜制螺旋桨的光彩及工业制造之美，帆船已是形色的艺术品。

而海上的航行才是艺术与科学，人类与自然伟大的融合。海员与船只要互相依靠配合才能共同获得航海的自由。经历大风浪，经历大生死，经历大寂寞，经历大悲喜，而后船停港口，人着陆地。当我深夜站在希腊的邮轮甲板上眺望黑暗的大海，望不到陆地的星光，湿冷的海风让我嗅出的是带着腥味的寂寞味道，伴着海浪拍打着船体的重音，船舱里的灯光散射出来和巨船带来的安全感让我消解了对海的恐惧，但却让我更充满了对航海的无限敬意。今年五月（2009年）我景德镇工作室开馆，我将去年在广西买的约四百斤的铜螺旋桨如雕塑般放在我作坊的草地上，就是因为喜欢并时时神往于船的缘故。看着近百年的铜桨上被海蚀的痕迹能呆立许久，船是我思绪漂浮的载体，引我视线，也引我精神！

我一直莫名地喜欢大海。大海对我想象力的培养如文学般宏大和深厚，我喜欢帆船也是因为海，这种船似乎是与海的绝配，光影、水气、线条形成最浪漫的天地抒情，却又是史诗中最神秘的文字写就，在这样的海上，敏感会成为敏感的导师，生命会成为生命的先知！身在此处，神却在彼处！

桥，实用而美。桥首先是实用的，连接两地，横跨沟壑、溪流、山谷甚至江海。一座桥解决了时间和空间的问题，同时又具有了时间和空间的美学。桥不仅实用，而且美丽，形态万千，可独木而成，可万木供之；可平可曲，可直可弯。桥在自然中，无论远望近观都是美的。

桥，大形，气场美，伴美大山大水大自然；小形，造物美，可见工见质见巧。远望之桥，会让人对桥的那一头产生探求的欲望并无限想象。踏上桥也是万分美好，在悬空的桥上站着有升腾感，有飘浮感，有融入空间的短暂的非真实感，欲飞的感觉就在桥上。如桥下是水，则有浪漫的文思涌来，如下方是谷则有豪迈的勇气填胸。

心灵的桥是由善良和血脉制造的理解通道；天宇之桥是光影水气在时空的巧夺中化出的彩虹。

桥的美是风流富丽而又厚实朴素的。水面上的桥是维系两岸的彩带，水中的桥影是波光漾出的诗句。山间的桥是空谷的抛物线，用手牵两山的宏阔衬出天光云气的美来。庭院与小溪上的桥是情态万千的软语，重山奇峰里的桥则是自然里的格言。

"桥"字发音就好听，响亮、明快，有力。口中念着，竟会思维飘浮且充满着希望。桥是男性的，拥有着尊严也拥有着承担。桥也是寂寞的，形单影孤，像个思想者在附近很少见到同伴的身影。桥还是相聚与惜别的地方，中外许多的传奇和悲喜剧都与桥相关，只是中国的故事更多的是闪烁着华美且跨越时空并有着温暖感的悲剧。中国将桥也视为生死轮回的通道，也是许愿与还愿的特殊场地，对桥充满敬畏。如果我们不只单纯地从桥上匆匆而过，在任何的桥上站立片刻，这"度"我们到另一头的桥给我们的启示将是莫大的。桥能"度"人，无论是度人之行程还是度人于良善！

世界上有许多关于"漂流瓶"的传奇和传说。"漂流瓶"与许多信息有关：与愿望有关，与浪漫有关，与海洋河流有关，与未来有关，与无限期待和漫漫忘却有关，与惊喜和想象有关，与现在的即时和未来的奇遇有关，与"漂流瓶"的起航和上岸的一切经历有关，最最关键的是与当事人有关或与当事人的后人有关。一个"漂流瓶"，有多种命运，有很快就消失了的，有永远漂下去不为人知的，有短时间被人捡起又扔下的，有被捡起后回到主人的手中的，有经历几十年百余年找不到主人和后人的，有少数被记录下来成为故事的，有无数没有记录下来就像从没有被漂流过一样。我充满兴趣的是："漂流瓶"出发时的地方还能找到吗？"她"自己拥有什么样的漂流阅历？放漂人健在或逝去？谁讲这个"漂流瓶"的故事最真实？我在写这由"漂流瓶"引发的"思想漂流"是否也是在放漂另一种"漂流瓶"呢？将信息写好再储存起来，让老去的自己看，或是虽记下了，自己也永远不看。或许，我每一次的思绪闪念，就是在大脑的海洋中放漂了一次"漂流瓶"，这漂流于他人无关，于我却很重要，只想给思绪自由，让"她们"自己去"漂流"……

汉字是今天仍在使用的唯一古文字！虽常用，但这种象形文字里所包含着的我们先人的智慧和能量却并没有被今天的我们重视和体会并得到真正的应用。汉字是根植于大地的特殊"生命"，通过她，我们得以进入我们的文化正脉，并有可能回溯源头。我们对汉字表达敬畏和尊重的唯一方式就是常看、常用、常解，使其常新！

实际上从最早的古文字开始到我们说的繁体字之间已经有了很多很大的书写与结构上的变化，但一切变化都是依着最具华夏特点的方式带着敬爱进行的。我们现在用的简体字应该说大部分还是有"依托"的！

4 /

从汉字上理解"浪漫"是可以获得真传的！浪漫离不开水，所以没有水的城市和环境少有浪漫；"浪漫"是有情态的，这情态与波纹的形态有关，所以风衣和裙摆的起舞和长发的飘动都是浪漫的风景；"浪漫"是渗透式的，虽有强烈冲动，但本质是安静的持久的，这也是温情的本质；"浪漫"是要变化着的，是要有活力的，所以想象力要好，丰富的多样性也是浪漫的需要；"浪漫"是需要良善和包容的，这也是水的本质，一旦失控，浪漫也就变成"漫浪"了。

中国传统是讲"骨气"的。骨为肌体内最硬之物，气为肌体内最软之物；骨最有形最内质，气最无形最虚化；骨为精髓，气为中元；骨生血，气养神。这两者连在一起的"骨气"是何等了得！从内核中激发的神魄，该气扶心养胆。骨气所生"神力"不能承物重，却能担道义；不能筑台杀敌，却能肩挑国难；不显媚词华句，却护文化血脉。骨气人人应有，尤其文人必具，否则弱小文人靠什么力量不依附强暴和邪恶？古往今来骨气最硬而穿越时空驻守民心的文人当属屈原！我们每年端午吃的美形美色美味的粽子就是源于两千余年前的祖先们为纪念这位有骨气文人的仪式。

中国人做什么和学什么都讲究一个"悟"字，这"悟"是"心、我"，是"心证"，因为心证，深浅自知。既不能"执"，也不能迷，执迷，又是"不悟"。由此，原本简单的问题往往会变得复杂，而且难以沟通，因为都满怀"深情"。这不是中国文化的讲究之错，不是中国美学的错，更不是"悟"和"心证"的错。"悟"也是分层面的，不同层面的"悟"所谈不同，是量与质的区别，怎可对等而言。如云、雾，成分一致，本质有别。云，需抬头仰视，且自由浪漫；雾，近地而生，扰人视线。今日之状：大至国，小至吏；大至道，小至理；大至艺，小至技，均见大雾迷漫！突然发现，"雾"竟"悟"同音，难怪！一切都在汉语的智慧里……

中国文化讲究"悟"。悟有多种：体悟、渐悟、感悟、领悟、顿悟、觉悟、妙悟。体悟是基础的身体力行；渐悟是一种学习的进步；感悟是一种触动；领悟是被先知的引导；顿悟是思想质的提升；觉悟才是真的澄明境界，却无了烟火。只有妙悟是我喜欢的，这是一种很具美感的人性觉察、瞬间又恒久的心灵包容和温暖的幸福弥漫！妙是一种诗意的优雅，是一种浪漫的审美，而这都与个人的文化涵养有关，与情感和道德有关！妙还具有情态和安慰的本质，能自觉却不可言传。妙悟是一种平凡人能通过阅读、欣赏、静心、善良而偶能或常能获得的于心灵、精神的奖赏，妙悟的本质是一种健康生命的"审美呼吸"。

妙悟与觉悟的区别还在于，妙悟充满感情，觉悟充满思辨；妙悟柔软有弹性，觉悟无私而澄明；妙悟是自身的享受，觉悟是自身的奉献；妙悟之境是灵动的瞬间，觉悟之境是恒定的常道；妙悟是凡人的慧光，觉悟是莲花的盛开；妙悟可居家偶得，觉悟需修行而为；妙悟有"亲近的温度"，觉悟是"高深的寂寞"，艺术需"妙悟"，思想需"觉悟"。

文化是有魅力的。"魅"字又说明了文化的许多特质："魅"是一种境界，而且是更飘逸的境界，飘逸在中国是属于更高层次的一种境界。"魅"感觉很具体却又不可捉摸。"魅"很醉人、很诱人、很养人。"魅"也是饰，饰也具有掩盖本质的作用。"魅"让人沉迷，沉迷则容易让人不悟。"魅"让人得意，也让人忘形。所以不难解释许多院士、教授、学者、专家等具有博学知识，但却无认识。"魅"是一种真实的美艳，也是一种虚幻的"陷阱"！魅是文化地球的子午线，一线左右，却境界不同。既是上智也是下愚！文化太有"魅"力了！

魏晋是中国文人的心灵情结。魏晋的礼仪不如大周；雄阔不如大汉；浪漫不如大唐；文雅不如大宋；为何享此崇高？只有一样：魏晋是中国文人的私人"话剧"，在这"话剧"里说话的人都在说着自己的话做着自己的事过着自己的生活，看重自由，看淡生死，真正的"以人为本"！

中国传统中极讲人的仪态！仪态是一种气质与礼仪的高超卓绝又如呼吸般不动声色地悄然融合，仪态里不仅要文气还要有难得的贵气还要显出丰富的美学来。而将人的仪态演绎得风情万种又豪气冲天，既举重若轻又恒定山安，既飘逸灵动又沉着稳健，既婀娜多姿又刚劲有力，即纷繁无序又极具法度的是中国的书法！

中国哲学的精髓是水的哲学，自然之水的万化之境和美学之态在江海湖泊溪流泉涌云雨雾霜冰雪中完成所有想象的具象呈现！而体现在人的身体中最精妙的水的物象是存于视网膜和眼帘之间的那一层薄薄的液体，多一点是盈，再多一点是泪，少一点是涩，再少一点是干！相差只是分毫，但反映出的情绪和身体的状况却是截然不同！

观水……目光所及是水，目光所视是心。

中国传统哲学并非如西方一样是独立的学科，并非是依靠严格的逻辑推导，却有辩证的思想、大自然的感情、仁爱慈悲的胸怀、宏观的智慧、诗意的浪漫、由此及彼的灵性，清谈由心的妙想，天人合一的领悟，中国哲学非微观具体却学用相宜，师造化得心源，入则国事家事，出则风花雪月。当真"得意忘形"！

有人从古人的"文、艺"中发现专注于一事一物或会迷茫于式微与识微之中，于今之电脑网络时代辨古人之"文、艺"是无法还原了悟古人之散谈片语的语境之关怀。古人专注于一事一物恰是借一物了万物，讲"和""合"，进入"由此及彼"的了然境界，大、小、物、我、天、人之"和、合"！

中国哲学里极讲究"由此及彼"的智慧与妙用。十几年来，我在国内外的数十次讲座中重提《庖丁解牛》的故事：庖丁虽一屠夫，却如武林高手、解剖学家、音乐家、艺术家般通达自由境界，我完篇读出的是美学中美于"技"与"艺"的言说，而文惠君却听出了"养生"！怎一个"彼此"了得！

蜻蜓在窗户里朝外不停地飞，总飞不出去，开窗，飞走了。恍然，人也如是，以为看到的就是自己的世界，却忘了有一层"玻璃"隔开着"视线"里的"真实"。

教堂的钟声与我熟悉的禅院钟声不同。禅院钟声厚重而正义，缓慢而深沉，钟声似尽未尽时一声又响起，和着山峦起伏充满仁爱之心。教堂的钟声是敲给城市听的，禅院钟声是敲给远山听的；教堂的钟声是倾泻给入世的人沐浴的，而禅院的钟声是给出世的人拂尘的。我虽非宗教的信徒，但我愿将心灵交与有宗教氛围的文化之中去生活……听教堂的钟声我们可以居家而闻；听禅院的钟声我们只能跋山涉水。

我们不缺少收藏，我们缺少鉴赏；我们不缺少美，我们缺少美感；我们不缺少知识，我们缺少认识；我们不缺少生猛，我们缺乏生活；我们不缺少仿造，我们缺少创造；我们不缺少慈善，我们缺少慈悲；我们不缺少保健，我们缺少健康；我们不缺少道理，我们缺少道德。我们视线所及的是表象，视线无法触及的才是真相。

美是需要领悟的。领悟思想、物质、生命、自然的"美"全在于你花多少时间用多少心思从什么角度和如何体察你所有的感知。如果以为"美"只是从视觉到心灵的"愉悦"就大错了，美的体察在相当多的情况下与单纯的视觉愉快并无必然联系，所以才造成了大家对"美"的误解误读误认误判。美是需要伴随光彩人性并能接受寄托的;美是需要思考并伴随复杂深厚的人类教育的;美是需要心证并付出阅历才能靠近其本质的;美是需要正义并为正义能承受痛苦灾难的。美是一种理想,且必须是一种理想!

下着的雨声,是水点组成的音乐,细听感悟。这音乐已成"天籁"是不容怀疑的,自天而降;这音乐一定浪漫也是不容怀疑的,曾为云游。此刻能听到的这音乐里,一定有着其他地域甚至是遥不可及的地域的信息,也是不容怀疑的,湿气在为云游前已是广纳环宇,并臻化境;能听出这样的"感悟"来的,一定是自我的"心声"也是不容怀疑的;能听出这些听不出的"复杂"来的一定是敏感加想象更是不容怀疑的。实则人生的品质、格调和静美也是可以如此被自我浸润的。实则我是"唯心主义"的忠诚实践者,随"心"而动,唯"心"而行,也是不容怀疑的。车已到工作室,该"唯物"了,"唯心"却仍在神游。

感恩是一种美好的人生回望,因回望,才知我们记忆里最深刻、最自然且停留的时间最长的地方恰是我们受人帮助和受人关爱的那段时光,犹如慢镜头里的片段。透过现实中光学的慢速镜头,我们看到了因速度和节奏而被忽略和被隐藏了的美,这是另一时空的认知,是我们的先辈们不曾领会不曾见识、享受过的一种视觉的美。慢镜头的美说得白一点就是将"精彩"缓释、延长、分解并可清晰感知和细细品味的一种观察和思考的方式。转而想,生活中可能是更需要"慢镜头"的方式来领悟生活本身,通过慢来感受生活最本真的喜怒哀乐和吃喝拉撒的食色乐趣，柴米油盐酱醋茶中的平凡、普通、重复却是必需的。

许多的感动是在过后不经意中触及并一遍一遍由心里去体会的，许多的深刻也正是由一遍一遍地体会才形成的。回望，是随着年龄和阅历修养的增长，从获得满足、得意、虚荣、财富、肉欲的短暂快乐中转向亲情、友爱和受恩于朋友甚至是素不相识却惠及于我们的人和事与物，且必然是从大事往细小的事情上落脚，从直接往间接的事情上过渡的，并由这细小和间接到不易向人描述的行为、动作、言语、环境、物质、文化中自我动容，无限温暖，长期沉浸！而让我感动的人和事和物，却是从不知晓。比如这汉字，常常让我感动，写着念着就浮想联翩。比如这国家的历史文明，时时激荡着我在异族人面前的"野心"和无知无畏的同族人面前的"骄傲"。比如这城市景德镇，以千余年不断的窑火映照着东方瓷国的风度，越过时空惠及于今天的我。更不要说太多关心关爱我的身边的人。以此，如何感恩都不及万一！感恩不仅是一种语言，感恩是一种道德和责任。于我就是诚恳的思想和不停地劳作！

回家在茶几前闭目安坐，喝茶翻书，稍缓。"缓"，在这个时代该是人生最重要的奢侈之字吧！缓有温暖感，缓具从容性，缓带着弹性，缓兼具韧性，缓留有余地，缓容纳思想，缓显现细节，缓滋生满足，缓带来平和，也只有"缓"能让我们去享受。"缓"与"舒"与"慢"与"和"是相连用的，舒缓是关怀个人心情的，缓慢是生活节奏的，缓和是人际关系的，不要怀疑，一切从"缓"！望我的朋友们也能缓缓。

"雁过留声"与"船过留痕"是中国人的为人、为事、为业、为学的最高境界和美学了，想着都让人觉得浪漫充满诗意和激情澎湃。雁在天空中飞过，团队的"人"字形具有排他性的一往无前，引人仰望且升出希望来；只雁飞过时虽是身单影孤却也能带出坚韧和显出空阔来。"雁过留声"的美学境界恰在这天空有雁飞过后的天空无雁，这"无雁"的雁声是人心的声音，是时空的声音，是想象的声音，是遥望的声音。是空对阔、无对有的盎然；是抬头释然的豁达，是由想象带来敏感和仁爱的关怀，是一念闪过的人性顿悟。这"天空的声"是"雁过"留给我们的智慧。"船过留痕"带给我们的是船上留着的水痕？抑或是水留有船过的行痕？我们从无船的奔流不息的水面和平静的湖面能看出驶过的船来内心是何等的丰满和风雅。

船载物、载人，载勇气、载希望也载浪漫，而这一切都源于水的活力和水的品德。"船过留痕"留的是木的美、水的美、容载的美、激情的美，最重要的是顺应的美。"痕"是物痕，更是心痕、美痕、智痕，"痕"与"声"互为映衬：一可听，一可看，却都是心听心看，却都是无"物"之听、无"物"之看。人生经历，往往是后知后觉，但用心去听去看，得来的"道"与"理"却可帮我们在一定程度上由后知后觉通达于先知先觉。这"留声"与"留痕"是一种静美，"静美"是华夏审美异于西方审美的一种"静水深流"的从容。留的是"心声"，留的是"心痕"。善为启，仁为本，想为象。于无中生万有，于心中生万有。人生闪过，于时空中留下气息体温、情感思想，或永不被不念及之人念及和被念及之人念及，全依着后人的抬头静听和依水而望的瞬间交错。念及此，我们除了惜过每天，顺心而为，我们还要什么？

与一干文人聊《自在客》杂志，有趣。"自在"是生命的高境界，今天的我们只能以"谈自在"当作有"境界"，这本身就是悖论。"自在"本不宜谈和写，现在却要谈要写。"自在"本无要求现在却成了要求。"自在"本无法传递现在却要尽可能去传递。为"自在客"写文做事的人都各有其事，且大多忙碌，本就不"自在"，不自在的人们却要做"自在客"的事，这一切都是悖论。"悖论"的"自在"是我们今天文人们的不"自在"，是真实生活中的客观，以此推？我们以"不自在"的方式做的《自在客》该是一种另类的"自在"吧。

梦里又见自己在渲染青花，渲染得肆意流彩。静静飘浮着的雅云又似静静漂浮在海洋中的岛屿，自己就在这纯净的白里和青里飘着，真实的飘着。身体没有重量，可在自己渲染的形态里进出，这个圆圆的空间怎么是自己昨天得到的《千岛万云》？醒来……看到的却是一直摆放在房间里的《青韵漫绕》！

一水一世界。一滴水里看得出许多许多的"世界"景象，那是自己的"水象"。

"神往"是一种极特殊的生命体验，我们时常会有"神往"的经历，却常常忽视"她"的神奇，或是很少让这种独特迷人的感觉尽可能地延长。"神往"是一种思想的无限，遥远的陌生，健康的幻想；神往是一种静态的激情，平和的快乐，悄然的生机。神往可以一闪念，也可深陷不拔。神往是一种酒，且是一种不容易引起警惕的美酒；"神往"是一种茶，且是一种能生出多种气息来的好茶；"神往"是一种迷香，且是一种能幻出各种可遇不可求若有若无却能安慰灵魂的迷香；"神往"

是一种青花，且是一种青艳里泛出微紫并层次丰富深远不测带着一丝忧郁却清透明亮的幽蓝；"神往"是一种水，且是一种既无形无限又容纳万物万情不显露却充满力量的水。"神往"的本质是私密的，是与追慕、向往、欲望、安慰有关的一种"美好"情感，在"神往"里最能自证人的情操、格调层面的高低。

思想不等同于思考，思想一定具有极强的逻辑性，一定具有极强的文字性，一定具有极强的社会性，一定具有极强的完整性。但思考却可以情感一些、跳跃一些、个体一些，局部一些。思考，每个人都具有可能性，思想却只是极少数人能拥有。

人的一生最难的事不是做一时的英雄，不是闪念中可以不惧死亡，不是承受和对抗不断的困惑甚至是灾难，而是尽可能"安静"地做着自己该做的事并尽可能做得更好！

在天上思考总是能漫无边际，超出常态，许多完全是想象的竟似有了真切的体会。天——让思绪如云般飘浮、聚合又疏散，光影幻变。天——让想象更清淡、更远逸、更素寂。并非望着机窗外的云景而思，却是闭目养神所得。

经常从书页的文字中走神，在伫立的景致中走神，沉浸在自己的诗意里，自己设想的情景里，自己幻化的形色里，自己生出的宇宙里，与视线的落点毫无关联，漫无目的，却慢慢地信以为真，觉得自己去到了遥远。回到现实，仍然相信自己去到过遥远……

信息时代的近观都是闪过。如同在高速列车上，眼前的景致越近越是虚无和闪退，遥远极目却成了视觉清晰的落点。

景要远望，物需近观。愿要宏阔，行需慎实；情要浪漫，心需静美；学要渊深，言需平易。

世间万象，始终于情。因为情，人们会主观改变对事物的看法并由此获得心灵的满足！

不知何时起，一些曾经不被关注到的小事和别人讲到的小而又小的故事能让我莫名地感动，且长久地让自己徘徊在柔软的深处不愿自拔，不知心灵的结构里有什么样的区域识得一种叫"软"的密码，在你无意识中打开并现出自以为是的光明，然后自我陶醉和享受这心灵溢出的柔软和温湿，我喜欢将这种感受叫"般若"！

我们没有耐心享受真正的快乐，快乐是细腻的递进过程，融到心里的喜悦，大家却喜欢被挠得大笑。我们没耐心享受真正的阅读，阅读是思想伴随着文字生出翅膀的飞舞，大家却喜欢流行花边。我们没有耐心享受安静，安静的美是需要生气勃勃的气息衬托和鲜活而深刻的教养来识得的，面对安静，大家都手足无措。

只有整体认识了"事物"，才能更好地认识事物中的"个体"。识微者宜生，识宏者宜思。

没有激情是非常可怕的，人的一生实际上非常短暂，很多才能、欲望、未来都是靠那个激情在你的肌体里面产生化学反应，你才会有未来。

不要安静地读书，要充满激情地读书。安静地读书百分之九十的人容易做到，谁不是安安静静地读书，但是一定要充满激情，每一个信息都值得你去生发出来，假如你们的视线和你的思维以及你感知到的能够在你的内心产生化学反应，这才有了"文化"的意思了。

人生每日不同，有些期许，有些新奇，有些困惑，有些劳累，有些觉悟，有些美好，有些享受，虽居家于城，却能于心中山水相依，自然相伴。如每日无异，心无活力，既不好奇，也不好思，虽衣食无忧，却老态暮气，最无趣也。

生命是需要深情回望的，回望不是长者才有的权利，更不是将要离开时才懂得享用的方式，回望是理解生命最便携的智慧和对未尽生命最美的尊重！

我们总是睁着眼睛看外面的世界，却很少闭着眼睛享受自己内心的世界。

"内生的能量"是赛尔努齐博物馆长和研究员为我在该博物馆的个展出版的画集上写的专业评论文章中的一句话。这句话我喜欢！今天的人过多依赖外在而生活，于内掘生出活泼泼的能量，是一种最自足、最自信、也是最自由的精神生长方式。

人们用成长的复杂而离开天真，人们用知识的积累而离开想

象，人们却用一生的阅历回望出人类最伟大的地方：天真、
想象！

当全社会充满着躁动，安静就显得珍贵；当我们的生活越来越
"富有"时，朴素就显得珍贵。当我们走过许多地方，才发现
不同是多么珍贵；当我们不断学习、不断创造、不断成熟，不
断人生精彩，才发现天真和干净是多么珍贵。

文学最能感动人的其实并非是故事本身，而是组成故事的角度
和叙述方式，是描写故事的过程中呈现了丰富、细微且易被人
忽略的许多隐性的智识和中性的态度，将困惑、无聊、低劣、
自私与一切崇高和拯救混合成离我们最近的真实，还原我们自
己。能将这样的故事写得感人却不动声色并丰富了语言方式的
就是好作家。

体会人类生命存在方式的本身就是真理的"天启"关照！人
之渺小如茫茫宇宙中的一粒尘埃，而这样的"尘埃"却具有
认识万物并将已被认识了的万物的部分形成学问置于我们的
"体内"。

每天记录些文字于他人似并无益处，于此时也似无益处，但于
自己未来的老去却有极实在的益处，除了引发回忆外，文字比
之图像更具想象和飘散的益处。这种益处最能打发时间并排解
寂寥，使老去具有淡然的美感和温软的厚度及安慈的气息的更
大益处！

整理图片，一段时间如回放般再次重温：纽约博物馆里的许多

作品虽多次看过，再看仍觉"新异"，原有的喜欢不再是唯一，而是更多更杂更无限定。一些小作品中的"大"和一些大作品中的"精"，传统中的现代和现代中的传统，一闪而过的灿烂和常青树般的永久都是我"迷恋"的理由……

当你集中注意力观察和研究一事一物时，这一事一物所呈现出的信息是无穷尽的，所传递的哲理与巨著无异。

我们为什么会对水倾注那么多感情？除了我们依赖着水生活，还有水对我们"自由的生命感"的启迪！还有可饮、可视、可听、可想、可知、可感、可不知、可不感都无处不在的"美"！

"一叶知秋"比较常见，是自然；"一叶知音"已是乐感了，是快乐；"一叶知心"则度至灵性了，是精神；"一叶知空"是大境界，是彻悟。目及微物，常有所获。

现代人对天文学的兴趣越来越淡漠了，而天空才是与想象力和未来联系得最紧密的空间，这可以从五千年以来地球上留下的无数天文遗址中得出充满激情的证明，人类曾经是怎样地热衷迷恋崇拜我们头顶上的那片充满未知的"神居之所"！我不是个天文爱好者，但却极爱欣赏天文景观和天文图像，是神往让自己的想象变得如天空一样星光闪烁，甚至这种美好神奇的想象是如何让自己变得快乐的过程都清晰可辨！

摄影是用极大的偶然加切片的真实方式"还原"并"简化"了世界，摄影的"时空永驻"让人既相信"永恒"又相信

"易逝"。留住"记忆"与"美好"是人的天性也是人类情感和内心的"脆弱"需求。眼睛选取了角度,镜头延伸了眼睛并延伸了"情感"。摄影的力量是对时间的真实性的伟大确认与暂停!

摄影是伟大的景观吸收器,摄影在今天早已将世界碎片化并自成为另一个"世界"。在这花花"世界"里,我们看世界、看社会、看自己。偶然、切片、数字的世界里最本质、最普世的,仍然是摄影与这个世界和人类的客观真实具有深刻关系的简单定格!借助这定格将熟悉的世界变为陌生,将陌生的世界变为熟悉……

我们一直临写的"帖",其实就是古代文人之间往来的"短信"和"便笺"。能称得上是"文人"的人最起码是个读书人,不仅读书还有独立见解的人,"文人书画"的妙处是于真性情中传出些异趣、异思、异样、异能、异态,让人看来读来能品出点妙趣,阅出些意外,感出些丰富来……

无"热爱"则人生无趣。但有几种"热爱"不能过头:"仕途"不能太热爱,多无人性!"金钱"不能太热爱,多无慈悲!"口欲"不能太热爱,多无健康!"自大"不能太热爱,多无尊严!"占有"不能太热爱,多无善果。爱书,爱人,爱动物,爱自然……永远的"神话"!

有胸怀的谦逊,有准则的傲气,有大爱的悲悯,有涵光的大德!

5 /

与太太通电话，聊到女儿在关心人生的不断学习和成长却要最终面对死亡到底有何意义？我知道是她年轻的班主任的丈夫去世，和我的朋友最近去世所及之问，虽只是闪念，却反映出孩子思考了这个让所有哲学家一直在不断回答和补充的终极问题！想来这也是个普遍又普通的问题吧，甚至是伴随一生的问题。同样的问题我在她这样的年龄中也有过，只是无人回答过，我成长的过程大部分是自我解惑，所以与书为伴。我悟不了生命，回答不了人生困惑，但因女儿闪念，为父作答，写出文字给雨儿。

我想对孩子说：生命的本身就是意义，活着、思考学习、亲情友爱、宽悲仁慈、七情六欲加在一起就是生命的真意义。还有，孩子别忘了，意义也是人的自我意识去赋予的，有目标地去努力，获得更好的判断，少占社会资源，自己贡献给社会的比从社会获得的多，这就是意义。

如果你的未来还能因你的美德和善于学习及思考去教化民众

则意义更大。当然死亡也是人生的必然意义之一，"离开"是对应"来到"的，否则，来到的意义又如何？人的一生最重要的学习是学习如何在死亡来临时做到最少的遗憾、最少的恐惧和最多的平静和最多的放心！而真正重要的人生意义是人生旅途中需不断地"感受"，感受自己的一切和自己与同类的他者和非同类的它者的关系。"感受"本身就是一种无穷尽的"爱"，能新发出无数可能的"活水源泉"，养育人的所知所想所思所能。人生的意义还在于越早思考未来终极意义的人比晚思考此问题的人的人生要更具意义。

由此，雨儿，爸爸更欣赏你，我的孩子。因为你，爸爸的人生又体现了极其重要的意义来。就如同你的到来，于父母是重新理解生命意义的开始。孩子，你的意义从出生时就是我们的唯一！而且一直是唯一！爸妈对人生也无甚解，但爸妈愿与你一同感受人生！一起成长！我们一起祝快乐成长！孩子！人生的意义还在于芸芸众生中的唯一独特性，世界上只有一个雨儿，而这个唯一就诞生在我们的家庭里，这就是你的最大意义了。

你身边有艺术有音乐有绝美的器物有环绕的书籍，而且你还诞生在这样一个发达且生活方便的时代，这所有的都是能让你的生命丰富多彩并于"享受"中也能解决人生困惑和释放负面情绪的"工具"。我们都会遇到不公和时常面对生死，学会给弱者帮助和对需要帮助的人施于援手也是向生命学习泰然面对的方式。

6 /

读书的层面很多：一种仅为获取知识，这种占绝大多数；一种是关心作品的风格和独特性，这是有专业背景的；一种是为了解作品的思想，这已有一定高度了；再一种就是体会书的境界并与相关的书和知识产生联想，这已有美学的价值；最后一种是读此书，却能解决彼问题，读出了新知的快乐，使读书成为生活的理想！我是在这些层面里来回散步领略着不同。有时只是体会着对阅读时手眼的满足所带来的依赖。未必是全神贯注，未必是求证认知，手上拿着书，时间就显出了形状和语言。虽然视线和思想经常游离并不经停于书页，但手中和周围有书足以让心灵不再空荡！在床头、茶几边的书堆中和书柜边出神地随着视线默念书名并映出书里的内容，如旅途回放一样，此也为我常有的"温故而知新"的阅读方式……

4月23日是世界读书日，已经第16届了。读书是每天的事，不是读书日才有的。可一想到读书有这样一个"世界日"，突然对日常在手中的书有了别样的敬意。我不读电子书，与内容无关，是视线和手感及心理的问题。一本一本、一页一页地翻书是一种心灵依赖着的安抚动作，这动作在我的意识上是与人类的"文化链"相通的入口，是精神的传统"饮食"方式。尤其手感好的"老书"，软软的有着量感，纸的表情就能让人浮想联翩，从头至尾地翻过，书的量感从托着书的手的这一头递到另一头，这几寸的距离和微偏的重心，却将历史的光阴传到了心里，这种奇妙的感觉总是让我每每会抚书呆立片刻。这片刻或是不由自主地对书的膜拜礼仪吧！一书一生命！一书一世界！

用阅读的方式获得的快乐更长久，用阅读的方式对比现实更痛苦，用阅读的方式去思考会更清晰，用阅读的方式去想象会更宽阔，用阅读的方式去成长会更从容，但仅仅从阅读到阅读中去思辨，则会比只从现实中去思辨更让人"困惑"，但更多的时候，阅读是一种生活和生存的"平静"依赖。"阅读"是上天赋予"精神"最好的自娱方式和独特权力。

许多人都说一切都是必然的，哲学家、心理学家为这必然还构筑了合理的"书道"，我读着相信，合上书时，另一个我的声音告诉我：其实世界是偶然的！

阅读本身有生命，会自我成长。

不断地阅读不仅不断地自证了我们的无知，关键是让我们觉出曾自以为得意的所谓"灵光乍现"的慧光或是因为自己"眼睛"习惯了长年的黑暗所产生的幻觉和安慰！

无论忙碌，无论闲时，于城里石墙，在山间水乡，用一时读书可算是确认活着并具尊严的一种自我旁证！

我们沉迷于阅读的理由是，从阅读中找出被自己或遗忘，或忽视，或被记忆惯性照顾不到的，与自己的视线和心里似乎毫无关联的地方和东西里存在的，让我们通过另一个人的叙述而觉出这些被强光照耀过、却藏进了明亮的中间层次或背后的层次里的细节，原来是那样的珍贵和美好，觉出语言和文字才是平静生命中最让人觉出感动的方式。

将视线放入书籍里，内心觉出"从容"并真切体会到思维和觉悟在心里不断扩充而至饱满的状态，当这样一种状态时常被体会、时常被关心、时常被确认时，作为个体生命的我们才可以说：我们不畏惧黑暗。

读书和做作品其实就是安静又快乐地让时间消失得有意思！

读书和创作是记忆时间的最好方式。

读书的最深内核不是为了解具体之惑而是为了抵抗深层的精神无聊！

我现在体会到读书最大的美妙之处是，让自己依着一种极传统和普通却是"文明"最无声显现的方式进行，且不用整天投入地苦读，而是用视觉轻抚几行文字后能让自己抬头去享受与这文字"无关"的漫不经心，却生出了波光之点加线之绵长加天色过度，无束，松弛散淡进而忘乎所以，喜欢！

通过阅读，进入人类发展史上众多思想家、哲学家、艺术家的"心灵"，与他们的言语"一致"，同他们一起情感起伏，与他们的思维逻辑同步。"作业"，给自己常做的精神"呼吸"！融入先贤们的世界，用感受更多的精彩人生间接获得"时间"。

读好书不仅仅是接受知识和想象、文字和情感，重要的是接受着灵魂的自己！

读书的境界有无数，通透最高。表述的方式有许多，简单最好。

人生的状态有千种，天真最妙！解惑的层次有万重，释然最安！

从安静地阅读中可以真切地感受到自身的存在！

享受阅读其实是享受文字带来的智性启迪中的无限遐想！这遐想竟可时常越过自身思维惯性，美好的意外如同看到"窗外"梅花盛开！

阅读是读出自己！

我们一直以为常说起的应该是熟悉的，其实未必，就像我们天天会谈传统谈西方，不停谈老子、孔子，也时时谈伏尔泰、叔本华和尼采。重读，再重读，是从"熟悉"到陌生却是有了些深知的过程，这有些美妙。

小时候读书关心的是故事，再读书是为了寻找答案，接着是为了可以表达，再接着是通过读书来完成对自己的认识，现在好像读书只是一种习惯，虽然自己的挑剔让我瞧不起今天的许多书，也远没有完成对自己的认识，但读书仍然是我最愿意将自己交给她支配的最常见方式，因为阅读过程中的"无意义"让我不觉得虚度。

7

我一直珍惜却浪费着时间，我常常对自己失望……现实有时比神话还离奇。读书是一种依赖，忙得无法睡眠却常常觉得无聊。总想重新做同一件事……喜欢熟悉的朋友，喜欢"陌生"的创作。总是告诫自己只能做某一类艺术，事实却是做了许多类的艺术，却无一了然。我一直在做着减法，生活却是减不掉的加法…

曹雪芹用"大观园"将所有的思想和故事及朝代如"乾坤袋"一样都装进去是有其深意的。"大"在中国的语言中具有无上的境界，大既指地域和范畴，也指精神和时空。比如大喜大悲，大雅大俗，大爱大恨，大智大愚，大疆大土……因其大，所以有任何的可能性，才能让曹雪芹伟大而丰沛的大脑神经充分地发挥作用。所以"大观园"表明了曹雪芹的大"孤独"，也表明了他所站的层面和角度，更暗示了读者理解他巨著的真实路径。"观"不仅表现看，还表现了思考。"观"还传达着第三者的身份，所以具有了真实的意义。"大观"则表明了曹雪芹的真实用意在故事的背后。"园"是一个被围着空间，是个城，是个诱惑人想象甚至是"偷窥"的区域，却又是非请莫入的地方，是个注定藏着许多秘密的所在。"园"再大也被围着。而我则是喜欢沉醉在他的语言描写的"大观园"中不愿自拔，自认为强大的自我意识在他的文学磁场中只能是如铁元素般被牢牢地吸附！（于巴黎阅读《红楼梦》竟让我如此善感，是否是地域磁场的原因？）合书静神，伟大的曹雪芹的大脑是怎样的"宇宙"，他奇异的视网膜所见的是怎样的一个"世界"？他与我们注定不一样的心脑里藏着的又是怎样的一个"大观园"？

看《红楼梦》不能只用感观看，不能用性去看，不能用单纯的男女去看，更不能仅当故事去看；也不能太复杂地去看，不能太玄妙地看，更不能只当家族兴衰史去看；不能着急地去看，更不能功利地去看。

《红楼梦》随性一翻，则不能释手。再读第四回，诗词歌赋，现实虚幻，佛禅宿命无一不及，文字美极如歌！生活中的诸多讲究及雅境已非今人能领略，女眷的生活也文儒丰雅，让人艳羡。仅用几十字就将宝钗描绘如真人呈面，仍是几十字不仅展现了贾母对黛玉的关怀，也极丰美地展现了贾母的至尊和慈爱，甚至能让人体会老太太福气的祥和面容！还是几十字又将黛玉的清高孤独易伤感的洁净性情再往深里铺了一层，顺此性格，黛玉一定会葬花，一定会焚诗稿，一定会为爱为情为洁净孤高的本性而持青春之体赴黄泉而逝。

旅途中不知不觉《红楼梦》又翻了几回，第十回中对诊脉的描写和药方太精妙了。不知那时中药的药性怎样保持"量化"的，药产自哪里？由谁经手加工？煎熬的时间长短？用的是什么水？用什么做药引？是炒还是晒？是切片还是研粉，等等？一切都会影响到疗效！诊脉更是让西方人无法窥其堂奥，怎样是轻重？怎样是浮是滑是沉是虚？怎样的脉象又对应怎样的阴阳、五行、五脏及五情？一想真让我们生活在今天的进步的人羞愧不已，原来我们不仅生活在不环保的今天，我们还大部分是"文盲"。

又看李渔。除原来喜欢的《闲情偶寄》外，更偏爱《笠翁对韵》了？奇怪，这该是中国儿童必背之篇，现在读来不仅觉出史哲道理更觉其宽阔和浪漫的美来。李渔挥袖，让我们仰头所见的天空飘满了汉字。

雨果的著作有两部都改编成了音乐剧，《悲惨世界》和《巴黎圣母院》，相信雨果在世也会惊讶于这音乐剧无愧于他的不朽名著。几乎每首曲子和音乐都听得让人热血沸腾，雨果的人道主义和悲悯之心在旋律和人声中被空气的震动"植入"到我们的血肉里，挤压并烘烤着我们的灵魂！同时将人性的光辉供奉得崇高并如闪电般耀眼！没时间读雨果原著就用眼睛看这两部音乐剧也同样能仰慕雨果的精神。或至少用耳朵听听这两部剧吧，这样，我们的呼吸中不仅有文学还有音乐和正义，哪怕只是一闪现。

《傅雷家书》应该推荐给所有读过的再读和未读的更要读的一本充满感情和审美的书，这是一本常看常新的书，每读感慨，对应着今日浮华！三十岁左右的值得"用心"细读，学生值得用"尊敬"去读，父母要用"爱"并放慢"爱"的脚步去读，文化人要用"道义"和"责任"去读。

《道德经》所著并非关于出世之说，也非关于入世之说，而是一个智者的行思和低吟。这一吟就吟出了华夏族迷人的哲学和迷人的辩证！《道德经》里没有教世人怎样做，而且所说什么也并不具体。但《道德经》最重要的是将智慧隐藏在"辩证"里，将方法隐藏在"模糊"里，将宏观隐藏在"简单"里，将微观隐藏在"丰富"里，将宇宙隐藏在"道德"里，将大德隐藏在"领悟"里！在《道德经》里读出什么全在你的心里：你想出世则教你出世，你想入世则教你入世，你想智慧则给你智慧（这要看你有无领略智慧的根本）。《道德经》是不自我表态的，《道德经》如果有态度是你的态度，如果有用是你觉得有用，如果无用是你觉得无用。《道德经》是黑白，是阴阳，是太极！既对立，又统一，又互为转换！深浅自知……

罗曼·罗兰是欧洲十九世纪伟大的文学家，他的《约瀚·克里斯朵夫》在诺贝尔文学奖上为法国添了美名，他的《巨人传》选择了人类文明史上的三位巨匠：音乐家贝多芬、艺术家米开朗基罗、文学家列夫·托尔斯泰。罗曼·罗兰选择他们有一个共同的特点，他们都是人类的英雄，却都是受尽苦难的英雄。是苦难将英雄的伟大引向了心灵，他笔下的巨人是可供凡人们栖息着并依靠着的支柱。今天尤其是我们的支柱，可一读再读！

茶几边上的书堆和书架上的书是身边的书，喝茶翻书是我随时间无声游走的最好方式，视线若无着落很让我惶恐。无目的寻书，看着《颜真卿》与《布德尔》《通布利》《荷马史诗》《论民艺》《天虫》码在一起，心里一动，本不能融的东、西、古、今竟成一家合璧。论英雄、浑厚、浪漫，古希腊的荷马文章、唐代中国的颜真卿楷书、十九世纪法国的布德尔雕塑是一派。自由、随意也具二十世纪通布利的本真；

朴实也具民艺之风；华美却似"天虫"蚕丝。思绪飘浮，心绪游荡，美哉！

看《陈季同文集》。感受一位清代的将军儒雅而高傲地用谦虚的口吻对着法国的云集听众细说中国之国、人、艺、事、物、好，这谦虚里包含着对法国人的一种小视和调教，且语言有趣。贤哲罗曼·罗兰在日记里也只有赞叹。文集是由法文译来的，我想决不及陈季同原文原话的魅力，但仅此读之仍是可以称之为"悦"读的美文。书中文章所涉甚广，在法查询史料不便，全凭记忆而为，信马由缰地用法语诵成，这是何等修为！又是何等风雅自信！再看此著1892年出版于法国，更添崇敬了！

起惯了早，无事也起早。读书，看李渔。此人生才是中国式的文本的风雅，望字生意地想着更觉风雅。拿着李渔不翻着也会想着我见的并摆过生日宴的芥子园就是李渔写文弄墨、观荷赏花、品茗尝鲜、饮酒尽欢的原地，虽然不是，却仍会对应着浮出了场景。李渔的敏感多思与文采，尤在戏剧、韵学上的涵养突显了真正的汉文人的浪漫，多情细腻又能感物感人，更能寄于文字，是文字承载的文明的内涵将李渔表述的生活穿行成了我辈也能感知的浪漫，而非感观的情色。《闲情》一生的李渔，在我心里不是深刻的一书生，越过厚厚的文集，见着的却是一咏着韵句的"孩童"。

读一百二十年前的清驻法外交官陈季同的文章是一件很享受的事情，这享受不是来自新知，而是换了观察角度的描述和换了听众的倾谈。用法语来谈论晚清时期的中国社会诸现象，还能让傲慢的法国人听得懂还能听出高贵来，考察的不仅仅是知识，还有智慧、浪漫和诗意。这是一个有着族群文化优越感的人才能拥有的宽厚的自信所带来的一种轻松而优雅的表达方式，这种方式很适合今天的我在茶几边静静地去读，并联想起曾用双脚度量过的巴黎城市是怎样由着这个中国人去他们引为荣耀的索邦讲台上，用他们的语言组成的美妙文句讲中国的事情去打动他们，还能译回中文来打动今天的我们！并非深奥，是阅读带来的智性体验有了温度。

人在旅途，是部神奇的"书"。每个人既是作者又是读者；既观途中风景，也阅自心感受。我们在"书"里穿越，像是"孙行者"；我们在"书"里打圈，像是"祖冲之"；我们在"书"里幻想，像是安徒生；我们在"书"里成虫，像是法布尔。在这样的"书"里，以"漫游"的方式，获得"心"的联通，写些新语，读些新知。"人在旅途"最美妙的事是意识到自己是个"旅人"，整理自己人生的"草稿"，用思维去装订成册，只为与众不同！

在我们的眼里，历史是无数的厚厚的书，无数的可见的遗迹，无数的传说，加无数的想象。历史在我们的追问中越来越清晰，在我们的追问中原本"清晰"的又越来越"模糊"。我们追问历史的本身就是"历史"最重要的历史之一。热爱历史就是热爱真实，这个过程无限地启发着人们的心灵。

温习君子九思！孔子曰："视思明，听思聪，色思温，貌思恭，言思忠，事思敬，疑思问，忿思难，见得思义。"三思清醒，九思了得。

国学不能没有考究，不能没有引经据典的学养，不能脱离炫古烁渊，但这不是中国国学的全部。就像埃及不仅靠研究木乃伊证明文明，就像技术不等于艺术。国学的精髓是活性的生活，是有呼吸有温度的生命。是将一脉相承的文化时时更新成如青春期般的勃发，国学所拥有的自我造血机能是这个文明不断的真正核心。

国学不仅仅是引经据典，不仅仅是考据中显出的渊源学问。国学的精髓是对天地充满敬意的活性顺应！是我们族性的生命态度！

复读康定斯基，静阅宋元名画，无须纳其形色、言语，只需享吸其"气"！

在古琴声中重读伏尔泰，有一种享受"友谊"般的深层快乐！

再读荷马，脑海里总是不能对上文字，画面奇异：夏日飘雪，冬日花开，山飘如叶，气如凝铁，白发青春，婴言智慧，船驶陆地，蜂蚁惊涛，史诗浩瀚……

偷得几日闲，安享王尔德、安徒生的世界。无数次的读，无数次的感动。《夜莺与玫瑰》《快乐王子》《卖火柴的小姑娘》《海的女儿》……他们的童话是这个世界上最适合成人认真读和长期读、时时读的人性与天真与善良的读本，是抵御今天泛滥在我们周边转基因心灵鸡汤"雾霾"的最纯美厚道的文食。再读《笠翁对韵》,回到"过去"!中国的"字"里是怎样讲究?"对"生出的"韵"是那样诗意与浪漫;那样朴素与宏伟;那样深奥与浅显。中国的儿童是那样幸福!几部经典,不仅熟了许多的字;习了许多的韵;知了许多的史,还养了许多的规;解了许多的惑!与女儿在窗边读李渔,照着艳阳。

阅读莎士比亚的好处是从第一字就能真切地体会到,这个"世界"里什么都有,我们可以毫无拘束地任意选择,哪怕是最"贪婪"的获取者也会惊叹这个宝藏富可敌国,并且产生无限感恩!阅读莎士比亚是对症治疗个人狂妄的良药,而且真能觉出文字从书页中升起至天空如星光般闪耀,我们只能敬仰!

安徒生的样子是那种让我极愿意安静地望着望着就遗失了时间和空间的具有视线吸引又具心灵安慰如"亲人"般的面容,我极愿从这样具有祝福感的脸上看出与他笔下那么多神奇美丽的故事之间的基因感情,极愿依着他的视线看出他未经写出的"空中花园",关键是我信任他写的一切并极愿成为他园中的一草一叶。

多读这四个外国人的书:荷马的史诗,莎士比亚的戏剧,雨果的《悲惨世界》,普鲁斯特的《追忆逝水年华》。荷马宏阔的英雄主义史诗横跨了地中海文明,莎士比亚的文字编辑了人类智识与语言的众生,雨果悲天悯人的人道主义精神最具穿越时空的现实意义,普鲁斯特的时间年华让我们在今天还能回到内心感受温暖与孤美。

翻书，翻回忆录。重要的人的回忆录值得细读，如果是重要的人物在老年时写下的回忆录尤其值得慢慢细读。不是为了精彩的词句和美妙的故事，而是探寻在重要人物的时间"回忆"里，他的"心、思"在哪里落下，这被作者选择的"落脚点"比文笔描写本身更能引起我无限的想象，并带给我感悟与另类角度。

多雷的《神曲》插图每幅都能轻易占用我的时间，每次见着都能让我回到《神曲》的时空。他应该是插图艺术史中最能让画面展开"文学"未尽之场景之人，他就像这个宇宙剧场里的调光师，总是出其不意地将光打在了最触动人灵魂的"地方"，不仅让人聚焦，也让人亲临并与剧"共生"！神奇无比的想象力、理解力、表现力，所有的时空已是与但丁的灵魂相合，这样的相合原本只有天才的文字可以施展魔法让时空另组，但多雷却让我们看见了真实……

庄子《逍遥游》讲了一个奇幻无比的故事，北溟不知几千里之巨大的鲲鱼变为天上不知几千里之大的鹏鸟飞至南溟消夏，"怒而飞，其翼若垂天之云"。如此宏伟、如此妙想、如此浪漫、如此心胸、如此鱼鸟互化、如此游飞互转、如此自由、如此视南北两极于无碍、如此海阔天空、如此美丽的画卷、如此让人心神激荡！这只是庄子寓言之首篇的六十几字而已，却足以让我们心旷神怡而闭目长思了！海洋、天空、游鱼、飞鸟、北极、南极、几千里之大、几万里之远，从几千年前一老者的口中几字吟出，就占尽了我们的海天，其幻莫名，其妙莫测，其美莫言！这空间里能填充我们多少豪情与想象？让我深陷不拔！从一个打小就熟知的寓言中不断生发……

｜第｜二｜辑｜

｜渐｜行｜如｜书｜

1

行东走西，画北指南，常在途中……

什么方式最能切身感知生命意义？生理、医学、意识、精神、灵魂、希望？我选词语：旅行！无论你去到哪里，自然与文化的生命会对自我的生命产生深刻而深远的影响和改变，这种影响和改变，或不自知，或不他知，似缓慢的静水深流，已是新的"生命"！

我喜欢旅游和看地理，喜欢考古图片和现场，这比历史文本让我觉得可靠和真实得多，在漫长岁月的痕迹里，依着这样的视觉和气场，我的想象力无论怎样驰骋，似乎都有落地的安全感！信任你看到的和感受到的，原来是如此重要和美好！

行走，见证自然和人的关系；寻访古迹，用徒步靠近的真实方式印证个人对文明的理解和想象；勤勉思考与劳作，向社会和自己的生命表达相对独立与微小的不同见解来确立尊严。繁华一瞬或回归砂石，自问此时与彼时的个体快乐与自在……

我一直对世界充满好奇，向往新知，为此一直行游不断，却总是深陷怀旧，总是固执地热爱着"过去时光"式的思维方式……

每到一个地方，喜欢留一张地图。似乎这样，离开也是拥有。地图让人充满想象和激情，一些粗线不同又不规则的线弯弯曲曲，这样的线游走几厘米，我们得用无数天的行走才能跨过实地。每次翻看地图都让我"质疑"自己生命的意义，无论我多么自豪于自己拥有的时间效率，对应着一张小小的地图，我涉足过的地方竟是如此少而又少！那未涉足的"空白"让我无限向往……

看到太美的风光有时是会忘了去用镜头记录的，让自然的奇美在你的眼前被放走是件值得庆幸的事情。与人的思维一样，不是为了记录去思想，而是生命需要享受思想本身。

旅行的记忆有时是越来越加深越来越清晰，甚至是在当时只是被自己的余光似有似无地掠过，却会在自己的脑海里无来由无准备无关联地成为记忆里的"主角"，将自己带入另一个时空却真实得如同自己因长期牵挂而重游故地般地再临，而这样的再临又分明是与原来第一次的时空一致……

希望不断去陌生的地方旅行，成为自己时常的生活方式，但我说旅行的资格是不够的，虽然我去过世界许多的地方。我羡慕那些用漫长的时间和徒步的方式接近最高、最远、最深、最天然、最原始地方的人，每每看到他们又向陌生的地方前行的消息和图片，我知道我的所有旅行其实都是肤浅的，我真正的旅行还未开始。

观大美，付劳顿，天然道理。来时的路途遥远是用来考察人的诚意的，同时也是用漫漫长路消解唯利的世俗并培养人对自然之崇高的耐心、意志、思考及鉴别力的；回时的路途遥远是用来感恩和领悟自然的赐予，思想人与自然的美学意义的。许多旅人或许未如此想，但客观上多少或些许也是如此的吧。不然，旅游为何呢？

实际上，旅游的目的不仅是看那个"终点"，去达终点的过程所发生和感受到的一切都是旅游的目的。路途中的每一次停下每一次关注也是终点。旅游的目的是求不同，在不同中求领悟，是"路途"将旅游变得有趣和丰满。就像入海口，固然壮观宏伟有成就感，却是整个上游河流水系的汇集，而这个汇集是由相关的地质、气候、植被落差、降水流量、泥沙及人为等因素构成的。对这些毫不知晓，看入海口将少了多少伟大的想象和美的感悟啊！想来，众生旅游，大多只是身体在"旅游"而已，人与人原是不一样的。

自知自己哪些能做哪些做不了。做不到的我羡慕别人做到，比如成为旅行家。我既无时间、也有牵挂、还没有能长期风餐露宿穿沙漠越雪山的体质，但去世界各地看看，哪怕是飞机、航船、车行、徒步的一过，也是让我不断能通过回忆在自我见识的书籍上增订页码的安慰方式！

旅行给我们带来的好处除了当时的新奇、新知与惊喜外，更多的回馈是在过后的漫长回味，在回味中添加厚厚的情感、绵绵的思绪与时间的度量，让不起眼的一瞬和小景成为可重放和补充的亲身再历，在冥想之中"重游"故地，却是穿越了时空。不断地旅行，不断地受教育，启迪心智，于心中生出伟大的"敬畏"！对自然对文化！

带孩子出来旅游是让我获得再次成长的机会，我会重复去看一些好地方，去看已看过多次的博物馆，去见老朋友，去看成年人不想去的游乐园，会用缓慢的方式靠近一个陌生的环境，会鼓起勇气去一个一直想去却一直没去的遥远的地方。这样做给我的回报是：与新感知、角度、思想、领悟和惊喜的频繁不期而遇。

与孩子同游还有一个更伟大的收获：你能看着孩子成长，感慨什么时候孩子学会了照顾父母？什么时候孩子拥有了深刻的思想？什么时候孩子获得了这么多知识？什么时候孩子如此具有慈悲心灵？什么时候孩子在日常的生活中发现了值得记录的事情？更关键的：父母与孩子拥有了共同的旅游故事和记忆！

旅游是伟大的学习，怎样旅游也是需要学习的。旅游如人生，所需所好不同，但最高境界当是"适"与"悦"。适，讲适度、适合，在相对的时间里，不过俭过奢、不过累过闲，不过平过险。适，最重要的是"适己"。悦，心情愉快，观美景、感新知，均是上上之悦，悦是由心而生的深层快乐，是无碍的通达、透彻与持久。悦更靠近人的精神之享，所以也更符合

"游"的本质。旅游实际是用我们身体亲近和缓慢移动的方式去翻阅一部自然的大书，当我们看懂了书中的部分内容时，却突然发现，我们是借助这部大书读懂了我们自己。

视即是觉，游即是学，我们都在途中……

通过花蕊之心可达太空。

2

长年穿行江南，满眼自然，见惯了稻田、农舍、泥道、绿植、河塘、木桥、牲畜、小船与山水，今车行于同样的江南，见了同样的熟景，竟是深深的感动！视线并不聚焦，就这样漫无目标，散淡地看去，看得心里软软绵绵，泛出无限柔爱！心里惊异，原来在天空雾白的云层下的地面上的自然和平淡是这样能安慰人心。

江南好！江南是皮肤的舒适记忆，江南是呼吸的滋润舒畅。江南是满眼的江湖，江南是缓山绿树，江南是烟波浮漾，江南是溪水潺潺，江南是芦花的掩映，江南是竹海的剧场。江南是鱼米之仓，江南是桑蚕之国，江南是青花之域，江南是文人之乡。江南布丝竹之音，江南弥清净茶香。江南现笔砚墨纸，江南寄诗词歌赋。于江南尝美食，于江南阅闲情。江南仍"太平盛世"，江南仍地处"江南"，今日之江南已无了性情"江南"。江南失了士文浪漫，江南无了思绪清谈。江南已非曾经的"江南"，能不忆江南？

"故乡"这个词突然让我心颤动并莫名地温暖、忧伤、想念、亲近又无定所。祖籍昆明，生在余干，青年时期在福建将乐，大学工作在北京。余干是我故乡是铁定的。可自从我出生和童年的居所被让出了那小块长方形的土地成为了新余干的主街道，我"故乡"概念的强大"心磁"开始少了清晰的纹理……

余干的美绝不仅仅是这让梵高迷恋一生的熟透的金黄！余干还有春天灿烂的油菜花的嫩黄；还有夏天望着让你心神荡漾的莲蓬荷绿；湿地、芦荡、候鸟、蟹塘、船影、雾江……加上成群的绿头麻黄野鸭和成片的洁白天鹅；世上最好最独特鲜美的余干辣椒。

南昌大雨，玻璃窗上不断发出不同部位的声音，密集的雨斜着下落，像纱缦一样，使对面的建筑都有虚幻的感觉。偶有大风回转上升将雨珠托起在窗口轻舞，如大片雪花飘动，惊喜让我恍惚并长久凝视着这"陌生"的雨……

在南昌凯莱附近一街道路口，车来车往中，一老者拿着竿头带钩长约七米的竹竿往高悬的电缆上伸，原来他家的一排腊肉挂在电缆上晒。

乌镇，是我以比较高的水准去要求也没有让我失望的江南水乡古镇。夜晚徒步绕街而行，光影水色竟让我时时动心，实属不易。乌镇的早晨安静得像个静止的水乡照片，除了偶尔的鸟鸣和淡淡的水雾。天亮得太早，让乌镇的莫测没有尽显，要不真与我想象中的水乡一致了。走了一条偏巷，是个没有修整好的小院。瓦石砌成的小路和竹篱长满了青苔，形态可入画的小藤穿插着并错落有致地在竹篱上舒展，两边的竹林已合抱一起，矮石墙蜿蜒的尽头竟是阶梯伸入水中，是个停船家用码头！房子似乎在水上静静地漂着，曾经院子的主人和他的邻居们的生活是何等让人神往，无人知道……

在基本无人的主街上散步，远处有一店家在炸油条，让我的行走像是这里某院子的主人。后面传来女孩硬鞋根发出的快且乱的脚步声，夹杂着她们相互叫着拍照的声音和夸张欢快的笑声，并匆匆地从我身边穿过。一恍惚，回到常态，我也是个游人……

在水剧场看到一单孔残桥，映着水面倒影，阳光从桥后照着，刚想要拍，几个游人从前面出来大叫"这才是真正的断桥"，并要上去留影，断桥如此，就让给他们。在乌镇东栅没有感受到如西栅水乡之美，看到的全是游人，像个小世博园。出门时在一商铺买了一对明末清初的瑞兽祥鸟纹的老木雕，如此刀法今天已不多见了。

再游乌镇。乌镇最宜阴天清凉的早晨，在桥边或水岸清坐，观"静水"倒影，闻桂香，听鸟语，半天无事。偶有家船摇过，泛出了水纹柔软。若有所思，却无痕迹，出神。小鱼翻转闪白还有饮烟淡淡，又将我的出神拉回了这安静的乌镇，身心却已轻了……

阴天，游松花湖。原名丰满水库，是东北甚或全国著名的湖景之一。我们乘船观湖，并于船上安排饭局，到是有趣。两岸青山如黛，只是水位略降，露出的山体泥石，如画在水面上的浅黄色带，蜿蜒而伸。远近缓山，色深调浅，灰绿、灰蓝、灰紫，画出了山距的渐行渐远。极目，真正的水天一色。凉风拂水，微波细漾，久视迷幻，人轻飘浮。立船头，身心浪漫。水、天、山色皆"丰满"也！

3 /

一块大大的云如裁切似的飘浮在天空，那里是否就是一条分界的"天线"？从地上看天上的云常看，从天上平视或俯视云海才能见着异样的光影，云缝里透出的山脉上的白雪是地上的群山观望天空的灵性"双眼"。这就是雅鲁藏布江。念着名就能感觉到伟大，见着了何止是伟大。

刚到拉萨，满眼看到的景象还未来得及感叹，视线的移动又被新景惊得只有自言自语了，这自言自语与如幻的景象乱了自己的方寸。这里离天怎么这么近？近到我们的行走都有飘浮的感觉。近到让人总有伸手往上的举动，以为这样就能揽住了属于天上的云。这里的白云白到让我不断怀疑，是那种厚厚卷起又边缘清晰并有重重的量感的那种白云，与我们常看的就是不一样。这样的云不能用水墨来描绘，只能用油画，锌白色还不行，得用上好的钛白颜色。还得用上好的有弹性的软笔顺着云卷的方向柔韧地滑动才能接近的那种干净的白。云团、云层被太阳照着的部分分明就是那种漾人的温暖，另一面就是蓝天给出的淡淡的蔚蓝，而这两色又是那样多变和丰富细腻，这样的白云看着就容易让人心里融化，化得善感百出，化得眼睛迷离。然后是不断追随这云的步伐，而忘了自己已走出很远了。西藏的云是世界上最让人出神的那团白色的水汽。

"大昭寺"对我来说与"布达拉宫"一样是我最"熟悉"却无限陌生的拉萨的象征，与"酥油茶"的口感一样也是那样的"熟悉"又是那样的无限陌生。"八角街"的僧人、藏人、游人、商贩、餐馆之多在其他任何地方是可以淹没一切宗教纯粹的，但被这个著名的街和俗众围着的一千余年的老寺却仍是自我清净到墙外无物的境界。几小时在寺内寺外徒步，只能用"两重天"来形容这寺内寺外的不同和差异来，这不同和差异不是服饰、信仰和财富，只关乎"灵魂"！喝一口"酥油茶"，闭目体会这西藏的感觉和味道，化到身体里去。

羊卓雍措是仙境。云竟是漫地而过，快步行走带散的是云丝。同样是蓝天白云雪山湖水，组成的是却是童话般的世界。湖水碧绿，且是那种绿得漾人并有喜悦之态的粉绿。粉绿也是深浅不同，多彩的粉绿中倒映着云白天蓝，近岸边水带呈出黄调，而这丰韵中还有温暖的调色在各色中时隐时现。几缕太阳光透过厚白的云层直射在湖面上时显出冷调的金光来。雪山被云掩住时是冷冷的美，被阳光亲吻时竟是化心般的圣美。厚厚的白云中露出的蓝，是透着无限纯净和遥远的那种蔚蓝。现在我知道为什么藏人"经幡"的五色是蓝代表天、白代表云、红代表火、绿代表水、黄代表土。藏人朴实，没有"形容"，而是他们的天地五素之本色。

西藏的蓝天是我所见世界各地蓝天中最具诱惑力的。白云在西藏的蓝天里是情态万千的主角，蓝天以她的纯净和单一持之以恒地显示出默默的祥瑞来。蓝色本是内敛和冷静的，西藏的蓝天可不这样，她是那样透彻和坦荡的遥远的蔚蓝。这蓝，极易让人飘扬。看多了看久了，视线会在这蓝里走得很远很远，是远到无知却又是向往着并相信一定是美好的那种遥远的蓝；是那种在蓝里可以获得心灵自由和非体温感知的那种心灵的温暖。这种蓝所具的洁净能力不仅能洗涤尘埃，关键是能融化人内心的"结石"，还出我们的本源来！西藏的蓝天总是让我产生失重的感觉，好像身体真能在这渊浩的空空又实实的蓝里无限飞翔，虽然清楚地知道那飞翔于这蓝天而言不及一粒尘埃，但却是一粒快乐的微尘。既为人类，做这样的微尘也是被蓝天剥夺了资格的，所以我只能是望着蔚蓝出神，靠想象在这蓝里荡漾。

纳木错一定是人间天堂。在任何地方站立，让你不由自主地360度转身，全是奇绝开阔的美景。纳木错哪是湖啊，分明是海，而且是"天上"的海。人造的纯净水也没有这里冲上卵石岸边天然湖水的洁净。海样辽阔的水面是蓝绿色的，隔着白云与天对应。在高处极目也看不到边际，只是一条水平的绿色出现在视线的最远方。左右侧是连绵的山，红土绿草白雪相间，透着云破处的阳光，呼应着绿水白云，这样的静美！震慑着我，让我心颤，让我泪盈。纳木错是真正的"神湖"。

西藏真正到处可见的是五颜六色的经幡。如果说布达拉宫和大昭寺是西藏的象征，那是固定在拉萨的神圣建筑。而经幡则是西藏活着的灵魂和吟唱着的风中的祈祷！这经幡会出现在西藏和藏传佛教地区可能出现的"任何"地方，山口、河谷、庙宇、屋顶、路旁、桥梁、树木、巨石……这种飘扬的"彩色"充满着无限敬意和善念。经幡的美是想象与敬畏的浪漫。一直在想，朴实的藏民怎么会想起如此美丽奇妙却天然并充满诗意的念头，让风抚经而读，随风传诵。经幡的每一次飘扬在藏民的心里就是诵经一遍，而这不停地"飘"在藏民的心里就是不停地传诵。似乎他们能从风中听得出经文之语，并心里确信善念的回报。读过"经幡"的风是"温暖"的。风过之处，就是"经"的力量所达之处。藏民不会知道他们单纯的祈福的方式，给来西藏的游人或见到经幡的人带来多么大的愉悦和美善。

在路上的风景将我陶醉的时候，车一绕弯，眼前见到山顶或河谷出现的五色经幡，心灵突然有种被提升的震撼，视线的感动完全来源于人的行为单纯与自然之景的融合。经幡的飘动荡漾着的是我心里最温暖和柔软的地方，不解其意，却有融化般的光明倾向内心。这幡与天、云靠得很近，传递着的诵唱成为真正的"大音稀声"的天籁！这带着"经语"的雪域之风抚身而过的却是清凉的柔暖。这是我在西藏不愿关着车窗和烈日下不涂防晒液的真正原因，我希望我的"本真"能对应着这神圣的"天然"，多一些感知的懂得。

西藏的经幡是西藏的神圣呼吸与吐纳，是"蓝白红绿黄"的五官、五行、五色、五音、五境的承载和感染。那飘扬着的是雪域上空袒露着的牵挂，是近天的潇洒，是人神共识的虔诚舞蹈。我们在这"经幡"占领的空间和空气中沐浴、静思、领悟，原来风中的"诵经"更具无微不至的关怀，我们就这样一直且时刻地被这默读了经书的风所抚爱！深吸一口这里的空气，闻出了"经幡"的味道。

我喜欢生活在自己营造的世界里，虽然有刻意的成分。平时也想，却做得不够。旅游给了我更好的机会，旅途中除了观赏和学习外，重要的是我可以不看新闻，不看电视，尽可能不接电话，重要电话接了也可以自己在外推托。沉迷于自己对自然的感观里的人是"脆弱"的，也是"孤独"的。自我营造的氛围很容易被"外界"扰乱，所以我旅游的记叙中几乎不记录路途发生的不愉快，尽可能多带着好心情走向下一个目的地。观风景……

4 /

在巴黎老城区的方石砖路面上散步，用视觉和徒步的方式对比着文学记忆中的十九世纪法国的文学家和艺术家对这个城市的描绘，想起上午却还在北京的家中整理物品（六小时时差），如梦游一般恍惚着。这个城市的空气似乎都有悬挂在博物馆里的杰作味道！深吸的每一口气，如深吸着不同的艺术风格……

巴黎圣母院的钟声传来！大革命时期的钟声应该也是这样吧？我敬仰的雨果应是在昏暗的灯光和钟声的陪伴中写下伟大的《巴黎圣母院》！并让这在欧洲在法国只能算二流的教堂，成为世界上最负盛名最激发我们想象力最让人愿意将看到的一切细节与我们熟悉的故事相连的建筑！让人伫立神思，只因为一种声音！

全家徒步从艺术城工作室城区走到凯旋门，然后从塞纳河边返回住地。巴黎随处可见我在法国文学的描写中想象的形象和艺术大师笔下的经典！虚幻而又真实，矛盾而又对应。顽固地将现实拉回到文学之中，拉回到一百年二百年前的画面中。在老旧的街道、路灯和尖顶的形象中唤起我在余干老家阅读"它们"时的真实情形。巴黎于我是个大片，穿插着意识流的3D大片！偶尔一出神，我与"现代"已很远了！只是肌体出现在今天而已！

一场小雨让巴黎一下凉了下来，阴天让满街的人开始穿秋衣了。散步到巴黎圣母院，雨果好像就在这上空看着他自己使其不朽的这座建筑和往来的人们，还有我们。爱丝美娜达和卡西摩多一定真实地在这建筑里存在过……神往已久却近在咫尺，真实得让我自己的意识显得不真实！

巴黎不仅是一座名城，不仅是一座浪漫的名城，不仅是一座曾经的世界艺术中心的名城，更是一座拥有万千活力的生命之城。仅仅是路过或是记住它是远远不够的，是要贴近它，生活在其中，融入其肌体，对它充满感情和想象力，让这个城市的风、水和磁场调息着你，而后你才能领略一些真正属于这名城的体温……

巴黎圣母院的钟声如约而至，这种特殊的声波真的会荡涤俗心并牵引着我在天空中扶摇而上……身体由实而虚幻为澄明……女儿说：教堂的钟声有"杀菌"的作用。我知道这是她从书上看来的，我信这个！佛教和道教钟声一样具有此功能！

法国的食品中我最喜欢的是法棍面包。微咸，外酥，略硬，内松软而香。刚烤出的面包更是口感极好：脆得让牙床舒服，嚼得又有适度的弹性，闻着有温度的火的气息和面包朴素的麦香，顺手拈一块往嘴里一送，立即会释放出你的食物液体与之附和。其长长的形也有量感，边缘的暖褐色与整体的浅黄加上面包上几条刀划的纹路，与面包内部的大小孔洞的交织，和微微泛灰的麦黄色相衬，竟然是极符合人挑剔的审美逻辑，别样的浪漫！这种面包最好的吃法是素嚼，加一杯稍热的脱脂奶就足够享受了。而我则是要喝一杯上好的茶才心满意足。

从奥赛美术馆前的木桥跨过塞纳河就是协和广场东面的公园，靠河边有一梯形的高台，绿树成荫，闹中取静。最让人喜出望外的是在树荫下散放着十余把可移动的椅子，一下将公共的环境变得像私家花园，座座怡然。法国人还是很有情调的。这条林荫长廊的尽头就是"桔园美术馆"——莫奈的圣殿。

莫奈仅凭在桔园美术馆占据了两个圆厅的巨幅长卷作品就足以流芳百世了。不能想象晚年的莫奈哪来的体能和持续的激情画出睡莲、水面如史诗般的光影和敬爱。

喝着茶写着文章，圣母院的钟声持续地响起了（早晨八点），这连续的钟声总是会让我停下手头的工作和阅读出神发呆，这是大钟摇摆着发出的声响，两声相连，一长一短，一重一轻，相差只是微小，但却形成了教堂钟声独特的音频记忆。持续的钟声如水般一浪一浪地漫过我的心，有种湿润的感觉……

沿河堤慢步约一个半小时来到巴黎现代美术馆。这个1937年万国博览会的场馆现在已失去了往日的神采，有点年久失修的感觉，石墙上的喷漆涂鸦赫然，墙角的污秽显出无家可归者的数量。建筑中间的露天庭院已摆满白色的桌椅，成为咖啡吧和快餐厅。当年的此处不知是否也如上海世博会般需排队瞻仰呢？如是，那这些被无数目光瞻仰过的石阶、石柱、石墙、石雕是否会感叹神伤，抑或是感慨回归呢？

从现代艺术博物馆往西大约三百米有一个著名的Guimet艺术馆，中文译成"集美"，无论音、质都非常对应，是巴黎收藏亚洲古艺术品的专业博物馆，展品的高水准是对我们徒步辛劳的补偿。有许多中国的古代雕塑精品和不少敦煌的壁画，弥足珍贵。印度，日本，柬埔寨的古艺术品藏量同样丰厚。在相互映衬下，中国的艺术更显出风度和气质。雕塑如此，刻像如此，陶瓷更是王者之气。这个博物馆可能是在旅游书刊上介绍得不多，观众显得少了些，但安静的气氛和考究的陈设及灯光更符合东方艺术的安静和神秘。

巴士底广场竖立着铜铸的巨大纪念碑，围栏上还有花圈摆放着。当年巴黎市民攻打巴士底狱的革命行为完全是民主植入人心的自发行为。发生在这个地点的事件经新中国伟大传媒的颂扬，曾经是多么让我心潮澎湃。如今这里是巴黎著名的菜市场了，曾经的大监狱、曾经的革命之地、《双城记》中的主人曾经的"居所"、现在的菜市场和游客的瞻仰穿梭之地，还有记忆与情感，如纪念碑上空的云彩一直变化着。

不能想象巴黎如果没有了这条情态万千的塞纳河将是怎样的一个不浪漫的城市。河流不仅给两岸的建筑回应倒影，也映衬着天空的莫测，水面波光闪烁，一定荡漾着巴尔扎克、雨果、大小仲马、乔治桑、司汤达、德拉克罗瓦、莫奈、修拉的遐想……巴黎的想象力全由水而生发出来。城是养生活的，水是养艺术的，山是养道德的。城与水结合养的是浪漫，山与水结合养的是诗人。

又来到著名的奥赛博物馆。去年来的时候天气比现在热，也是排着长长的队。巴黎人（整个西方）在秩序方面是值得学习的，回形的队列被自然地遵守，比上海世博会用铁栅栏窄窄围着的队形更有模样，没人插队，没人吵闹，小广场满满的人，却如国内的图书馆般"安静"。奥赛在卢浮宫的对面，这两个最具人气的艺术博物馆占据着城区塞纳河中心的两岸，将时间付与博物馆是西方人生活的一种休闲方式。

巴黎"欧洲摄影博物馆"是在地图上找出来的，竟然就在我们艺术城隔壁。我们出门经常路过这个很专业的博物馆而不知，他们在石墙的门口很不起眼的地方刻上了馆名，是用十八世纪的古老住宅改建而成的。庭园南侧是一个很有东方禅意的由黑白两色石子梳理出的河流枯山水，里面的几个摄影展很专业，触及的角度和装饰及展示都很当代，有时我在想：摄影本来一直是追随艺术而发展的，现在反过来用绘画追赶摄影的人却大行其道。我还是喜欢各司其职，各守本分比较好。

或许真的因为喜欢雨果，靠着标示不明的地图径直找到了雨果纪念馆。雨果在此生活了十五年（1833—1848），将中年最好的时光留在了这个地方。这里是孚日广场的东南角，离艺术城约十分钟，从这儿步行到巴黎圣母院约二十分钟，钟声应该是可以传到他的卧室的。雨果的旧居有四层，他的卧室在三层的朝向内庭院的底间，面积并不大，床也不宽，有一似中式风格的床架，小书桌上放着的墨水瓶上还插着羽毛鹅管笔，我确认雨果并未用过这羽毛，但还是能想象出雨果伏案书写的情形。客厅装饰很豪华，来自中国的瓷器和东方风格的艺术品挂满了大厅，朝着孚日广场的窗户可以看见喷泉。过厅上陈列着雨果的书稿和他充满浪漫主义风格的绘画作品。这个旧居紧邻巴士底广场，发生在五十年前的七月革命一定给雨果深刻的影响和伟大激励，使其原本丰沛的悲悯更加广博、崇高和灿烂！

小书桌上似乎仍留有雨果的气息，十八世纪流行的暖色调的厚布椅子一定呵护过雨果的身体，厚厚的床被中似乎雨果仍在午睡……罗丹雕刻的雨果像就存放在卧室隔壁的内角，这个低首沉思的老者是《巴黎圣母院》《悲惨世界》的父亲，让我充满无限敬爱！

一八八五年雨果逝世，法国举国悲痛，他的葬礼成为浩大的国葬。一幅油画记录了那个让人震撼的场面：整个先贤祠广场完全被鲜花覆盖，悲伤的法国人静围在先贤祠的周边，气氛肃穆。使这个能与罗马圣彼得大教堂媲美的"万神殿"也显得不够气势宏伟。雨果的葬礼不仅是他可以长眠这个只能是法国国家的先贤和护国的英雄才能进入的殿堂供世人瞻仰的仪式，更因为他而彻底改变了这个原是教堂的宗教性质，弃宗教仪式而为民间的殿堂。雨果普天悲悯的心脏一直辛劳地为底层人民的喜怒哀乐而跳动着，在这里他可以安静地歇息了！

我因为喜欢德拉克洛瓦，也喜欢他喜欢的籍里柯，也讨厌过他讨厌的安格尔。因为他的日记，我记下了他那个时代的许多故事，也用对文字的理解幻想过艺术之都巴黎是怎样的模样：方石砌成的路面，马车行走时发出的声音，夜晚昏暗的灯光倒映在更暗黑的塞纳河上，在巴黎看到雨果和德拉克罗瓦的纪念馆了却了我的长久心愿！爱他们，愿意将自己的情感依附于想象力并长期盘旋于他们的周围，使自己的精神疲惫时有一栖息之所，休养生息后重新再往……

这条往南的大道巴黎人称为阳光大道，名称也是充满浪漫。汽车似乎是追着太阳而行，今天这样的阳光在中国很少见，似乎像摄影棚里打开所有的灯光加上白墙和各种反光布的反射一样的白白的光明，在阳光直照下的肌肤虽感灼灼但却分明是舒适的冷爽。天空是透明度极好的浅蓝色，白云在天空不是一朵朵悠闲地静静地飘着，而是成丝状的细微精致却又似浪漫沙滩般地虚虚淡淡地依附于这透明得无法辨认高度的无垠之所。

枫丹白露宫是世界文化遗产。长廊中文艺复兴时期意大利画家们的作品保存得非常好，并不亚于卢浮宫中波提切利的作品。胡桃木浮雕布满整个长廊，不仅气派而且精致。看来古典传统才是我的偏爱，无论是在中国还是法国。

中央大道（哈尔滨）的石砖世界闻名，一百多年的历史，如新却又岁月地呈现在我们眼前，见着就亲切。这道让我想起了法国，想起浪漫主义文学和浪漫主义绘画；这道让我想起昏暗灯光下的巴黎；这道让我想起德拉克罗瓦、郁特里罗、乔治·桑、肖邦；这道是我对上上世纪的敬意和对我所受教育的追慕。这里被人走着的是上世纪初的产物，我感慨其完好如初，让人踏着舒坦、稳妥且坚定不移。我感慨的是，为什么我们踏着的是这一百年的长约六十厘米的条石的这一头？而另一头却永远地深埋地下？我踏着这块石能否记住是多少位从它身上踩过的直立行走的动物？我有幸与它们会面，我有幸从这里走过，我有幸拥有此时此刻的感慨！这"道"是一条记录岁月、鉴别真伪的条码，人类看不懂、看不全，但它们和它们的朋友还有这区域的时空全懂、全明白。蹲下，用手抚石，是我的无限敬意！

经常无预兆地在脑中闪现出在巴黎的情景，似乎是文学中的遥远又遥远的记忆，却新鲜得闻得到红酒加美食并混着古老教堂和左岸城堡建筑的气息。一家三口似乎仍在巴黎的街道上徒步，脚感清晰：塞纳河、蒙马特、香街、博物馆、书店等不断切换场景……眼睛看到并手上描绘的却是在温润的瓷泥上渲染着的如梦青花……

喝着茶，看《巴黎城记》，浏览着文字，脑中出现的是巴黎的建筑、街道、博物馆；红酒、香水、咖啡香。或因我在巴黎时住在塞纳河边上的缘故，每天全家均是沿河徒步去博物馆的。巴黎的美和巴黎浪漫的实质是这穿城的河和形态各异的河上的桥。因为河才有两岸的美景，因为桥才有这"虚、实"的城市。因为这著名的河和河上的桥产生的故事、爱情、绘画、摄影、文学、记忆、想象才是这个浪漫主义的巴黎的人文呼吸，才是这个巴黎对居于此、留于此、游于此、过于此的所有人最致命的"伤害"，是向往文质浪漫的人们的形色香水中的名品——"毒药"！甘愿与不甘愿，却都享受着！天光云影、暗香浮动、情色人文的巴黎尽在这永动的水和不动的桥及阅尽人间虚实的空间里。

早起，烧水泡茶，听着音响，重新启用手机，看着从法国带来的书。坐在茶几前，泛黄的灯光在北京已凉的天气里配着校园提前的供热，只穿单衣也觉温暖。外面的风吹得窗前的杨树发出只有阔叶树种才会有的哗哗的声音，这种声与肖邦的练习曲混在一起有种奇妙感觉，既怀旧又当下甚或还有种冷静的诗意……

有朋友跟帖说我怎么经常提到法国？我也不喜欢如此矫情，似乎太过青年，少见世面……去过的好地方不少，唯独喜好巴黎，不由自主就会想起。巴黎对艺术家而言确实太有诱惑；没来之前，人们被巴黎拥有的文学和艺术的无数经典和故事诱惑；你在其中生活后，塞纳河的情态和古老建筑及随空气而在的文化感让你甘愿被诱惑；在众多博物馆里穿行后更愿被其诱惑；喝着红酒吃着法餐又会找出更多的理由和美的教育来让自己深深地被诱惑，确信被这个浪漫的艺术之都诱惑后才觉得自己心智健康！闭目，似乎又听得见圣母院的钟声传来……

日内瓦比我八年前来热闹了许多，因为明天是这个国家的国庆。市中心的大湖是所有游客和市民都愿意将时间付与她的水面及美丽的周边。湖中心水柱是日内瓦的象征，在碧水蓝天加上阳光照顾着的环绕湖边的高档四五星酒店建筑的簇拥中，一条高高往上的白白的水柱是何等让人惊喜和赏心悦目。水柱随平和的风速有仪态地变化着形象，飘逸而出的水雾带起彩虹，幻入眼帘。

伏尔泰、卢梭、李斯特、瓦格纳等都不惜用他们美妙的言语和旋律赞美这个情态万千的千湖之城，而一切的美好都因湖光的波纹荡出的浪漫，当然日内瓦的山色也是湖光的佳配。

伯尔尼是我喜欢的城市。缓慢、干净、安静且有文化和历史，临街而建的"旧德式"建筑符合我想象中城堡的形象，建筑中有完全贯通的步行走廊，无论是对市民、游客还是商家都非常实用，喜欢这个城还因为有条又宽又深、流着浅绿色干净水的河流拥城而过和不断飘来的乐声，还因为爱因斯坦曾在这里生活过和工作过（他的纪念馆也设计得很"德国"化），爱因斯坦作为人类史上少有的天才，他的判断一定也不错。

威尼斯是座漂在水上的城市，人类用这个美丽却雄伟的城市一时"证明"了自己在自然中的力量。自然依靠岁月的无声又给人类证明着这城市终将又是水面一片的汪洋。几百年以后人类只能靠图像在这片水域中回望"威尼斯"。几十万年以后，那时的人类又将是在一片高山上考古着这曾被"早先"人类叫作"威尼斯"的地中海上的"远古"文明！

布拉格是我最想来的城市之一。不仅因为有布拉格之春，布拉格之恋，而且还是世界上唯一座整个首都是世界文化遗产的城市。徒步这里，难得的是它一直让我兴奋，让我所有的想象对应不了现场却是弥补了想象，让我登高远望这将热情控制得极体面的城市时有纵身飞翔的欲望。到布拉格，你会失眠！

海德堡是个美丽而有底蕴的城市，既浪漫又有学问，既古老又有生机，沉而不重，让人乍看惊喜，久看有味。

5 /

有目的的徒步很舒服，无目的的散步则有美感，两者都能让脚
有微热、松弛和缓意，那是一种让人更能体会坐下来是怎样舒
适的一种活性的身心放任。徒步有运动的倾向，散步也有，却
更具闲致。散步让人若有所思又漫无所在，目光流转，说停则
停，越过则过，移步换景有所新发现全在漫无目的。散步是一
种奢侈的慢生活，于今多属于老者或身体不适又或时间富足的
人群，当然这"闲人"虽闲却未必能达"逸"。

能由散步散出美感来并散出好心情来的，首先是要有"散"自
己的心的准备和氛围，享受身边的随遇而安，享受于微中、平
中挥出心中的宏和奇来。散步这种形式天然就带着些雅，还守
着些"从容"，并且多少还与思考保持着可能的因缘关系。散
步的步幅相对徒步要小，更容易显出善意和亲情。所以散步这
种形式除了是老者的常态，也常被爱恋者用来谈情和朋友间用
来谈心。散步的形式无首尾和场地的属性，迈步即是。

傍晚是散步的好时段，这是自然的光线与人的生物钟和磁场
的波频与散步形式的美感达成的默契，这样的景致让我们
既感温和又容易熟视无睹。当我们见着在早晨散步和阳光下

散步的人则会多给些注视，只是因为这样的时段似乎不属散步的，但艺术家、思想者、诗人和心灵丰满者却不是惯性生物钟和昏黄光线的俘虏，他们迷恋的是散步的形式本身，是通过将自身置于自然和下意识的步频动态中的一种"闲情""通达""逸致"的境界，和更加沉浸于独立于精神思索中的一种外在形式。

散步的美是多样的，深浅自知。但由散步带来的身心享受却是不分高低，人人拥有。其实，散步这样一种平凡又亲切的生活形式是很值得有感悟力又"无所事事"的文人写上一部书的。这样，散步或许会成为许多喜欢以这样"无所事事"的形式去生活的人的每日必行的"信仰"！

在圆明园徒步一小时余。雪融未尽，嫩黄的柳枝在寒风的吹拂中梳出了斜斜的美线，却在暖日的倾照中显出明媚来。逆光的影像似极了我的《线绕太极》，一切的"创造"未出天然。

阴天，圆明园空阔的荷塘，灰白的冰面上褐黑色的残荷极具禅意地诗性地栖居于极淡的寒雾中，原来我的《文化虫洞》的水墨有真实的自然版？

圆明园的荷塘香气仍是独特的，在酷暑太阳的蒸晒下，这香气由鲜活变得浓郁和迟缓了，水、花、莲、荷混凝的香气不仅潮湿，还消解了园里到处是蝉鸣的躁动。我在炎夏的中午是很少来圆明园的，现在却不会挑时间和季节了，要不然靠什么来证明我还有闲暇和有心去消费闲暇？徒步，汗湿，与春、秋、冬景的对比算是对"闲暇"的尊重和证明吧？在自己的心里。

又来到圆明园，熟悉得不能再熟悉的景致因此时此刻的关注而又显得陌生，当我努力要寻陌生感时又是惊人的熟悉。泛着红的阳光照着开始泛黄的荷塘，树上茂密的绿叶开始有了挂不住的零星的落叶了。眯起眼往远处尽可能多看这初秋的景致，视线迎着太阳也并不刺眼，脸上全是阳光之色，有种懒散的幸福感。

|第|三|辑|
|关|于|艺|术|

1

开机，收到学生问与创作有关的短信。摘自己今年三月在上海"三界"个展画集上的自述。"让自己的创作和作品尽量多地融入自己的生活，并尽量多地更像自己的生活……在人类文化的长河中，我们来过，看过，并自言自语过。'来过'是指我们的身体，这是缘分；'看过'是指我们见到并选择并感受到了，这是生理与心理；'自言自语'是一种表达，好的留在长河里成为一滴水，不好的也留在长河里成为一粒砂，这是精神了。仅此而已，是为凡人'三界'。"

艺术家"创造"作品其实是他的一种生活方式，依赖着这种方式，将许多微妙的感受用形色进行传递，而且还要独特和具有魅力，做到这点可能很艰辛，甚至痛苦和困惑，但艺术家因此才获得更多关于"自我"的感悟，这样的感悟能产生"幸福"。

艺术并不全面，也不完美，艺术只是个人生命的情感表达。艺术的表现形式跟生命历程息息相关。所以，我愿意大家把我的作品看成是我生命情感表达的一种方式。

任何价值的判断都是"对比"出来的。艺术家是所有职业中最具"对比"天赋的人群，在光影、色彩、高低、思维、情感的一切微妙对比中获得灵感和证明才华。杰出的艺术家总是在艺术的对比中获得"真谛"，从而在"得失"观上与众不同。伟大的艺术家之所以被人们称为不合时宜的"傻子"，是因为他们选择的"对比对象"是常人不去参照和无法理解的，却是"傻子"们心中至高的精神理想！

学生问我如何培养自己的热爱？热爱与你特别想做且持续想做的事有关。比如我最想做的是有时间去好好读书和旅游，但忙碌总是剥夺我的享受。我尝试过放下工作、创作去游逛和闲读，却常有理由和各种原因让我回到忙碌。有一天，我可以整天读书和"人在旅途"而放下一切时，就可以说这是"热爱"了。

艺术最好的老师是热爱，人格最好的老师是胸怀！

"爱"是艺术的情人！

水墨绘画与瓷器装饰如何做到虽形式质地不同，却能审美意境一致，对一个同时热爱这两种艺术形式的艺术家来说是个难题，靠思考是解决不了的，相互照搬更是低劣的自我仿造。为了更好地适应材料，让不同质地的美自由地呼吸，我将不同艺术种属的作品做得尽可能靠近自己的心灵和像自己的生活！再看这两种艺术形式，你会发现已融为一体了。而要懂得水墨和瓷土，仅仅是局限于材料本身是远远不够的，熟悉"它们"的气息，并让"它们"走入你的家庭和生活，进入你的意识与思维，才能让"它们"拥有同样的血脉，而非领养。做到这样如同己出的唯一方法是与"它们"朝夕相处！

写实在今天的意义，一定是在有限的真实画幅里，包含更多时代"真实"的信息和艺术家情感精神的独特诉求。技巧无论多么重要，都只是"工具"。

我的艺术家、艺评家朋友极喜欢我的作品。餐中一位好友说我作品在进入当代语境中显得过于优雅，走到了学院派的极致和边缘，希望我的作品能少点雅致，多点社会性。二十年前我曾"追求"过社会性，但今天的我只想成为自己情感里的我，在作品中让自己愉悦，让诗意在"材料"里吟出音律来，而"诗意"恰恰是与"社会性"保有一定的距离才能拥有和扬抑的。我感谢我与生活的"距离"，虽然我的作品全源自于"生活的感动"。

对我而言，所有艺术形式都是我个体生命对这个世界和人的情感认知的一种微小表达，如"盲人摸象"，局部、片面、单一，却感觉得到"象"的真切与温度，自认为更接近"象"的本质！

当今的人不断用创作来解决问题，比如技巧、风格、观念等，这很有挑战，创作的过程经常会拷问我们的知识结构和图式背景的储备和价值观，甚至是道德观的判断！这是必然的经历，现在的我更愿将创作当作访问自己心灵的特殊媒介和手段去探讨，让作品成为自己灵魂的探索和表情的呈现，从而满足将冥想中的不清晰、不客观、不准确的、飘忽的形、色和真切地在自己的思想和情感里闪烁过的莫名之"象"，带到能见的作品里的神秘旅行的体验。陶艺和水墨在近五年超越油画成为我主要的创作类型，恰是具备上述我迷恋的特质。

一切艺术形式的表达都是要通过技巧来呈现的，能达到技巧熟练的人在中国不是少，而是很多。但拥有极高技巧还能感情充沛如青春少年，没有让这熟悉的技巧成为自己顽固的家长，而是依着自己的心情变化能提供氧气的自由呼吸，达此境界的人却少之又少！

上大学之前我眼里只有大师，上大学之后我眼里只有学院，毕业后在母校任教我眼里只有艺术，从陶艺、油画、水墨、装置、雕刻、国内、国外走到现在，我眼里只有情感了，是情感让我爱我的亲人、朋友，爱我爱的大师，爱我的母校，爱我爱的艺术！

躲在画室里画画的愉悦让我有生活在自己生命的"里面"的真实，可以让自己的许多感知苏醒时被自己能及时"感知"到。创作的过程就是让自己受深层的自我教育，但丁写《神曲》其实是写"自己"。

有人问我某件作品具体表达什么意思？我创作时的真切感受被这切割式的一问变成了空白！其实我一直是借助艺术创作来感知自己和这个世界的，这比我读书和写文章感知和表达要清晰、真切、容易得多，在时间和空间里。我借助许多不同的符号表达与之相关的我的意识，就像一部史诗，抽出任何几句来解释都不会完整。

有人担心艺术走到了今天已无路可走？我不担心，越反复看这一百年的艺术史，越无须考虑"有路无路"的问题。艺术是文化的、风格的，艺术更是情感的。每个人的情感都是一个"大自然"，我们用心体验也只是熟悉了这个"大自然"中微小的局部。艺术家要担心的是如何珍惜及如何在作品中转换我们自己的情感！

现代陶艺课中与学生讲形态、讲光影、讲材质、讲感悟，当然是与美术史对应着的实例来分析，不得不重复提醒技与艺之间的关系。技是劳作和能力，艺是情感和思想，技是可重复的行为，艺是不可重复的创造，技是依着惯性"机械运动"，艺是顺着心灵所产生的形色呼吸。学生眼高手低是正常的，手高眼低就比较麻烦，眼高手高才可能成为艺术家。而学生最需要学习的，甚至是一辈子需要学习的是如何驾驭激情、思想和判断。

激情是生命之气！

"情"是艺术中最活性的"物质"、最温暖的"怀抱"、最无垠的"大地"！

质朴的待物情感所具有的持久创造力，有时具有如血缘关系般的坚韧！

我喜欢极简的元素，单一里有充实的禅静！冷逸里有丰富的阅读。

"情随境迁、意随情移"，我常用于艺术教学、创作和评论。《兰亭序》里也有"情随事迁"一词。东晋至此时，光阴一页纸，所言、所想、所感、所解、所悟原来并无两样。"今之视昔"如此，"后之视今"也必如此。情、境、意会随各着点的不同而存不同的"落点"，"落点"不同才见"风景"不同，才现"风格"多样。艺求形异，技求日新，哲求同理。

在艺术家的创作理念、情感方式和理解方式上来说，艺术家本身并没有想太多，没有想特别复杂的，像理论家一样去提出那么多的概念。艺术家平时会思考许多问题，但真到了创作的时候是比较主观的。

是艺术家主观和感性的情绪在创作过程中起着决定的作用，也可以理解为艺术家在创作时思考的更多的是视觉的问题，当他把笔放下来的时候也会思考理论家提出的问题。

原来世界这么有意思，还可以这样去表达，还可以像通布利一样去画着随手涂鸦的东西，当你自己去涂鸦就会发现原来是这样快乐，但有的时候这种涂鸦的快乐不可以持续地表达你真实想要去表达的东西。因为人是丰富的，我的理性主义色彩和我的感性不可能永远处在涂鸦的状态表达，所以那个东西自然而

然只会成为我画面中偶尔出现的因素，我整体的因素一定不是
那个东西。所以有人会写文章说白明的水墨中会出现一些无意
识的线条。它会出现，但不是主体，那就像是人的呼吸一样有
快慢，人的脉搏也不是均衡的。对画面整体的掌控还是艺术家
的情感在把握。

我的创作是凭感觉的，当然也到了可以凭感觉去创作的年龄和
资历，到随意尚有小距离，离自由尚远。感觉，除了天生的直
觉外，个人经验和偏好也是感觉中的重要部分。有些人的感觉
是依着天性，有些人依着经验，而有些人是依着固执的偏好。
在艺术里做到自我真情的流露就是实现真正的自我价值。

当人们与艺术家并不熟知时，理解有时只能依靠文字，通过艺
术家身边朋友的文字进入艺术家的情感世界！

自然是一切人为之道的老师！追慕自然之美，我们会被大奇、
大异、大开、大合、大起、大落、大色、大形、大景、大静而
震撼，但关注自然中的"大"会让我们忽略精致与微妙。我们
关注小物、小种、小域、小趣、小草、小花、小树、小虫，又
会让我们怠慢宏伟和浪漫。对待自然大美的最好态度是靠近、
尊重和学习。自然的本质是大均衡和大适度。我们的美学和手
艺追寻的该是一种伟大而鲜活的适度带来的想象吧！

过去的佛像，特别是魏晋时期的佛像是不食人间烟火的大爱大
美！现在也有人在做佛像，但没敬畏感或根本不信佛，恕我直
言，你别指望能做出美的佛像！

迄今最大的《三色释叶》瓶摆放于自己设计的酸枝红木家具上，好看。自然界有红、蓝、黄三原色；中国釉下彩瓷有铁绘、青花、釉里红三经典；社会有儒、释、道三教；佛教里有三界；道教里"三"生万物；今天的家庭大部分又是三口之家。《三色释叶》是我对瓷下三色的敬畏和诠"释"。

对文字的偏爱让我可以面对漫漫长夜。我的艺术作品其实是自己用自觉容易的形色和光影方式对文字的诗意依赖所表达的浪漫敬意！

世界艺术史风格在十五世纪之前可用"大同小异"来形容；十五至十九世纪可用"和而不同"来形容；十九世纪末至今可用"日新月异"来形容；往后是什么样还不知道，但我想应该可用"殊途同归"来形容。所有一切均为着人性的丰满、讲究、探察、提升和深刻的尊重！

描绘"熟悉"的对象（无论是绘画或是文叙）都可以帮助我们更细致地了解被描绘的对象，其实我们原本并不熟悉它们。

我迷恋中国的好书法，以至于我收有书法、碑帖、书籍成堆，但在我的作品中，书法不着一字。我喜欢中国的传统绘画，以至于我各种版本画集绕室，常看常新，但在我的作品中，传承不着一式。我崇尚成为国名的艺术形式，以至于陶瓷成为我的专业和职业，但我的作品中，纹饰不着一法。我只是依赖着族群文明的气息。

艺术家应该用一生去思考和实践如何用"新颖""陌生"的

形、色和方式表达自己最"熟悉"感受最"深刻"的"东西"，还要比用"熟悉"和"直接"的方式表达得更"真实"、更有"情感"！

我之所以到今天还喜欢画两笔素描，是因为这种方便却古老的形式让我能确认我随手留下的痕迹有引发我创作的冲动和陌生感，还因为能用明暗和线条证明我还有许多新东西让我惊喜！

工艺的最高境界是"适可而止"。但工艺对技术的极致要求却将工艺人"修为"成只为繁复、精密、工整、耗时、媚技、显能的"工具"。懂得"适可而止"不是依知识而断，是依胸怀而定。工艺之美讲究"巧夺天工"，而非"巧夺人工"。

手工艺城市的传承关系是师徒式"作坊"形式，认知和审美的趋同升华了技术与工艺，但也固化了单一认知，在这一切"注意力"集中的"单一"里形成强大的视觉"逻辑"惯性，这样的惯性让时间畏惧，也让判断守旧。在这样的"同质"城市里，保持个人的"异趣"比保护一个"珍稀物种"还值得努力和赞赏！

看一个作品要学会全方位，你从360度角度去看，从90度角度去看，从30度角度去看和盯着一个点看，看到的是完全不一样的。

创作需要"转换"，观看也需要"转换"，"转换"所带来的"韵""意""感知"才是艺术具有无限生命与魅力的地方。

我们用素描去表达物像的时候，首先是将色彩的世界过滤为黑白，将空间过滤为明暗，将物体过滤为形、线，将客观转换为主观，将立体转换至平面，将物象转换为表达，无论写生、写意，具象还是抽象，只要你一画上去，以上的"过滤"和"转换"瞬间就完成了"默契"。转换，是艺术创作的核心！

在展览中如何展示自己不同作品的"相互关系"很重要，仅仅让人们看到作品在今天的展览里显然是落后了。我感兴趣的是如何通过展场的空间、灯光、布置、气氛释放出作品原本就拥有的"美德"，并且让无比熟悉的作品在自己的眼里显出微妙的"陌生"来。

收到不少对我法国展览的媒体报道链接，都提到我在陶瓷、油画、水墨、装置领域的多栖"成就"。我之所以在不同的艺术种属间往返，并非想证明自己的多能，这只是我不让自己陷入对一种媒材迷恋而至迷茫的手段，自己在这种往返中时刻能感受到新鲜和好奇，各种既定审美规范对我的创作毫无"约束"！

"文明的对话·白明作品展"的展览方式让我有兴奋的陌生感，这是我需要的。作品进入到如此传统经典的法国贵族古堡生活的环境里，消解了作品在美术馆里被远离了"身边"的冷清，带回了岁月的温暖与亲切。

年轻的朋友、记者总喜欢问我到底是油画家、水墨画家、陶艺家、作家？或是我在这些里面最喜欢做的门类？门类在今天怎么会分成这样？问题怎么会问成这样？诗、词、歌、赋与琴、棋、书、画在古代的文人里大多都是"副业"，却是生命状态里的"主业"！

在一个领域做深、做好固然重要，但迷于一尊有时也不是自己能觉察的，更不是自己能解惑的。跨界是让自己清醒的好途径。

能在今天的艺术界成为受人尊敬的大艺术家并非只靠一技一能，大都是复合和跨界作为，所涉领域还大多杰出。

只有用诗歌、戏剧、小说、散文等来表达记录才是文学家！艺术也一样，当你具有了可以描写现实，但没有专用这个方法，你表达更多的是意境审美操守责任的时候，你的艺术就高于写实的人许多，而且被你超越的人也会由衷地欣赏你！

观察自己的画，要经常退远且需眯起眼睛来，通过虚掉细节来发现问题，通过拉开自己与自己作品的距离，用旁观者的态度来减少熟悉和惯性带来的"自恋"，这是一种"自觉"。用思想、心胸与清醒对待自己，从而获得新知并对世界反馈"新知"是社会进步的基础。麻木与机械劳动是清醒和新知的"天敌"，且极易升华成"固执""唯己""真挚"与"排他"的感情。对一个城市、一个行业也是如此。近观太久，放大的是局部，迷恋的也是局部，久了，成了"夜郎"，"夜郎"不知"夜郎"是笑话。"夜郎"以为自己是"天下"。"夜郎"习惯了在黑暗中自以为是，"夜郎"的眼睛对任何光明反应是"畏惧"，并下意识地用手在眼睛前挡着。

要改变大家普遍的看法是多么的不容易。平庸的画家和工匠在"作品"里描绘太多的逼真细节却组成了毫无生机的"标本"图式，并在复制和惯性理解中递减本就少得可怜的"感知"，这样的"艺术"的流行，说明作者和欣赏者不仅远离了鲜活的"艺术"本质，其实也证明了他们远离了"生动"的生活状态。

改革开放初期的人搞艺术大多有真情、真性、真表达，因为有太多话要说，所以说得直接、简单，如雪景，少了细节讲究，却鲜明不媚。现在的人搞艺术大多不仅是"春天"里，而且还是人造的塑料"春天"，繁花似锦，色彩饱满、细节丰富，惹人喜爱，却少了"生命"迹象和真"自然"。

艺术作品讲究的是一个"气"字，中国尤其讲，只要看《道德经》就明白了。鉴赏家看作品会以"雅气""俗气""文气""匠气""逸气""拙气"来分。格调、感觉、情趣、品质、境界都是与"气"之高低有关联的概念。我对作品特别是瓷器的评价也是以"气"来论的：最高为"生气"，最低为"朽气"。瓷器，每天看着，每天用着，并非真的安静无语。好作品是有生命的，常看常新，何等的让人喜悦，这带来心理和生理健康的提升是"生气"的无价。不好的瓷器是"死器"，不能多看，看久了人会郁积情绪低沉，久而伤及道德和操守。"生气"是双手追随着思想、创造、新美和激情"生发"的传奇；"朽气"是双手填压着思想，伴着旧式、复制、模仿、无感情并机械，但熟练地重复劳动"生产"出的集体的精神"堕落"。

人类的每个文化贡献都是文明长河中的一滴水，由涓涓细流，进而溪流，再河流，继而江海和大洋。一滴水随着水流的汇集前进变得开阔后更显出自己的渺小，但却得于一直葆有鲜活的生命。文化的长河里除了水外也有泥沙，越是河流奔腾肆意，越是泥沙俱下，但能走得远的永远是水，泥沙则成为河床。能成为文明和经典的都是经历了叶空的沉淀并遗弃了泥沙后的河流……有生命的艺术是水，没有生命的"作品"是泥沙。文明的河流到了今天，却是频发泥石流。

真正的艺术原创者其实拥有更多的创作上的自由和蓬勃的生机，而模仿者和追随者无论以怎样的机智和借口都无法让他的作品摆脱束缚，让观众感到的只有朽气。

新瓷的美绝不是用来怀旧的，也不是领着注视她的眼睛去找出似曾相识的图式，并对应具体的上个或上上个朝代的审美。好的新瓷，一定是要具有充满滋润性的温雅生命的，这"器"的新生命不仅要让人感到亲切，而且还能拥有无声却是独立的思想，能给有体温的人于时时新意的另一种"新生命"。

自然中无处不在的生命的蓬勃与生命的唯一及生态的多样性教会了我如何看待艺术和如何善待艺术创作！

几十年好久不画素描写生，再画，感慨！素描实则是一门人生哲学，形、质、光、影均在单一的黑灰之色的相互对比之中，无穷尽。画着，犹如重检人生：光影多变，虚幻扰目，质却仍是"自在"；人生也在"光影"里穿行，自己内心的安静和力量才是生命形、质中最需要的真正"光影"。

吾以为可及！"道"在每个人心中是活性的生命，就像宇宙的真理形式总是以季节、时空、生物、植草、云霭、山川、河流呈现和代言一样！各不相同，却同为"真理"存在的组成部分！

"艺"对于艺术家的创作来说就是他的"道"！

艺术形式里有时就存有"宇宙的真理"，只不过是"大隐之语"。

艺术史中我常会自然更换所欣赏的艺术巨匠，从技巧到思想，从追随到开创，每类中的精英总是引我仰望。慢慢地，宏阔的主题让位于日常，雄伟的画面让位于影像，丰富的想象让位于时间，色彩斑斓让位于音乐声响，现在只有"天真"二字让我澄明和向往。

作品是艺术家用来储存时间、记忆和想象的！

"艺术"任何时候都是对觉得有"意义"的人"有意义"。对这一类人来说，艺术不意味着传递知识，艺术意味着深层的"安慰"。具有广泛认同的经典艺术意味着具有"朴素的人类价值"。对艺术觉得无意义的人来说艺术意味着"什么都不是"！

爱是可以传递的，除了血缘，只有真诚的艺术。

我除了在古今天才的光辉里享受"澄明"，我唯一的技能就是在自己的艺术里安慰自己。

艺术从来就不能对社会产生直接和显现的效应，艺术对社会的影响从来是婉转施与，却是心智、人性和精神愉悦的深层施与，不动声色，如地球的向心旋转，人不自觉，却无一不深受影响。

艺术家应该通过作品将这个碎片化社会的碎片式信息在自己的手里变得有人情味，并让他人看起来觉得这个社会有丰满起来的可能。

科技改变人的未来、改变人的生活、改变人的进化，艺术的作用是调整人在这些快速变化中的心理适应能力。

创作本身不是目的，创作过程是让你不断靠近"生"的气息和"真"的自心，使人生"明了"！

艺术其实不代表什么，也不能在生活中替代什么，艺术只是证明人的情感和智性及需求的丰富性！它存在并被我们关注，说明我们明显处在绝望的世界仍有希望自己过得更好一些的愿望！

实际上艺术于我个人还是能代表些什么的，比如我的审美！

艺术是能让人由衷产生"幸福感"的。在创造和欣赏艺术的过程中，无声息且本真地靠近了"仁智"并葆有了"天真"。

欣赏艺术并懂得享受自然是医治焦虑和浮躁的最佳良药。所以，有时间要多进博物馆，有可能要多近大自然。这两者是重整我们的思想，平息我们的欲念，并让我们靠近生命本质的两条路。一条由人为，一条天成！

艺术家、舞蹈家、音乐家，实在是一种幸福的职业！色彩、形体、声音是一种超民族的语言。如此，我们除了可以用语言表达情感外，还额外拥有了一种更独特的语言，使人生更健康、更丰富、更绚烂，意识到这"财富"的独特，等于增加了快乐。

2 /

镇的水巷尽头有一片芦苇丛，近半树高，这是我感到熟悉和亲切的一种雅植。芦苇，我画得很多，青花和釉里红均有"记载"。苇花张开时的情态在我心里是"松动"一词的形证，是秩序与自由、真实与装饰、比例与意外、舒展与约束、丰富与单调的最恰当的范例。芦苇善解"风"情，随风而动，随风而"吟"。

荷是古代文人常写常画之物，早已成品德风尚象征。但入瓷却难，"工笔"的太老套，"写意"的显粗陋。画要入"器"，器要载"道"。瓷要有"瓷语"，而非"画语"和"技语"。形、色、釉能显出温润、清新、美雅、吉祥来，如玉；纹、饰、绘能显出新颖、浪漫、风度、格调来，如诗。具自然之形，非自然之物，常看常新。"瓷语"方成矣。

中国很讲究感情是可以通过物传达的。中国还有一样东西独步世界，那就是园林！园林是培养了人的天地意识、方圆意识、虚空意识和居住意识，所以这些东西加在一起才是东方园林的精髓！

苏州园林中的美是全景式的：是图式的文学，是人造的自然，是心像的器物，是哲学的仁爱。上传的四图：第一幅反映的是器物美学，中国人讲究在自然中做选择，如此"画意"之石完全是发现之美，这美体现的是文学的大美。第二幅表现的中国文人居家能从自然之书中读风物。第三幅是"窗"的妙用，借景、借空，也借了"心"。第四幅是大景观，比之所谓现代派的景观艺术不知高妙多少。所有的艺术讲究都不动声色地融在动静、软硬、疏密、形、色、意中，是直观而又浓缩了的中国美学。当然还有关于水的图也是不能少的，这水还要是活的才灵性。

在法国和美国的文化讲座中介绍中国园林时，我在自己拍的大量图片中选了四幅：第一幅是切片石中如诗如画的椅背装饰图；二是室内的似门之窗，如线装书般的外形可观自然之影；三是园林户外隔墙花窗中透出的雅松；四是园中的太湖奇石和各种异树奇花及情态浪漫的建筑。

四幅图从座椅局部到从室内透窗视外，再至内园窗子视外园，再至园内景致，由小及大，如诗如画；每一处都有深意，每一处都是"自然"。我想让外国朋友从中看出，中国的艺术和哲学是身边的艺术和生活中的哲学。

米友仁的长卷《潇湘奇观图》我自定其为"大意象"风格。此幅云卷如潮，翻涌如浪，却是宽容慈祥。白云中显山露峰，山也如浪起伏，似云推山走，山随云移。山重云轻，轻轻飘浮的云却能将重重沉稳的山也显出灵动的多情来。大舒大展的云形和峰峦，简单至极却视野开阔，风雅文气而又朴素纯粹，化立体万象为咫尺平淡。抚琴一曲，吟诵浅唱，天地欣慰。形不紧，神不散；重墨不死，淡墨不松。处处经心却又是信手点画。整幅观之气息通畅，绵绵不断；局部细赏如观锦绣，幻化莫测。每每见之，心旷神怡，世事尽可释怀。

中国人养出了蚕这样一种天物，织出了美雅的丝绸。为蚕、绸我写过博文，却仍不能释怀。沉浸多了，似乎与这样的"天虫"就有了深刻的交流，以天虫之"眼"之"行"之"生"之"死"之"化"的方式"缓缓"阅世是种什么样的感受？与虫倾谈，化虫观空，真真受益，自然就有了这样一批画。

"天虫"系列是我停了几年未画油画后的重新"出发"。自认为已将自己的青花、水墨及其他的艺术形式融合得自然且有个人的语言和"符号"和未来的空间，"通"不仅是形式，"通"是指与自己心灵的情感。

蚕、天虫与虫洞是一个象征，而象征恰恰具有多样性：熟悉又陌生、具体又抽象、若有又若无，与记忆、与时间、与空间、与情感、与个体息息相关，各自真实浪漫又需求证确认，妙不可言。

梦里，我已是《文化虫洞》里的虫子，书虫和画虫，不具体，却真实。那虫洞是岁月的"孔"，是"白"的，皆无。却可去到"虫子"想去的任何年代。先去了"大汉"，再去了"魏晋"，复去了"大唐"，停在了"两宋"。这"虫子"如此喜欢册页、书简，如此喜欢宣纸、墨线。"虫子"没有形状，有时似"蚕"形，不定。"虫子"看着这墨线竖着，就能识字，说这是书与册；看着横线就道是"水"，是流动的河。这书与河是怎样区别的，我记得这"虫子"有一套理论，让我惊异。

说这样的"线书"要这样这样看，看久了就离不了云云。可顺着这竖线进入到一个不断可以延伸的地方，深不可测，不要知道这线书里说什么，在这竖线里最"安定"；这横线可以这样这样看，可以在线里漂着，动一下就过了一个年代，不知道到了哪里？却可以让我明确地联系起那一朝代那一场地，怎么像汉书、三国和红楼呢？怎么还有苏州园林呢？记不起却感觉得到漂着的"快乐"。还有许多乱七八糟的话，说得很没逻辑，明知在梦里，要记下来，却是记不下来了。记下的一半是梦里，一半是醒来的"记忆"。

在机场翻着画集，看到蔬菜上的虫洞，心里一惊！我水墨中的虫洞来源于古籍善本和古画碑帖的引发，虫洞形态的无重复性和出现位置的出人意料让我无限神往，而青青蔬菜上的虫洞更加刺激着蔬菜葆有的生机和人们对蔬菜安全和环保的判断。虫洞由纸本的岁月感变为现实的价值，虫子并不知道虫洞对我的意义所在。

假期画着油画、水墨，有了变化，越来越向着"自己"了。黑白灰调里有了些色彩，表现语言里有了瓷器的"情调"。顺手而画，没有心思寻找，没有思考表现，没有在乎风格。白色的"天虫"成了所有画面的核心，借着天虫阅山水、阅世界、阅自己、阅万象。由着"天虫之眼"穿越着……看一切……

"丹托认为艺术本质上由两点决定，不论什么艺术：1.意义；2.体现（方式）"。"天虫系列"的"意义"于我是至关重要的，是我的日常，是我的思考和情感；"方式"是艺术保持鲜活的意义所在，独特并具有个人色彩，在"天虫"里以个人的方式自由表达。

"屏风"与"虫洞"是我近年无意寻找却自然而出的随己自由生长的持续偏爱，"虫洞"的空间与神奇一旦与一个具体的中国"天虫"相遇时便产生了无穷尽的可能，就像"屏风"一旦成为一个象征时在我的心里就是纯粹的化学反应。在这样的偏爱中，无碍当代，无碍形色，无碍时空。屏风里有我可以飘扬的退想，有可以无束的放任，有可以肆意的穿越，有可以无证的觉悟，有可以自娱的尊享，有可以骄傲的谬误，有可以万变的形色，有可以触及的唐宋！在屏风的虚空间里真实存有我曾在"古时"经历过的"童年"与"暮年"，快乐！

中国人尤其喜欢太湖石，太湖石外形非常奇妙，变化万千，而且空透。太湖石有四个特点——"瘦、漏、透、皱"，但我认为太湖石有两样东西——"皱""透"是美学的关键！"皱"有两个情态和两层哲学思考！"皱"有岁月感，而且视觉上确实丰富，因为它有光影的变化，所以它才丰富、才好看，这是第一个美感！"皱"的第二个美感是，它体现了中国以柔弱的水、空气施加于坚硬的石头上所留下的表情。这是中国人理解水的力量的非常具体的象征物！所以那个"皱"是留在坚硬石头上软的表情！所以这才是石头传递给我们的巨大的审美弹性空间！那么"透"呢？"透"是因为它可以通过坚硬的孔洞看到过去的那一面，而那一面在古代的人心中他认为那是未来，是他的想象、是他的彼岸！所以石头在园林之中具有极为收神的视觉特征！移步换景、借景也是中国园林的最高美学！魏晋时代是体现"清瘦"之美最脱俗的伟大时代，从此以后中国就没那么高的美学境界了！丰盈之美在唐代；安静之美在宋代；

从容之美在明代；繁复之美在清代。

中国宋代的汝窑器是世界上最早、最浪漫、最温润、最诗意、最象征、最严格意义的"理性主义""极简主义""抽象主义""至上主义"的作品，跨千年的"现代"（有人会以此来说白瓷和其他青瓷也是，但我却认为汝瓷符合唯一性）。

青花是人类自己发明的最让人愿意被诱惑和沉迷后反倍感骄傲的"文化"魅物！

为何二十余年的陶艺创作在近些年来会更喜欢青花？为什么西方没有什么青花的传统也如此的青睐？"自究"后的结论是：青花诱人之美的核心是自然中最坦荡的无碍与洁净，与我们人类的灵魂向往天然相一致！青花，在西方叫"蓝和白"，蓝、海洋与天空；白，云彩与光明。完全是地域的自然风光"蓝色文明"的表征。中国人喜欢自不必说，青花盛起于元，元人自称为"苍狼"的后代，苍为蓝天，故青花成为主导。汉人对青花的理解不仅是自然，还欣赏其与道、儒、佛本质的惊人一致，且高雅纯粹，尊贵无声。色彩的活性与变化无穷，品质温润内敛。爱青花其实就是爱理想中的"自然"！

3 /

古琴能坚持弹下来的人不多，原因并非是技法上有什么比其他
乐器复杂的高深难度，而是古琴对人心灵和情感的特殊要求和
气质讲究，在今天显出的普遍"孤意"和"诗、书"缺失使
"琴者"少了琴曲古意和习时快乐所致。

技术是可以通过磨炼达到的，而修养和审美境界绝不是通过磨
炼可以达到的。

工艺与艺术的区别在中国智慧的汉语中早就给出了答案。工
艺，工在先艺在后；艺术，艺在先术在后。"工"是指劳动、
技能，具有可重复性，是技术的层面。"艺"包含思想、创
造，具有不可重复性，是修养的层面。"工"的比重越大，
"艺"的含量就越小。一目了然尔！工与艺本无高低之分，更
无贵贱之别。只是"工"能普及，从业门槛低，从业人众；
"艺"难普及，从业门槛高，从业人少而已。

人讲究修身养性，甚至是用苦读和苦练的方式，但这样的方式
并没有让所有人得到同一种结果。就像艺术中的素描，既是技
术训练，又是艺术表达。有人只为获得技术的自由，有人是为

获得表达的自由。"修身养性"是人性的"素描"过程，为的是达到思想和精神的自由！这个过程很考验人的素质，结果也就各不相同。

天才创造出了新、美的作品，无论其时如何遇到旧的和惰性审美的责难，但有鉴赏力的极小部分人的引领会带着民众，也会进一步对这天才创造的新美所产生的力量进行认识、接受并深信不疑。人类是渺小的存在，但天才的人创造的"美"却是伟大的存在。

我们一直都在谈修养，"修养"说起来比较抽象，理解起来似乎也不够具体，其实修养的境界和要求就包含并体现在字面里。修，是指修身、修正、修改、修饰、修为、修成等，"修"的本身与技术有关，与勤劳有关，与审视有关，与格调有关，与道德有关，与美感有关，与共性有关。养，是指养性、养眼、养心、养德、养识、养和。养，需要情感，需要知识，需要时间，需要消化，需要慧心，需要领悟，需要辛苦。这两者相加并提升至一定的高度就是"修养"二字的要求了。其实，修养的本质就是让人性趋于更美好的一面。

相当多的艺术学生在毕业作品展时暴露出过于自我的特质，比如在位置的选取上，在布展的灯光上，丝毫不考虑对其他同学作品的影响。实际上，艺术修养不仅体现在展示自己的作品，还体现在如何在群体作品中相互兼顾，为这兼顾表现出来的智慧妥协在我的眼里是超出作品本身的感动！这也是作品重要的组成部分！

艺术风格就像人的气质，可分出无数，因人而异。但有一样是共同的，气质不是靠一种"营养"得来的：遗传、容貌、健康、家庭、修养、阅历、品德、理想、职业、收入、交际、审美，等等。我们怎样养人的气质，也就应该知道如何养（形成）自己的艺术风格。

当艺术家对一种材料和语言持续关注、持续倾情，并持续实践时，风格就会出现。从这个角度来说，艺术风格的建立是依赖一种"信念"。而"风格"产生影响的大小则取决于艺术家所具的天赋和人道精神。

艺术能做得松是一种品格！人能做得松是一种更高的品格！

实际上艺术走到今天，无论风格流派多么众多新奇，其实就是两大类：一类重观念，一类重品味。

许多人还把作品是否现代、当代、前卫很当回事，用不了三十年，所有今天令人惊异的艺术形式和作品或许在那时连传统的范围都进不了，划归古董了。所以不要花心思在这些方面争长论知，多花心思使自己的创作让自己需要，并且气质像"自己"，毕竟艺术是让我们自己觉得有意义！

我判断学生有无可期待的未来？才华、情商、执着只是参考而已，我看的是心胸。

中国的古代文人选择一样东西，爱一样东西，并且变成文化养料给我们看，在一张小画里也会穷尽了他的讲究和敬畏，一定是有辛苦用心的！人是可以通过跟物的交往，用想象力来提升自己境界的高级动物！

小作品要见气势；大作品要见讲究；严谨的作品能做得"松"；随意的作品能显出"巧"；表现的作品具法度；理性的作品有生气；繁密的作品见出简；简洁的作品见出灵，这才有意思。以厚显重，以简示轻，以繁衬复，以缓见工，以大帮势，以小现媚，都不是高境界！

艺术首先是与人性与人的情感有关，与勤勉的劳作有关，与思想和判断有关，与技巧才能有关，与开阔的眼光有关，与人类真实的历史有关，而这一切都需要有人格的独立和自由做基础。

杜米埃是继"古典主义""浪漫主义"之后的"批判现实主义"风格的代表画家，其充满动感而又流畅的笔触和线条，使他的作品具有极其鲜明的个人语汇，并给人强烈的视觉冲击。他这种风格也影响了无数后人。杜米埃的墓极为朴实，稍不留意就会忽略而过。

面对客观现实，人大多是畏缩的，艺术表现却是另一番"自信"。我喜欢从艺术表现的细节和语言情境中去探究作者背后"真实"的可能性！我喜欢我所见所读的与我所判断的艺术家的经历、性格、学养一致的真实，并见出他在现实与创作中的"矛盾"或"一致"，这能显出许多精英人性的丰富与温暖及别样来。

有的时候我们看艺术品，不要局限在一个单纯的作品上，而要回到它的时代上。而且还要把这个时代和更早的时代连在一起，而不要和最晚的时代联系在一起，你才知道它是创新的，我们看到它的时候要想到一千几百年前。我家里收藏了一个非常奇特的唐三彩，就是中医把脉的靠枕，是六面都有三彩，非常神奇，做陶瓷的知道一定有一面是不上釉的。每当我在手里把玩着的时候，我就觉得这是从唐代穿越一千五百年的历史到了我们的手里，这种遥望、追随让所有的艺术家、读书人在其中安慰自己，我不需要通过这个东西得到什么，你有这样的追慕，你得到的是一种安慰，而这个安慰的核心是文化想象深切关怀。它和财富没关系，而是和精神的高度有关。

艺术作品要有属于自己的风格，这很难，但又是必须的。每个艺术家都经历过"疑无路"的困惑和痛苦，只有让作品像自己才有可能让艺术拥有"自己的生命"。当我的作品被不少人模仿时，我知道这是一种风格，但却是我过去的风格，因为我自己是在不断地变化着。

每次带学生做陶瓷，对我都是一种警醒。看着学生不约而同在创作过程中，从艺术转向对工艺的盲目，就让我知道产区为什么大都是陶瓷匠人，而少是陶瓷艺人，更少陶瓷艺术家。我之所以能远离产区风格让作品有新意，是因为我对自己时刻提醒！

瓷上有"道"，在瓷上绘画和装饰首先是要尊敬瓷的"品格"，那种雅致、温润、一色万变的青花、氧化铁和釉里红不仅对工艺和烧成提出了技术要求，也对艺术家的耐心、胸怀、涵养和中正提出了"道德"要求。历史悠久，更是对造型和装饰、绘画在瓷器上的适形和主题的美好寓意，提出了更为苛刻的"规范"。

瓷器做小不容易，小还能把玩更不容易。做大现在"容易"，做大还能远视，还能近观则是大大的不容易。大器远视最忌小气、柔弱、粗糙、媚俗，能做出大器来，并过滤掉这几个词的艺术家是需要另外几个词来做基础的：胸怀、操守、涵养、格调，这样的艺术家就没几个了。

全世界的艺术就是为了呈现不同，所以我不是来寻求认同的……文化因不同而精彩，文化因不同而充满魅力！

又翻美术史图录，这是我的习惯，可看清许多我今天的艺术中需做出判断的问题来。二十五年来，我一方面无限崇尚"前卫"观念，另一方面又无限崇尚油画技艺的古典，这是一种艰难的平衡，但我在抽象绘画和材料中得于自我统一。在陶艺里，我惑于陶的粗朴和相对的可控，却更迷于瓷的纯粹和高贵；游于雕塑和装置的空间形态，又喜于水墨的温润和性灵；沉于书籍的思想和智慧，又漾于写作著书的传播之"桥"间。之所以我的艺术是这样的面貌，油画、水墨、装置、青花、瓷彩并进，且是这样的东方风格。除了艺术的感性外，这样反复地读史是一重要的理性修正作用。读史明智，知何不可为，知何或可为。风格亿万种，已绝艺途之路了。经典图式让我们知其美好，于我却更受益于此不能为。翻着几大卷厚厚的图史，更感慨于中国艺术的讲究来，也心证出我创作路径的适我。突想起孙过庭来，这大唐书家所著《书谱》实为我们华夏美学本质做了一经典注解，于今或更有益。"夫质以代兴，妍因俗易，驰骛沿革，物理常然"，"既知平正，务追险绝；既能险绝，复归平正"，"一画之间，变起伏于峰杪；一点之内，殊衄挫于豪芒"。更重要的是"君子立身，务修其本"，当代艺术中不提如此老套的言论，是觉有碍其先锋叛逆之能吧？但，本不修，身不立，身外之技艺又怎能载道？史又能存下多少这样的当代？再环顾自家作品，得意。

我曾写过中国艺术中的绘画、书法是以柔软的毫、水、墨、纸为质和柔韧的线、点为形来表达仁爱性灵和自然万化的。实则这些"物"和用这"物"的文人艺术家均是"淡去色相，静穆寂寞"的纯粹之"物"和纯粹之"心"的相互"怜爱"和"呼应"产生的"文化风流"！

我们可以不成为书法家，但一定要识得书法。只几笔转换，却有乾坤：讲字，讲形，讲骨，讲气，讲韵，讲情；讲流转，讲个体，讲通篇，讲神采，讲精神，讲品质，讲法度，讲人生；讲武学，讲诗学，讲美学，讲哲学。无所不讲，而且还讲得很讲究，讲得很自然，讲得很深刻，讲得让西方人羡慕不已。一书，一世界！

早起看颜真卿的楷字和行草，看着走神。如此的中正、气魄、内敛、风雅、浪漫，有血有肉；规矩却自由，雄阔又精臻，阳刚又柔韧；导之泉涌，顿之山安；有空间感又有建筑感，近观养眼，远看养气。这有温度、有灵魂的汉字是一位有文化的唐代将军为我们写下的。颜真卿的书法从小就在看，但真有感觉竟是成年以后，可见心智发育得慢，该是少了多少美的享受！

颜氏的《裴将军帖》和《祭侄文稿》让我倾爱了二十余年，各种大小版本不下十余种，藏书中的古代巨匠只有八大山人的版本可与颜氏比肩。颜氏的《裴将军帖》是我仅见将行、章、楷结合得最好、最有表情、最能让时间凝固后由其雕刻的法帖。中国的文字书写在这里，是部可以让后人在天空中欣赏的浪漫舞剧。《祭侄文稿》是表现主义和"情感泛滥"的最原始作品，是伟大的行书表征，史上三大行书之一的美誉名至实归。颜氏是"草圣"张旭的弟子，这本不重要，关键是颜氏自觉不如其师而另择其路，并超越其师的勇气才情让我辈仰慕。张旭是张扬着的九日之旭的太阳，谁越？自知之明拯救了颜真卿的旷世才华，也是其"真卿"本性。

想起偶有朋友到我家，羡我"藏书"丰厚，让我汗颜。虽则书册总数也近万了，只是爱书而已，离"藏书"之境还很远。"藏"有两点：一是"善本"，二是研究，我均达不到。传统文人中，欧阳修让我羡慕，才情旷达，晚年号六一居士，藏书一万卷，收碑拓一千卷，琴一张，棋一局，酒一壶，吾一翁。尤以琴与东坡结缘深厚，东坡赠蛮布为琴囊，成欧阳家传家之物。我只是羡慕欧阳修有"六一"，有文人好友。我的所好各有落点：我推崇的人是陶渊明，我欣赏的人是苏东坡，我敬仰的人是颜真卿，我神往的人是李白，我尚交的人是七贤；我想让思想生活的时代是先秦，我想让生命感知的时代是盛唐，我想修为艺术的时代是两宋，均不能至。今人不识"清谈"，今人之我想也只是思绪的浪漫一拂。晨起理书、喝茶、听乐、遥想也是一美事。

判断艺术作品的优劣靠的是眼光，眼光与修养见识有关，也与天赋和情操有关。怪就怪许多人眼光不能辨，却能用语言辩之，轻易地说服了一群用耳朵代替眼睛的人们集体追随，并不断被语言强化确认，本应靠眼光工作的范畴轻易地被嘴代替了。

罗曼·罗兰说，音乐最能透露人的不同性情（大意如此），其实装饰、绘画更是这样，不同艺术家和艺人的气质、情趣、品格、胸怀、才华的大、小；高、低；雅、俗；贵、贱；正、邪均显露无遗，非作者挖空心思的自我粉饰能掩。艺术作品要用眼看！用心读！而非用耳听、用价量。

中国艺术的美学基础是松动的自然。自然是万物，松动可以让万物相互游离和转换。自然每天每时都是新的。大艺术就是大自然、大和谐。而做到这些不仅与艺术家的才情有关，更与品德有关。孔子的"志于道，据于德，依于仁，游于艺"是中国艺术的品质"显学"。庄子的"独与天地精神往来而不傲睨于万物"是中国艺术品质的"隐学"。

4

工艺要做得"朴"比做得"精"难。工艺做得"精"容易获得恭维，而做得"朴"却需要干净的教养和对物的感悟。"精"用工可达，"朴"则要靠性情本真。"朴"不是粗糙，不是随便，不是野气，不是怪异，不是做作，只是极顺应的"适可而止"。还能保持"本真"的不多。

朴素！其实就是真理呈现的一种独特方式。朴，不矫揉不造作，不饰不魅，发乎本真，源于心灵。素，纯真、纯粹、纯净、纯正；素与自然有关，与天真有关！朴、素相加，还具有坦荡与无碍的境界。朴素，是天真的另一种状态！在我眼里达到朴素状态的人是老子与陶渊明！一个是智慧的朴素，一个是美学的朴素！

为什么我一直强调陶瓷作品的单件制作方式，其实就是强调手工制作的唯一性。手艺，与心相通，随心而生，具有无限的可能性。正是这种心性维系着渊源审美和朴素的真理，灵性中的光闪让物载道。这是任何工业复制和机器生产的物品所不能具备的"活性"品德！

无论色彩艳丽或素雅，中国传统审美艺术是安静、养人的艺术。你的层面高它才给你高，你的层面低它就可能一闪而过，你就没有可能看到它。

巴黎赛尔努齐博物馆的二楼是永久常设厅，是该馆引以为荣的礼仪之地，我的个展开幕式酒会竟被博物馆安排在这众多中国瑰宝环绕之处。当自己手中的艺术被一个有教养有风度的异国民众充满敬意的眼神抚慰时，我感恩于我的族性中"充满生气的静美"哲思所拥有的气派与气场施与我的"高华"！

中国审美的情态要气节结合，中国审美讲究气节！中国审美一定会把写实变成浪漫，表达意境、操守、责任！

昨晚来的人很多（2013年巴黎"白明茶墨"展览开幕式），欧洲时报记者也前来专访，并问及我作品的《文化虫洞》和抽象表达具体的意思。这个难为我了，抽象对我而言是真切的具象，而我们东方人的时空观和诗性的浪漫是"于无中生万有""于有中又生无"的智慧，这些恰又是宣纸、笔墨、茶水中随时间变化着的天然智性，我想表达的意思与这些都有关。

抽象在每一个人的内心中是一个独特的弹性空间，我不认为抽象的概念是原来我们看到的所有抽象大师的经典作品能够全部覆盖的，因为抽象本身的概念在今天也是游离的，它已经不是那个时候的抽象了，在这个游离之中，就类似我们如何对待传统，如何对待西方的文化，如何对待自我一样，每一个空间里面都会有鲜活的东西出来，所以我认为抽象艺术在一个大的艺术概念之中，永远有鲜活的未来。

实际上想法一多作品是很沉重的，类似于你自己一个人挑不起重担一样。

抽象绘画实际上是很难复制的。

中国审美常用简约来表达丰厚的自然，虚实可以转换，画的是实体，而表达、体验的是空。

"留白"是中国传统绘画和艺术里面最讲究的一个空间，是一种极高的审美境界！中国审美中还讲究一个"残"，如"残荷"，"残"能带来什么？残能带来佛道气息！

中国审美是在最高境界里退一步，反而引发丰富想象力。同时中国审美有极高的、极细微的辨别能力。

中国人对石头有独特的美学观，对石头有无限爱怜的感情，石头有灵性！几亿年岁月的石头怎么会来到你家？想象一下就是一首诗！这种个人的体验是无法诉诸语言的美！

中国古人审美崇尚冷、孤、白、黑。孤独和冷的审美是能产生诗意的！

中国水墨有一种极为安静的激情和内敛的张力及渗透的优美，宣纸、墨色、毛笔都是那样的柔软，那样的具有承载力，那样的变化莫测，那样的单纯，那样的具有禅、道雅意，那样的富有灵性，又是那样的滋润敏感……抚纸而书而绘的身形和气息又必是那样的自然和顺，或缓或疾，或浓或淡，或枯或湿，又是那样的符合人之性情和炎黄文脉，并合太极之律。作品或有好坏，但触之能调息静神却是必然，还能于此延伸而亲古近贤。这是我由衷喜欢水墨的真正原因。感谢水墨！

通过知识来思考审美是困难的，却并非不能，只要选择的"知识"正确。但仅通过知识来通达创作"无极大美"是无法实现的，美感只与心灵有关。美的本质是直觉的、平易的。做好作品难，做既好又"平易近人"的作品更难。史上达到这种境界的艺术是传统中国书法中被我们称为"帖"的名品。

翻着画集，突然闪出"柔韧"二字来，这应是中国艺术审美最独特浪漫的本质吧？细想：丝绸是柔韧的，宣纸也柔韧，毛笔更柔韧，墨色更是柔韧，水更是至极的柔韧；中国艺术讲究气韵，"气"柔到只能感知，"韵"柔到只能意会；书写、绘画用笔的技巧上讲究用腕，也是人体中柔软灵巧的部位。中国艺术被称为"线的国度"，线是由柔韧的毛笔蘸上柔稠的墨在柔韧性极好的宣纸上由柔韧"万能"的手腕带动游走而留下的痕迹，而这又是由心胸"气息"引发，犹如太极。太极也是"柔韧"的，柔韧到可以克刚，可以摧坚。线，因为柔韧所以表情丰富。

中国的山水画分解出最最基本的造型元素是以各种色层的点的叠加表现出来的，也是由上述各种的"柔韧"带出的，更融入了柔水的万化之境。但所有的"柔韧"加在一起却表达出了宏阔天地，雄浑山水，苍劲石树，花鸟鱼虫，人物风俗，史诗小品，法书课稿……柔韧中不仅诞生柔美，柔韧中更能诞生宽仁厚爱。"柔韧"的不仅是纸、笔、墨、水的形质特征，"柔韧"还具心理温暖和生命意志的指向。比如关爱、呵护、敏感、善良等大都有"柔"的情态；比如弹性、生机、激情、意志、筋骨、坚毅等与"韧"有关。柔韧是生命与性灵的舞蹈，"柔韧"实是君子的品德。由此可知，中国艺术不仅能养眼、养心，更能养"德"。

中国的美之精髓：静！雅！仁！

我一直将中国艺术的审美境界定为"有生气的静美"，其实是有太多的依据和个人的体悟的。老子的"致虚极，守静笃"，庄子的"撄宁"，我们日常生活中常说的"静则生灵""静可闻天籁""平心静气"，我们文人欣赏的玉、石也是"恒静"的，"恒静"恰是宇宙的真理，"不生不灭"，却充满无限的生机道德！

又想起一著名雕塑来，男孩充满喜悦地倾听着海螺，我想他一定是听到了海的声音。类推，将山石贴耳一定能听到山的声音。一片落叶听得出季节的声音。再类推，从水晶中听得出纯粹的声音，从硅化木中能听出远古的声音，从风声中可听出宇宙的声音。当然，还能从这些物质中看出和嗅出它们吸附的所有信息。看来艺术是静静地自处于各物各心的。由此，"静美"才是艺术的最高美境！你愿意对她靠近多少，她就会回应你多少。她高贵，因为高贵所以从不屈尊。看来懂不懂艺术全靠我们自己。恍然，中国的瓷器被公认为"静美"的典范，所以世界宠爱。原来我爱青花、白瓷也是有原因的。

从美学的角度用一字概之中国各代艺术：周礼、秦雄、汉魂、晋逸、唐韵、宋理、元气、明朗、清复。一字难全，管中窥豹。

一切艺术感动人的终归于情，而将"情"传递得好的往往不是仅靠才华，而是看待事物的角度与善良。

年轻的杂志记者问我作品中器与道的关系。其实造器是让我害怕的，也让我渺小。我有时就会将注意力放在更小的自我觉得可控的点上，安安静静的，这样待"小"多了，觉得心、物之间有了些默契，手中的器也似有了些"生机"，似乎对器也有了些感动，借这感动又觉得懂了些怜悯自己。这是否是和器与道有牵涉？

5

莫名地对欧洲常见的大草卷怀有深深的敬意！问自己，为何？
一个圆形，无论形式、形象、形质、形态只不过是个圆，但这
样的圆却具有厚厚的量感，自由地撒落在大地上，色彩朴素与
天地相应，静静无声的团结着亿万草叶，储蓄的全是奉献与坦
荡相关的能量！在我眼里，这是关乎大地生机的真正之装饰艺
术！

为什么任何人都会喜欢好的"装饰"？因为一切装饰都是受了
美的诱惑，而顺应自然的情趣生出的"新形意"。装饰的主题
永远是风花雪月、自然植草、祥瑞动物等，糅合人的善智慈美
之心的情韵，化成源源不断的与风物相通的涌泉，养眼、养
心、养柔爱……

艺术不断走向技巧化的时候实际上是在修饰，修饰类似于女孩
子化妆，当你已经气质高雅，出口成章，心胸开阔，然后又看
淡了许多东西的时候，你很本真的时候，你才发现原来是这个
最打动人。所以我们要通过陶瓷去以这样开阔的视野和方式变
成我们能够感知的那种激动、那种享受、那种宏阔和那种弱
微，艺术的落点是很微小的，也是意义所在。

"装饰"在中国被广泛地误读，是与工艺、图案、精细、技巧捆绑在一起的误读！装饰当然包括这些层面，但"装饰"中的健康、情趣、自然、生机、创造与自由应是更为重要的特质。

树上的鸟落到院子的草地上欢叫，屋内若有若无的轻轻的老歌，安静如休闲地勾着青花，这是线里的春秋。这新梅瓶的造型也让我养眼，很怡然，也很自己，为作品里和心里的"春秋"。

线是中国艺术的面容。线简至极，敏感也至极，表现力也至极。线是怡情的，也是载情的，也是似情的。情无形且边缘空间巨大，情无实体，遇虚而充，却强大坚韧，能融坚化石，却也能凝气固形。线横列云，线竖支天，交织经纬，缠绕情绵，转折钢铁，迂迴太极，静似闲庭，动似鱼游，脱如飞瀑，稳如地平。"线乐颂"是线在器上的"行云"，却是快乐自得的"天空"散步。

我水墨作品里有许多自由又秩序的线条密集地平衡排列着，"符号"般的醒目，或深或浅。许多人问我为何画这样的线的条状形式？说来也易。这样的线条实就是家里如墙般层层叠叠摆放的杂志、书籍、册页、宣纸等的实物"写生"。这样的形式在我的视觉里、脑海里，是一种看起来极舒服的形式，是一种可以起到心理安定和慰藉的一种"线条"。每一条看似一致又不可能一致的灰白色的条状"色彩"都是"一条"独立的精神世界，一种于我具有视觉关怀和识别的特殊的"条码"，这条码"码"出的不是我的刻意和设计出的形式，是我下意识、自然而为的、无以言说的"内视"的形态。这条状的秩序的书墙，在炽灯暖光下、阳光折射中、阴天的灰暗里都是那样的好看，那样的容易让我的目光驻视，并得于安抚的好看。笔墨或淡或深地在宣纸上平行而秩序地划过所留下的痕迹，也如家室中的"一书"，划过了我的视线和唤醒了心里的阅读。清晰又模糊地一笔笔划过，叠出的线的表情，泛出的却是悄然在心生出的外人无法觉出的真正的怡情荡漾。我画中的形式和瓷器中的纹样，其实都是隐于我日常生活中再熟悉不过的形式和自然中感动过我的平凡之物的形式。

罐，普通容器，或是最古老的一种生活器皿。容，一种实用的空间，一种相貌和表情。"罐容万象"既指实用的罐能容生活之"万化之象"，又是指罐本身的容貌表情的"万变之象"。

常常莫名其妙地想起一个符号，莫比乌斯带，一个横躺着的8字，无限大的寓意！我们试着走这样一条路，我们试着看这样一个形，我们试着思考着这样一个逻辑，永无终点。我总是尝试着改变这样一个结构的形，用类似的转转，让其能携我的信息在作品中形如太极。

紫砂壶是个立体的东西，在它上面的画或书法要融入壶并协调、衬托是极为高深的艺术！首先这把壶的造型不能做绝，做绝了就绝不要画蛇添足了。壶的造型留有余地、有空间，再给有情感对应的人来创作，这才是美！

好紫砂四要素：泥好，色好，形好，量（量感）好！紫砂做紧易，做松难；做表易，做里难；做巧易，做朴难；做形易，做质难；做古易，做新难；做熟易，做生难；做精易，做文难；做光易，做润难！

框形实在是一切形之形！

整个的新石器时代实际上已经为后来的很多造型留下了相当多的我们追寻它源头的痕迹和信息。

中国很早就会从动物、植物、人的精神想象来抽离它的结构，然后再结合功能。中国造器造物里面最核心的"拟人化"的情感，它是个物，它是个器，但是你要把它当人一样来看，所以中国对瓶子的很多要求也全是拟人化的——口、颈、肩、胸、腹、足，是完全按人的情感来理解。所以我们就知道这个瓶子为什么一定这样做，而那样做就不舒服。

我们要提出一个新的对造型、对设计、对陶瓷最核心东西——量感。

做陶瓷的量感、适度是最高的标准，比造型的新颖还重要。

其实我们的历史里面很多的文字是经过修饰的，什么没有呢？艺术表达。因为历史是人在写，谁当权谁有可能就会有倾向性，而图像是隐形的直观，可以用最真实的信息还原那个时代。

器用其"空"，"空"是最容易被忽略的伟大"包容"。造器，恰是向"空"学习并获得智慧的手工劳动。

器之形，虽一线之曲、直、体、势变化，却奥妙无穷。只有敏感至极、格调高雅，喜探寻巧妙、穷尽细微之人才能做出感人、会呼吸、有生命的"器"来。器之道，实是以"形"归纳视觉在空间里判断事物的内理和精义的光影承载，不仅赏心悦目，还能以"器"识人。

以我的理解，瓷器的器、形、饰如果离开了新美的诗意，就只是普通的"次瓦"了。

翻阅《汉碑全集》，感动，在我们汉代就有那么好的文字、那么好的拓片！那拓片的技术恰恰就是现在西方人认为一个重要的艺术手段——版画（拓片）！实际上中国早在魏晋时期就很发达了。碑帖是通过拓片，也就是版画流传于我们的视线中，不仅它有文法，不仅它有文字，不仅它有视觉，同时它有历史！

造型艺术是千丝万缕的视觉关系，作品的内在与外在；形而上与形而下；艺术家和观者之间永恒且无法真正细分及理清的复杂人文关系，与一切有关。这样的艺术形式，既可以被认为无意义，也可以被认为致命的重要，以人区分。

"陶瓷"是一门什么样的学科呢，是一个只要你花心思就会发现它的世界是随着你的知识的增长，你越来越觉得它的博大，而感觉到自己无知的一门艺术，它基本上涵盖了所有的艺术形式。它可以是设计，因为很多学科把陶瓷划到设计里，可以是装饰，可以是绘画，它跟雕塑有关，它跟科技有关，与材料有关，与自然有关，它与化学知识以及烧成中人的感知有关，它和哲学有关，与金木水火土有关，是因为陶瓷是全世界唯一的一个从它诞生起就与人类文明的一切发生着密切的联系的一门艺术。

文学家、哲学家是把陶瓷当作"诗"，当作对"空间"的理解来对待。我们怎样对待一个容器来理解空间和实体的关系？只有陶瓷是真正在用"空"来不断地对应"实"，所以它跟空间的哲学关系有关。同时陶瓷又是全世界艺术学科里面跟生活发生最密切关联的艺术形式，而陶瓷实实在在又是我们身边的艺术。同时，没有哪一样艺术像陶瓷这样，既涵盖了一切学科，又是人在创造它。我们老是说金木水火土，大家可以举一个例子，这五样元素成为一个艺术的时候，除了陶瓷还有什么？所以陶瓷它既然有这么多的空间、类别需要我们去了解，如果我们有哪一个类别没有了解透，或者说你不具备一定的涵养对应它的话，你在陶瓷上想往前走一步是非常艰难的。

景德镇的青花、釉里红、氧化铁是釉下彩瓷器里最具活性的色彩，青有万色，红有万艳，铁有万雅。一色一生命。艺术家要做的是让形色拥有各自的新生命，而不是让今天的"形、色"永远停留在一个曾经的"经典"里，成为"标本"。

用最少的精力做壶，花最大的精力创造壶！

"高级灰"是艺术家迷恋的调子，迷恋这种调子其实还迷恋了一个"学院派"的名词。无限丰富的灰调子，不仅反映出艺术家的视觉分析和发现的能力，也体现出了心手相应的精准技巧。灰，不仅耐看，也特别能显出艺术家观察形色时的耐心、角度、辨识力，还显出了艺术家心中的从容与柔暖。灰，融合了各种光影下的状态，不刺激、不过度、不偏向、不矫情、不极端、不张扬，属于那种中庸却极具法度，理性却极需感性来调节，缓慢却从不犹豫，微妙中显出巨大的自信及对事物本质的深刻认识。

灰调子特别接近文学中的"词牌"规范，于今天具有古典主义的意义。讲究规范却不具形的约定。灰，并非没有明亮的色彩；灰，恰恰是包含太多原本单纯和鲜艳的色系在一种关系和秩序中，色彩成为一种特定光影形色下的契约关系，表达的是最具安慰性质的宽容范畴，视线在这样的调性里不仅获得精准与丰富的成长并在整个创作过程里能获得中性的"休息"！

灰调子容易让我想起石质与陶质的质感，朴素、温暖、坚定而从容。用灰调子来表达自然对象，艺术家是需要具备诗人的气质，如何用一个中性的万色之和来表达活、色、生、香是需要"哲学归纳"和"语言转换"的，这是一个"人为"却渊源深厚的系统，在这个系统里以为是成就了双眼和手，其实是成就了思想方式。最关键的是灰调子能让我回忆起自己的青春，科班的教育，以及凭着自己的想象力依着各种"灰色"还原"世界"。在自己的灰调子里寻出自己内心的满足并慢慢沉醉。只是现在再看灰调子，已没有了当年的激情、快乐和骄傲，剩下的只有不动声色的平和，却是从遥远处扩展而来的淡而又淡的与真实温暖无关的一种温暖。如同这冬日暖阳下的窗外一片暖灰，倚着阳台晒着暖暖的下午阳光。

陶瓷色彩的审美来源于对生活中自然审美的追慕。更高的审美是在人不可控制的那部分的意外性。

去德化做瓷是我的神往,多年来多次安排都因各种原因未能成行。着迷这同样的白瓷却拥有完全不同的质感和表情,将两种不同白瓷技法制作的同样作品并列展示,让我充满想象。

渲染青花和渲染水墨有同工之妙,这材料的亲切和文化的象征在我们的早期教育中就已根深蒂固,而我却是在这两种媒材的创作中不断跨桥对望,彼此和融。渲染着瓷土和宣纸的过程,天然地给我带来对冷、逸、高、渺、平、远审美的中国式"孤独"和"寂寞"的领悟和依赖。原来这材料本身的气质就是高贵的温暖!

紫砂远远不仅仅是只能做壶的材料,她是蕴涵、承载了太多太多的想象力、希望和感情的东西。紫砂本身就具有感情,有感情的东西她一定会回应你!

紫砂有情感,有多种的表达方式,多种的表达方式可以在哪里呢?可以在陶在瓷、可以在绘画在书法、可以在诗歌……所有和中国传统文化艺术有关系的中间找到养料,这就是紫砂!如果你没有这么高的高度来看紫砂,是在亏待她、糟蹋她!

陶瓷这种物质材料能够产生神奇的变化,把最柔软的"泥"通过火烧变得那样坚硬、高贵,但是又是那样脆弱,那样有表现力,那样丰富多彩,同我们的祖先以及全世界人的生存都息息相关。

学生在思考陶艺的本质问题，很纠结、很困惑，却自有逻辑。现在的学生要不就是不思，一思考就大到了"本质"。实是陶艺只是一种材料和手段，艺术才是本质。如平时交流叫说话，付诸文字叫记录，写得普通的叫通俗，写的精彩才叫文学。文学里又分三六九等，又分流派类别。高低的区别都在"艺"上。陶艺作品就是陶艺家说话的"语言"，尽可能用自己的话表达属于自己的感情，越真实越独特越好。仅此而已。

敏感的艺术家对材料的表情和语言有着独特感悟，有时是艺术家发现了材料的"情感"和"美"，更多的情况下，是"材料"引发了艺术家的灵感和创造力，此时的材料在作品和艺术家眼里已是"艺术的先知"。

这一点永远不能脱离艺术家本身的习惯和他独特的个人来谈。我是喜欢痕迹的，微小的痕迹也容易打动我。在这一点上可能我也是个容易受伤的人。我会对着一张草稿纸、一封信上的茶渍或是咖啡留下的斑点、一个滴到了雨滴模糊掉了的印章伫立半天，有很多很多的联想，这种过程本身让我觉得所有的痕迹，只要是在我视线触及的地方，对我就产生了意义，这是生命的核心之一。意义是我们给的，不是别人给的。我就是这样一个容易在这样的痕迹里面牵引很多思绪的人，这是没有办法去改变的，从小就是这样的一种生命状态。原来我不去思考这个细节，现在我思考它就发现，我迷恋于很多带有岁月感的画面也是来源于这些。

我在法国时专门去买过18世纪的书，上面是法文，手工纸，皮都已经磨破了，里面有这本书的原主人写的很多话。我看不懂，但是我手里拿着那本书毫不犹豫地就买下来了。对我来讲，我根本就没法阅读它的内容，甚至我拒绝别人去给我解读这本书，我完全是凭着我自己的想象去理解这样一本书，去想象它是怎样的存在，怎样的经历，它曾经的家人是谁，它的主人是谁，它的内容是什么，多少人阅读过它，甚至是那些微微打了毛边的细节，那些有着折痕的页角，我就会想象那样的空间可能影响了人的一生。正因为有了这样的理解方式，你再来选择这种材料去表达的时候，就会有天然的那种柔软感和被感动的地方。

学生问我用什么工具？我二十年来做了这么多的雕塑性陶艺其实用工具不多，且简单基本：一根木尺条，一根筷子，一把普通的刀，一根金属针，一根压泥棍，一根丝线，一把环形挖泥工具。而这些也不太多用，我最常用的"工具"是我的手！对我自己来说，他无所不能，且常带给我惊喜！

给学生上现代陶艺课，谈及工具。许多人将工具只作为工具，其实工具本身也是有个性、有生命的，我们能用柔软的毛笔表达厚重和力量，同理，我们也能用金属的刀具表达万般柔情，就在于我们心里如何看待和理解我们手里的各种工具。

学生做作品时用刀在泥上划出横竖的线条纹理来，直率和霸道。实则刀也是百变之具，人们只看到和利用了其最简单方便的一面。在艺术家手里，刀即是笔，不仅能显示其自信和决绝的一面，也能现出柔态和温暖的一面，甚至更能显出其智慧的一面。刀能刻、划、雕、括、切、削、压、塑，还可依速度、力度、细度的变化而呈现万般情态。刀也有性，需用心体会。怎样用刀可看出艺术家是怎样的性格和认知物的深度，还有是属于什么层面的自信和拥有多大的胸怀来，稍逊了些，却是真实的。

6 /

我的艺术其实是关乎我最感兴趣的"时间与空间"的话题，在艺术史上就是尽可能看得到的最古和最远，古是时间，远是空间。至于"现代和当代"？我以为更重要的是"生活"！

时空是一个让人无法掌握的东西，当一个最不严肃的形象表现出严肃时，当一个严肃形象表现出不严肃时，你认真对待的本身就很荒诞。"艺术"是一个非声响的话语者，在这个话语权不断更替的时代，艺术实际是一种边缘的种属，艺术存在的意义完全取决于大众的认知程度和态度。严肃与非严肃就在于彼此之间。

艺术讲究技巧、格调、修养，说这些词只要几分钟，但却需一辈子的实践。能实践这些字的人不少，可拥有大胸怀的人却不多，胸怀是可以将技巧、格调、修养统辖并产生化学反应的"空间"！在这个空间里，每个字的含义才会有活泼的"生命"！

用不同的方式在瓷坯上涂抹心中的"太湖石"，画出了许多迷恋。点染、填绘、勾勒，深浅无限，在一个三维的空间，似诗般韵意绕行。透过"太湖石"的孔洞和青花的"蓝天白云"，我分明看到了"空间的诗学"！

秩序与自由，自然与艺术，黑白与空间！

达到超越时空的"真实"就是经典！

艺术的真实其实就是岁月的真实。

宋版书的影子还在眼前，顽固地抗拒着繁花似锦的现世。纤薄柔暖的黄纸，仪表堂堂的宋字，涵光敛神的墨色，静阅春秋的容颜，就这样地经视线轻抚闪过千年，却刻在了眼前一米左右的空间，透过这空间的背后，浮世绘般的现实虽然更显怪异，却不再能伤害我的感知。

细想屏风很有意思！屏风是用来分隔空间的，自身却又是空间的一部分；屏风是用来遮蔽视线的，自身却成为视线的落脚。屏风与风雅相关，与私密相联，与浮想相伴，与美艳相牵！羡慕古人，懂得用好物、好艺、好工合出一神奇的"屏"来，用于对"风"的礼仪与呵护，何等浪漫与柔爱！

每件艺术作品对每个人来说都是一个特有的"独立空间"。

给学生上"现代陶艺"课，先回顾一下近百年世界简史，再普及一下世界现代艺术史，最后才是讲陶艺本身。将艺术家和艺术作品放回到诞生她们的那个时间与空间里去！

维亚尔与博纳尔是我十几年前极喜欢的纳比派艺术家，去年看了他们的许多作品后并无惊喜，这次再细看感觉不再那么喜欢了，不觉得原来因它变幻莫测的丰富色彩，而偏爱并反复临摹的作品，现在有什么难度不可越过？倒是他们展厅的隔壁展出的十九世纪上半叶法国乡村摄影小展让我动容，真实和岁月感总是能穿越时空，摄影者和照片中的健康、质朴而壮实的农民男女现在都已不在人世，却仍然被我们看见并被流传。这是被感动的原因吗？

当整个艺术圈大家都画得完整时就有人出来画得像未完成，当大家都画得快时就有人展示画得够慢，当大家颜料都画得薄时就有人出来画得特厚，当大家画得都清晰时就有人专画模糊，当大家都画得技艺超凡时就有人将画画得超烂。艺术，不过是从一头到另一头，你在这里，有人在那里。

7 /

"传统"是棵大树,枝叶繁茂,庇人无数,众多人坐享阴凉,捡叶、果能取暖充饥。老树巨大,虽有无数枝叶果实,也经不起今人群食、群寄、群取,树将不树。唯将树种、新枝带向新土,育出新林,方使基因不衰,生机永延。"传统"的树已在那里,我们要做的就是将种子携出,育成青春的新树,成为今朝。

我的新青花装饰都是中国草木,我的油画水墨都是遥感汉唐,一识微,一见宏,都是"中"的情感和意的视觉!

中国的传统很奇怪,它几乎没有隔断任何一个东西去谈一个话题,你会发现一句话你认认真真地把它展开去想的话都是有关联的。

一个好的艺术家在这样的传统的大艺术门类里面如何做得更新,实际上就是一定要清醒地保持自己的那种本质,生命中带来的与他人有别的唯一本质。人做不到很清醒,陷进美、表象和技巧中。只有一样东西是你的清醒的保障,就是你对一切的迷恋和追随的过程之中要清醒你在今天的生命性情的独特性。首先要尊重你个人的生命。你不断地尊重你自己就会保持对传统艺术的一种认识,我可以接受你的美的教养,我可以接受你的魅力，但是我要不断地同自己的情感捆绑在一起，这个时候就比你不断地说"我要清醒"要强得多。

墨是我们最传统的一种书写方式和绘画方式的一个核心的色彩和载体，它那么极端，它完全是从自然之中走过来的，居然是那样纯粹。而且很有意思的一点是，它遇到水以后产生的丰富的变化在纸的记忆里面是那样多姿多彩，所以墨的性格也是你要去理解的。而且这种颜色是有亲切感的，墨色在东方的视觉里面和在西方的视觉里面非常奇怪。在中国人的视觉中会觉得墨色很亲切，所以我对墨的理解恰恰是中国人从一个单纯的色彩里面分辨出细微的掌控能力的一个过程而形成一种哲学观、一种宇宙观、一种黑白观。说白了是与中国的哲学有紧密相连的美学渊源的。所以中国是用一种黑的纯粹颜色分出一种细微的层次，然后体现人的掌控力、人的表达力，体现人格调、境界的高低，所以墨本身就带有了可以通过墨来甄别人的修为和层次的一个功能。当然，通过墨也能甄别出笔的好坏，纸的好坏，它是一个完整的体系，不可能割裂一个东西来谈我们跟传统有关联。

有人问我为何在我的艺术里没有人的形象？为何作品总是以抽象显现？……在生活中，我们每天与人打交道，在艺术里我想清静一些！我们睁开眼看到的什么都是具象，又丑又假的"具象"，所以我一直往真实的所谓"抽象"里靠近！实际这两点也是中国瓷器对我的教化！

在陶艺的世界里尊重泥土，尊重传统，尊重内心，尊重用自己的语言说话，才是自己的"领袖"。

纸墨和瓷土是我在行为方式、心理方式、视觉方式，直至气息
方式上追慕祖先并靠近她的最直接的手段和材料。在纸墨和瓷
土上留下的一切"表情"都是今天的我从过去的经典阅读中形
成的视觉"记忆"，并在这"记忆"中不断确认自己"今天"
的文化身份和真实的存在。

常年思考与艺术有关的话题，没有什么比"文化倾向""风格
倾向"更耗心神的！好在我的生活方式和习惯较早地贴近了我
期望并追慕的古文人的"安静内省"的形式，这是我顺应心性
去创作的前提，接下来自然是结果。生活是个体系，因果也是
个体系，进入了体系，想改也难。反倒自在！

黑白灰、无色与有色、秩序与打破、符号与痕迹、抽象与意
象、整体与局部、气质与材质、抒情与宣泄等诸多因素的对立
与统一。之所以为现代，因无参照、无法理、无类比。然自成
体系，有脉络、有始末、有喜好。日积月累，循性而为，为自
心而创作。

"艺术史"是一条常会改道的"河流"，是活动着的"彩
带"，是不断变化着的"风情画"，是生长着的"植园"，
我们在什么码头下河，什么光线下观舞，在那个角度领略，
在什么路上行走都会获得全然不同的结果。"艺术史"是常
看常新、常想常获、常取常有，且富含各种有益元素的心灵
"矿泉"！

在巴黎安静地看博物馆，看的大多是西方的艺术品，奇怪的
是，内心却是更加对中国艺术和文化的确认和自信。我无法消

解我的文化背景，只为融入所谓"国际"和所谓"现代"。我的思维是稳固的汉语体系下的法度，我的审美也是纸墨瓷釉的血缘。更关键的是，这样的确定并非靠哲学和思考来维系，而是美感在先的生理满足决定的。思考只是对美在先的补证。

我的本能里只能用与优雅、缓慢、转换、诗意有关的却是属于今天的方式来传递形色，"东方"在过去是神秘、浪漫、文化繁荣，在今天和未来也一定不是靠"直白"的东方"面孔"来诉说东方，东方的智慧和文化DNA中的传承与族性，决定了"高雅"与"自然"的双重引领与高度！艺术也一定如此！

艺术品不是用来被说及和仅被听到的，而是用来被看到的。被看到的东西在今天有一个简单方法可以鉴别好坏，就是与古今中外的经典和好的艺术品去比较，有渊源又有自己独特风貌，新颖且经得起"耐看"二字挑剔的才是好作品，其他的我们都不要听。

有挑剔才有品质！

全息的东西才是我们艺术家应该要的，艺术不是解决具体问题，艺术是调动我们保持身心健康的一种方式。

艺术对我产生的真正作用，是通过做作品了解了自己。

艺术的核心并不是在于我传递了什么给你，而是让你产生联想。所以我一直认为艺术是一个让人性更加健康的职业，你把它当作这种职业你就很了不起，你不吃亏，至于说创造性、才华、大师对文化的贡献那是后话，那个已经不是在竞争你的知识积累了，到了那个后期是你经过了知识积累，经过了勤奋，经过了付出、困惑，到了最后拼的是什么？加在一起才是依着智慧去拼胸怀。

法国一个记者问我说："为什么你要从这个角度来表达你对中国当代艺术的一种思考？比如其他人的艳俗主义、波普、政治波普，巨大的画面、冲击社会现实的东西……为什么你成为你们这个年龄段的另类，你去做跟物质、跟材料有关的东西，跟你的传统、跟东方人古代的思维有关，相对优雅有诗意的，这种在今天不是主流的艺术？"我觉得西方有一些记者的问题问得很实在。然后他问我儿时读什么书？哪些人对我有影响？中国的哲学家还是西方的哲学家？我就告诉他说："你这个问题太大，我一下说不清楚。但是人是有不同的，就像大家看话剧，都喜欢坐在前面看舞台上给你的表演，我有可能喜欢在后台看。因为我看到后台的样子，我知道演员怎么化妆、怎么换戏服，在台上表演什么角色，下了台又在用什么话跟普通人沟通。然后我再回到前面来看这个话剧，可能我的感受就不一样。这个世界的艺术家有很多人喜欢从正面直接地表达问题，我有可能是从侧面；有些人靠得很近用很大的声音说，我有可能是离得很远自言自语。但是这些东西都不同，你的自言自语一旦有人听见了可能是振聋发聩，大声说话的如果人家的心不在这里也不会听见。所以艺术就是这么一个既非常有意，又不具体的一个艺术门类。它不是直接跟社会发生关联的，但是它能够让我们的思维和我们的感知能力产生变化。"

8 /

叛逆不是当代的全部，用新颖的形色表达在此时代而非彼时代人的真性情才是真当代！

贝聿铭唯一的发明恰恰是他把一个原本不属于这个区域的一种审美因素（指卢浮官玻璃金字塔），做成一个如此现代，甚至是后现代风格，且造型语言又是远古的语言的作品，所以是这种当代性、传统性以及建筑周边的环境的特殊性使这件作品有了划时代的感觉！

查理斯·琼斯的摄影作品让我惊喜！一百余年前的摄影竟然拍得那样现代。蔬菜水果拍得那么安静、那么有体量，像雕塑般内敛，像金属般的重量，构图也简单到了极致，主体基本平置，用光正面且干净，使这些日常凡物充满了神性。这位杰出的英国人只是位园丁，生前没有人知道他的摄影。

在中国美术史上，我是将龚贤与八大相提并论的。许多人很难理解，龚贤的山水细节并不非常讲究，当然也决不粗糙。他对山石结构和画面的布局、量感和节奏及力量的经营很具视觉分析和音乐的美，是真正的黄钟大吕式的图卷！他略带装饰性的黑白分明的山与水，在中国山水画史上是少见和开创性的，应该说他对绘画、对象体量的"塑造"要早于现代主义之父塞尚两百多年。这在中国尚意的艺术讲究中算是珍贵的异类。越过时空后的今天却反而呈送出了"现代性"，令我们视觉喜悦！

在瓷釉上绘画的快感是许多画家无法体会的……做瓷非常传统……用瓷来表达却非常现代。

学生向我请教现代艺术的问题，许多重要的知识链接出现空白，我让他们先看些西方现代艺术理论的书。但要真的看懂和理解属于中国的现代艺术，审美上还是要追溯到中国艺术传统和哲学的源头。想自己，除八十年代狂热地阅读了十余年的西方哲学、艺术理论和艺术史，近二十年来购买和摆放在床边享用的书，绝大部分是中国传统的书籍。

做新艺术未必一定是以极端的叛逆和革命的形式，这样的形式在现、当代艺术中已被激励得过于粗暴、破坏、外在、炫目、政治、震撼了，但这些词性另一面的讲究、顺脉、含蓄、内质、人性、温雅也就日益显出了真正的现代性。艺术的本质就是人的本质，当一面被过于强调时，它的另一面也就同时有了力量和意义。

我的作品（2013年法国古堡展）完全置于古董之间，没有任何特制的展台和灯光！岚明说："太神奇了，这些作品是这样的现代，却就像一直生活在这里一样协调，真正的现代是跨时空的。"

不少国内同行对我每年都去卢浮宫感到不解，无非是卢浮宫的艺术品只收藏到十九世纪，毫无现代性可言，实则我自己也是纳闷的。关键是无论慢看和快走，这个地方都让我愿意来，而且每次都能看些出些"新意"！所有的现当代也没有脱离这些"老艺术"！

人的交流首选是语言，但语言的具体指向有时又会将许多微妙与本意陷入逻辑的泥潭。所以被看到的艺术就有了更大的空间和可能。由此我想：当代艺术的本质应该也不是口号式、图解式、直白式、市侩式、脸谱式、概念式并需提倡，所有这些还要不断借助文字说明或艺术家、评论家的旁白才让旁人看出了"深意"？

我欣赏以呐喊的方式介入当代的艺术家，但我自己却选择了用宋式的"文质"介入当代的背后，背后是个"安静"的地方，可以喝茶，可以环视，可以漫步，可以看出更多的东与西，背后无须领先，无须压力，甚至可以不当代，使我得以从容。

连续收到关于展览和研讨的信息和资料，都是关于"当代艺术"的。这个话题有三十年了，将自己从艺青变为"中青"，"当代"观也变得不"当代"了：从重西方到重东方；从重表象到重"艺质"；从重"粗大"到重"适度"；从重"思想的猎奇"到重"生命的思考"；从重"形式"到重情感！最终是情感成了最不可置疑的"当代"依赖。不断地对自己进行"情感阅读"，让作品如自己的呼吸般不为己常知，却忠诚地为自己服务一样，"像自己"的作品是我的"当代"！其他的管它呢。

学生问陶艺如何做得"当代"？我说：当所有人都是自己创作作品时，出个点子请人"代工"的就很"当代"；当大家都出想法并请代工去做时，不代工的就显得很"当代"；当大家不思考什么是"当代"时思考的本身就很"当代"；当大家都在说"当代"时什么都不想也很"当代"。

"当代"是一种精神，是依赖不同的生活背景、文化背景和种族背景衬出的一种艺术精神。中国的"当代"一定是与华夏文脉有着深层呼应且依着相对独立的"自证"，并不断溢出生机来的与中国的当代"自身"气质和审美息息相关的思考与创作，在世界艺术的环境里显出只属于中国的品质和味道来。艺术家更简单，只需做出像"自己"并越来越像自己的作品，而不是像别人，特别是像外国人的所谓"当代"。

现代艺术的本质实际上是艺术家自身面对艺术史与当下的各种困惑有感而发的思考，在视觉上提出问题，丰富想象，严肃地质疑，深刻地反思。永远的新颖，永远的活力，永远的激情。一旦"现代艺术"有了"面孔""模式"或是成了时尚和需要提倡，"现代艺术"最本质的核心也就由"种子"变成了"化石"。

9 /

一种"流俗"的写实主义风格在学院派中已成为"主流"值得探讨。我们不反对写实主义，关键是我们走到了今天，需要什么样的写实主义？无才情、无提升感、无个人面貌和独特角度的写实主义其实是一种艺术品质和激情缺失的早衰现象，在艺术格调上是一种堕落，在艺术的"新知"上是一种倒退。

艺术院校的真正责任首先是培养、保护、激励学生的伟大"梦想"，更好的大学是让更好的学生离他们的"梦想"更近！

艺术不能当市场的奴隶，但艺术可以通过当权力的奴隶在今天成为市场的主人。

艺术在中国被谈论得最多的是技术、难度、勤奋、师承、价格、名头，谈得最少的是"境界"。其实艺术只是人关乎"境界"的一种人生活动。

艺术家的责任到底是什么？做作品，做好的作品。艺术家到底应具备什么素质？热爱，可接受一切挑战的热爱。艺术家应如何判断自己的作品？受教育，受世界上一切好艺术作品和文化

的教育。艺术家应该用什么证明自己？风格独特的作品，证明
"热爱"和"所受教育"，不重复他人，不重复自己。

激情是个奇妙的"东西"，艺术更是个奇妙的"东西"。创造
"艺术"需要激情，欣赏艺术需要激情，创造和欣赏艺术的同
时还会给我们带来激情。如果一个人不是每天都能感知得到时
常激情满怀的话，是成不了艺术家的。

画画。顺着视线服从着、叛逆着、检阅着自己内心的喜好、习
惯、情感和所受的一切图像的教育和记忆，在"经验"中妥协
或冒险！看似解决的是绘画的问题，如技巧、色彩、材料、观
念、风格、审美等，其实解决的是艺术家如何理解和解决自身
的"问题"。

画素描本身不重要（当然也可以成为很重要），重要的是你可
以通过画素描观察和思考对象。通过画素描，你可以看到更多
和无数的更多，然后你要在更多中知道什么是本质！知道本质
就知道取舍，在取舍中开阔胸怀，有胸怀才能更近地感受自己
的心灵！

我的小工作室悬挂有我自上个世纪末和最新的各类作品，有画
友和我的同事觉得有些风格不宜放在一起。我曾经历过毕业初
的几年中不断追问是否当代或现代的困惑，好在我的陶艺职业
和我的秉性让我很快地回到了随意随性的创作状态，艺术与表
面风格无关，艺术与人性有关，与好坏有关，与格调有关，与
永恒有关。

就画画本身的过程而言，都是视觉辨析下的自然流露。画什么题材和用什么方式表现是你自己日常思考中要去解决的问题。如果在画的过程中来思考这些"大"问题，至少于我不具快感。艺术家的辛劳是在创作后的思考，阅读经典并做社会判断，在生活常态中不停地"工作"，真到了创作时，他应是一种"愉悦"而"享受"的抒情状态。

读艺术史首先是为获得新知，"知了"后是为了"学习"；熟悉了再读是为了摆脱追随；有了"自己"后再不停地读，是为了"坚信"。读艺术史就是通过不断地明了他人，从而明了自己！

艺术需要思想，但仅靠思想做不了艺术。艺术更多是依靠视觉的思辨：对应审美、对应图式、对应经验、对应情感、对应未知、对应技巧、对应自然和必然与偶然、对应一切莫名的冲动和欲望、对应所有这些的"对应"并做出下意识的选择，"选择"的结果才是你艺术的面貌，持续"选择"的结果就成了你的风格。

学生发信问如何区分对自己的作品是自信还是自大？简而答之：风格、情感、思想，这些都是你自己的，而且作品的审美还"像"你自己，不仅可以自信，还应该坚信。

个人有喜怒哀乐！个人有名利得失！个人有礼义仁让和贪求私念！但艺术家却在作品中尽可能表现出美好且悦人善性的一面。有人说中国的艺术家缺少批判精神和情感袒露，但能克己并奉献美好难道不是更高层次的人性自我批判和提升？难道不是经历了真切的自我袒露并做出自我牺牲后才生出的"美"的形式？

为什么我们只在诗歌的日子论诗歌，在纪念的日子说纪念，在浪漫的日子谈浪漫，难道"现在时"群体表达成了我们"风雅时代"的精神惯性吗？

显而易见的是：陶瓷不是纸张，绘画不是装饰，立体不是平面，模仿不是创造，今天不是古代。才子佳人、风花雪月、泥古仿古与今天的气息是何等的不相宜？产区却为何仍是"集体坚守"？真诚地对待自己的手艺，不仅是认真地学一门技术，并机械地熟练使用一门技术，而是要让这种技术拥有情感，成为与心灵相通的桥梁。"美"是有灵魂的，是鲜活的，是会呼吸的生机。怎是仿造和因袭能够带来的？

|第|四|辑|

|茶|言|微|语|

1

喝了一个月的茯茶（2010年），在新年伊始的一天又开了上好的"太姥银尖"（市场上叫"白毫银针"）喝，异样的清雅香气，淡定的气息有王者之风和兰草之幽。勾起我许多的春、夏记忆与之呼应，喝出了润青的生机，在余干的"春风里"！

烧水，听着水声，自然的声音，再自然不过的声音。天籁！拿出昨天从原住处带回的自藏已七年的大乔木普洱散茶，这种茶现在少见。茶形长，用细竹丝捆扎，每扎约重一两，当时存有一百扎左右在我的白釉大瓷瓮中。本想放上十年后再喝的，现在看叶色已褐红了。小心将干得松脆的茶叶放在自制的茶碗里，热水一泡又鲜活返出暖绿来；茶叶如绸般柔软，一闻，茶香浓郁，已没有新普洱的霸气，却葆有青春茶的活力；喝着口感清晰的生茶却分明褪去了少年火气；口中返甘生津，再喝，已是柔顺了……好茶！

四年前（2007年），朋友送我一茶，不知其名。其茶芽长而叶展较大，茶形自然卷曲，一面白毫亮泽，一面褐黑松涩。黑白同叶让人惊异。闻其香，兼有普洱、红茶和陈年白茶之气。汤色靓透，浅有暖金色、中有琥珀色、重有窖藏红酒之色，各色之中复有转换，其美微妙。其味也兼有普洱、红茶和陈年白茶调性，偏老白茶气。初有棕香，复厚淳而满，再而微甘，味有岁月。重不霸道，淡不清寡，且极耐泡。茶底松散错落如深秋落叶交织。色香味形均丰富而万化，不拘一格。乃命名为"太极"。

一叶好茶，生机蓬勃，乐于奉献！却也挑剔气候、温度、湿度、环境、土壤、空气，挑剔水的纯净；挑剔采摘之技；挑剔制茶之艺；挑剔享茶之人，不要以为这是"茶"的毛病，这是好茶的生命品质必然带来的属性。好的艺术家其实也就是一叶人性的"好茶"。

普洱茶膏是个神奇的种类，淡淡的茶膏香气潜伏着迷惑人精神的神奇气息，膏块融化散开的色彩和形态似鲜活的图腾般牵引着我的视线和想象。其色淡似琥珀，浓若红酒，深如老酱。重则味绵厚软，轻则若有若无，温和平顺，有了"化"境！细品，有些许西藏的"味道"。

一茶友到台湾，想带回些茶来，发信问我何种好？这怎能答。台湾有许多好茶，且安全放心。我回信息：茶无止境，因人而异，适口即可。

"自然"是茶的美德！

三十年来遍喝各"色"好茶，绿、红、青、白、黄、黑中的名茶大多喝过，还有收藏，算是好茶之人。以前喜寻名茶、收珍品，现在不了，只求新鲜、正统、来路清晰，不问贵贱珍稀。《道德经》的一句话虽非为茶而言，却为茶至理，"清净为天下正"。

茶的本质与天性是朴素与天然，这两者带着天道之理，再加制茶人的爱心和倾注的讲究与"手艺"，茶才成为可供品饮的佳物。所以，朴实、天然和人的情感才是茶的"真性情"。

茶分六色，也具六性六品。黑茶是款有思想的茶；白茶是款有美学的茶；黄茶是款有风韵的茶；红茶是款有涵养的茶；青茶是款有境界的茶；绿茶是款有活力的茶。此六性六品依人和岁月、环境略有转换，但大至不谬。

车行于往杭州的路上，雨后阴天，翠山黄田，在车上与朋友谈的是黄酒之美，写的微博却是关于茶的品性。感受思维如景致境移，享此妙转繁复。记叙茶品六色：黑，灵魂之色，包容一切，如一墨能绘万色江山。白，本真，纯粹，不食人间烟火，以无有示万有。黄，优雅，迷惑，似清淡却风情万种。红，浓郁、宽仁，举重若轻的流转绵醇。青，厚重、从容，拥田野朴素且豪放阔气。绿，勃发、青涩，散生机鲜活于清嫩气色之中，宜众生欢。

为什么几十克新绿茶非要说是在多少万棵芽中的精选？为什么老茶就一定是天价？芽茶并非只以娇嫩为上，老茶并非只以年头为首，有多少芽茶幼稚而缺了茶气，有多少老茶酸腐而败了茶性。无论新、老，好茶的品质永远是清、正、活、顺、绵、朴！

朋友问及茶的问题，一个"茶"字，不好回答，关乎茶的品质、茶性、制茶工艺、包装材料、储存、水质、品饮的人群修养、器具、场所、时间、空间等，如果说这些过于讲究也不想繁复，那就无所谓对茶的究竟，随性而为，享受那无法复制的仅有时刻，自己得意即是一步登堂入室。

品茶因人而异，制茶更是因人而异。我不喜欢制茶人将此类茶做得与彼类茶无异，我喜欢有独特品质的茶，一种排他的品质。如人的性格，哪怕是同胞兄弟，秉性也各不相同。

2

比以往早起，惯例烧水泡茶，茶具各式过手，热水巡杯，这些物件随我一年年成长，经无数手谈唇语，已是熟人故知。这凡俗"人情"的各器，经己手制出，付出心得，又经日常茶气洗礼，溢出的已有禅、道之韵！好器灵光，含华敛影，坦荡倾听，空、满皆是觉悟，又皆是朴素的容颜。手握杯盏，享我今年今晨！

几叶植茗，换来一心静美！浸泡过茶的液体竟能在人的"五官"里现出自然真理，滋长我们的心智，长年累月，叠出丰厚，养出如玉温润！此是人性雅物，智慧先知！

听着古琴，品着好茶，读着汉碑……心静神怡，复何求？

茶有情意，细品可知。一叶春秋，一水世界，一心菩提！

喜茶之人，久有收益！初识色、识香，继识水、识器，再识孤，识心，终识生命、识坦然！

开门即有烦恼，依茶安我心性！

智性释放和享受的修为！

茶是"植物"的芽叶，是物，品茶的过程却是"唯心"的。在这物、心之间，"天真"二字是无上境界。

是茶让我的生活相对旧式，让自己少些俗尘、淡些利益、开些胸怀、多些中正，虽都是些许的变化，却都是心质所需！

饮茶带给人们的是一种极深刻的识微，培养的是无碍虚心和对自然的尊崇，通过这种神奇植物的叶芽和水的引领，以物质的方式享用，在日常里领受其中的美并渐近本真的自己。茶，是一部可供饮啜、可供肠胃吸收的不动声色的无字"经卷"，"茶禅一味"！

朋友发来他看到的一句茶言：要抱着一生一聚的态度认真对待每杯茶。我回信：虽是好感受，却是文人被情绪带动着感动得过了头，人生时常喝茶，每日与茶相聚，状态各不相同，每时每刻都这样就累了！而这又远离了茶的本意。

南方喜茶的"茶究"开始多了起来，有些还是我的朋友，茶言、茶感、茶悟不少，却反而远离了茶人的天真。

喝茶的最高境界应该是属于一个人的……人多了……哪怕是同道好茶者也显"浊"气……是产生不了静气和禅意的。

一钵清水解名利，一缕茶气释凡尘！

在茶几前书堆旁一坐，不喝茶不翻书也是一种"静享"，盘腿在禅椅上一坐，可褪"凡气"。

每天在茶几旁小坐，一天对我来说就真实得可触、可视、可听、可嗅了！常在不觉，稍离即念！

日常生活里常有让我转移所思所想的"微痕"妙引！一块美玉、一枚老朱砂墨、一张老纸、一小紫檀笔筒、一把楠木椅、一件老铜镇纸、一本旧书、一老锡罐、一青花杯等文房之物上存有的各种"微痕"是养我心眼的滋膏，无声里分明示出了"物"语和朴素"光辉"！我只能用"光辉"来描述这种极致的"物华"！

"茶"留在宣纸上的痕迹尤其让我着迷。

一个茶几，一套茶具，一杯好茶，一刻安静，一时忘言……

茶能喝出"风生水起"不易，茶能喝出"不动声色"更不易，茶能喝出"云淡风轻"则是不易中的不易！

3

茶不在贵贱，在洁净品质；茶不在珍稀，在于独特；茶不在
类别，在于适合。茶有生命，每茶不同，故泡茶无格式，依
着基本讲究，顺着自身感受，每泡不同；不同茶，不同器，
不同温，不同心，不同境；自然之茶，自然之人，才是真
"茶道"！

到老住处整理藏茶并取回。整理自己的存茶像整理自己的
回忆，家珍过手，一年一年，一地一地，一人一人，每款
茶都能让我回到现场，唤起无数美好！品水、品器、品茶
是茶道的过程，实则，茶也是可以用来阅读的！一上午，
我在"读茶"……

品茶是需要伴随想象的，依着想象，填补着茶人在现实生活中
难于企求的唯美、浪漫和独特的自我满足。长年与茶为伴，对
人之温、良、厚、朴的提升是在日常俗事中成就了，却悄无声
息。这恰是我们皈依"茶道"的最根本理由。茶，是我们的无
言"老师"，是可以品饮的"先生"！

茶之味、美、灵在于千变万化讲究"活性"的茶道，讲究个人的体悟，这与中国人的自然观惊人一致。茶是有生命的。有了这样的敬畏，每次泡茶品饮就是唯一的时空了，当然茶性就显出了不同。静，心灵的静是重要的，心境不同，"茶"必不一样。每次看出、泡出、察出、品出、觉出、悟出茶的不同，且善待这不同的"气、味、清、明"。知茶，知各款好茶；知水，知多种好水；知器，知各色好器；知人，知己和家人、友人……于今之繁花似锦又无一丝净土的"太平盛世"却不能太拘于"知"了！不着于步骤、形式，不着于机械、讲究，不着于贵贱，不着于繁复，不着于外在。松、淡、闲；怡、清、静。方能品出茶真味。

茶有流派，也有不同的讲究。光是茶、水、器，就能说上几年。与禅、道、儒相对，又能说太久。捆绑仕、文、商，更能说无限。一旦深究，失了品茶的天然。茶、水最基本的天然在今天基本全无。心中有碍，谈何自在，无了"自在"，谈何品茶？如此环境下，能喝自己烧的开水泡信得过的普通茶最具茶之"道"！

我深信茶的最基本道理如好茶"返生"的品性！茶不是让人随着阅历深厚和迷恋在曼妙茶气的引领下走向学究气和暮气。茶，实则是鲜活生命的启发者，活泼的生气与天真，发于天地，享于阳光，滋于雨露，随茶人之手携离枝尖，合于心手，舒于水侍，舞于杯怀，焕发生机，茶、水、人互为先知。生机盎然为真茶道。

现代人喝茶缺了不少古人的天真！却多了许多外在"讲究"：
比如重贵轻贱，重名轻质，重仪轻我，重香轻朴，重茶轻水，
重水轻器，重器轻艺，重色轻声（重汤色忽略听水声），重芽
轻叶，重鲜轻制（重明前时节忽略制作）……其实茶的灵魂是
活性的生命，含微妙百味，每泡不同，每品不同才是真茶道！

4

用铁壶烧水的过程值得细享，朴素，厚重，凝敛，于缓慢中不断让你感知安稳又和暖又炽热又仁爱的叠加着往前推进的丰盛情感。在最不经意处若有若无地涌出，有时，盈满胸怀；无时，静安自然。徐徐水声，变幻莫测，松涛听风，交响和畅，如闻天籁！握温热提梁，倾水拂茶……未品饮，已先享了水、器的慰藉。

泡茶细品，其乐其美，如味人生！

在杯子中体会"器"的变化让人很着迷！使用不同的杯子心情也会略有不同，这种感觉很奇妙！"白氏杯"做了二十余年，伴随我喝着各种好茶，也加深理解了各种"好器"，并共同成长。

好茶绝对需要孤享！得一些好茶，心性就被牵了去，自然比往日起得更早，心清身轻，捧茶细享，用好器好水，线水注释，获得美色缓缓呈现，气息滋漾，荡人心魄，引得无限遐想，五官浸润，六腑顺应，生气蓬勃而又自得静美安然，时空穿越，得内外清明，瞬间小悟，一时无碍，一人自在！

多人误了我的好茶需"孤享"之意，我的好茶均是"众乐乐"！强调孤享，是不能想象，这里泡着好茶，那里继续寒暄，心不在焉，既不能听水，也不能阅茶，岂不辜负了天地植茗的奉献！好茶遇着知己，可小分携回，也是孤享！

中国人在茶的讲究中实在是获益良多，"茶"字本就有人在"草木"间的寓意，既有自然的引领，也有生命本体的暗示，"茶"的植、采、制与味、色、形的讲究及品饮也是如生命个体一样的千差万别，但甘、苦、涩、醇的细微体察是能呼应和暗合人生许多的经验与感悟。人生在时间里浸泡其实也是一款独有的"茶"。

我们在茶里学什么？除了感观和味觉的享受外，有时茶和着孤寂的冥想与独特的经历与心情，会意想不到地赠予我们了悟人生，且只适应个人的"真理"式的礼物……

早起泡茶已成我的习惯，也知空腹喝茶并不太好，但一天的第一件事：往茶几边一坐，烧着水，随意取出一款茶来，同时抽书随阅，是我生活中"机械运动"的每日伊始。听水烧开的声响是"唤醒"我们身体的"天籁"之音，这是需要闭目聆听的（我曾专门为"听水"写过微博）。水烧好，用自制的青白瓷盖碗"泡"茶（我不用紫砂器已十几年了），用盖轻抚着茶水的过程就像是在梳理着自己的思绪，看得清清楚楚。我泡茶常会走神，看着看着，发呆，茶会过泡，茶温会凉，茶底会倦，茶味也会乏了。每遇此景，除了怜惜好茶，责了自己，却从不怀疑自己所拥有的"茶性"，因为这发呆，我获得了许多。我对汤色的要求极高，这是只能在白瓷和青白瓷盖碗的使用中才能精确获得。茶色的美是极能引发想象力，这与"水"的品质有关，茶汤在黄、绿、红色系中从极淡至深色里能显出无以计数的色层、色阶、色度来，且均是透彻的晶亮，并折出变幻的光来。不敏感、不用心、不精细的人因为看不出，所以也就少了饮茶中的重要一品，也是极重要的"美色"之品！"美色"诱人，令我不觉舍弃了部分品饮的享受，也是愿意的！如今天一早，写了一些茶语，也舍了些"茶味"……

品的是茶，阅的是己。

识茶！除了品，更需一颗活泼泼的心和能辨出微妙生机变化的敏感的视线！

好茶水知！心静自知！

品茶其实是品一种"认识"，人们通过对一种特殊植物叶芽的选择、加工并经于水的"注释"析出的无穷尽"味道"的探究，产生同样无穷尽美好的敬仰、追慕、想象……获得提升，这种"提升"是在一种安静、自觉和享受中成长出来的并对自己的心灵产生深刻信任……

庆幸自己的生活中有茶，庆幸自己没有茶师的引领也能亲近"六色"，庆幸自己在茶里使自己成为自己的先生，庆幸自己在茶与水的陪伴中度过时日，庆幸自己在品饮中自觉安静和自在！

我喜欢将居家工作的小空间美誉为"工作室"，不仅如此，我还将主要喝茶的地方叫茶室，将书籍多的地方叫书房，但实际上书房和茶室是一个相通的空间，我的茶几边上堆满的也是书，之所以自己这么分开着命名自己的空间，仅仅是一种心理满足而已，似乎这样就有了与工作、读书、喝茶的不同的空间"状态"了。

一片茶饼，从中国带到法国，转到瑞士，再回巴黎，又转回到自己常喝茶的客厅里，泡着这茶，想着这茶的旅行，味道又多了些阅历了。这样琥珀色的透亮，让我想起了在瑞士见到的图恩湖的夕阳……安静温暖、低调地连着辉煌……

不要指望喝茶能短期给我们的身体和精神带来健康，通过品饮一种植物的叶子给我们带来身心感受得到的益处是需要缓慢的时间持续地堆积才会有的，而这个"有"却是我们最需要的"万物"……

因三十年的喝茶而有了依赖，除了品饮气息外，还有借助这种方式下的自我冥想，我没有在意过这些冥想对我的意义，但这样无人打扰的冥想让我慢慢拥有了隔断自我"社会化"的自洁能力，冥想不能解决我的困惑和问题，却是我心灵"健康"的"运动"方式，安静地消耗着自己的时间，平衡着忙碌中的生活。

是茶让我们安于此时！

每日早起，烧水泡茶，打开音响，这一时刻的"空"是我最享用的美好时光，无忙碌，无新旧，无挂碍，只有乐、茶……

茶既可以很尊贵很仪式地去喝，也可率性自由地去喝；既可敬畏地如饮圣露，也可悠闲地随意解渴。茶也如人，有多种性情，每一款性情都不应左右我们的"自在"，却值得我们珍惜。享用好茶的最高境界是对茶有感情有认知，却能品饮"自由"。

早起，泡着三十余年珍藏的白茶，怀旧的老茶气伴着书香，喝一口如琥珀色的茶汤，味蕾和唇齿被极大地安慰了！闭目深吸，管平湖的"流水"琴音随着暖暖的茶汤清晰地进入到自己的体内，虎年在家里的第一个早晨又有了洁净的感觉……生命的真实与身体的存在此时于我是可知可及的……

品茶是在品饮一种深层莫名的"记忆"和"未知"，由着这莫名的"记忆"和"未知"引发，满足更深层的感情依赖，并依着这感情开始了最漫无目的无尽遐想，高低自由……品茶实在是在"品"饮者的性情与心性，由感觉、感受到感悟。有时这过程是递进的，需要时间和学习。有时却是越了过程，瞬间可达。相当多的人是停留在"品"的口里，在味觉里找高低，在感观里修研成专家。少数人是借茶的引领，理解人的"自然态"，消解得失、执着，在安静中显出短暂生命的本意来。极少人能将茶水、心性、贵贱、得失、智愚全无碍地喝到身体里，不着形色。这样的人我没见到，相信一定有。我们喝茶，常有不同的获得，全在自身的愚慧、正负与忙闲里……制作中的"白氏杯"。

绿、白、黄、青、红、黑，不同好茶的美妙是泾渭分明的，但同类同档的茶要分出微妙来得对比着细品。人、水、时、器、境，同时才能感知同类茗叶气质的些许不同，这细微的不同就是茶的不同气与质，通过品饮，分出同类好茶的微妙且能界定并识出原因来可算为识茶之人，于我看，此时的由人识茶已是由茶识人了……

仅用口感喝茶是一种浪费，只用一种方式泡茶更是浪费，只知茶不知水则是愚蠢。只知成茶而不知制茶决不能赏茶，只知成茶和制茶而不知它茶则不能鉴茶，只知茶而不知器则未入茶门，只知茶和器而未入境则不知茶本，只知茶、器、水而未识己则不知茶心，知茶、器、水、己而未能融通则未知茶美也！不知茶"美"者并非茶人。

茶不语！品阅由心，境随心走，心随意行，意由欲支，欲随物控，物随静消，静生本善，善生万美。茶为善美之物！无须翻阅传译且非深奥繁复并可长期饮用的"善美"之液。茶不造"美善"，茶只是释放人心中的"美善"。

因茶而写的各式小文有了几万字，并小集于我的博客。我的茶语虽是己悟，置于历来文人之茶书里却也未出多少新意，但通过这未有新意的茶语的随写却也真实地体会出每茶不同的"新意"！是"这个"有意思。

5

普洱茶的疯狂已出离"文化"的范围了，许多的"老"普洱已不具品饮性，却标着离谱的价格，更离谱的是：不少穿着名牌、理着光头的新贵们极认真地饮过几杯已发酵得碳化了的"老普洱"，在"茶师"的"催眠"下对应着台湾某某某写的关于"普洱"的描述而频频点头，好似喝出了岁月。然后似乎真"品"出了高低档次般选上几款最贵的"老普洱"，拎着能喝的"文化"回家了。

我们发明了茶，这个太了不起！植物的芽、叶、花、果实采下来，能够变成无数茶种，我们用颜色命名茶：红茶、绿茶、白茶、黑茶……可是这里面并没有一个颜色是唯一准确的颜色：白茶不是没有颜色，它有，但它是相对你加工过程中，不复杂的人为关系。本真天然就是白。所以白茶基本上是不太加工的，不食人间烟火，不杀青、不炒，所以它白。第二，它的颜色相对绿茶、红茶、黑茶，要淡，趋于"无"的状态，所以叫"白"。但不是真的无色、不是真的不经过人的加工。这就是中国的美学精神。

对茶的系统讲究并上升到艺术、生活与心灵的"规范"上在中国至少有一千五百年的历史。日本从我们这里将茶艺引入后改

称"茶道"才五百年左右的历史，这五百年让日本成为茶道大
国，且流派、渊源、规矩清晰，虽有仪式大于内容之感，受众
却遍及世界。中国却沦为只是产茶卖茶之大国。

不得不对只用一种方式泡各种茶的人和只知用紫砂壶泡各种茶
的卖茶人和喝茶人说："你们离茶已经很远了……"

我借助茶具的创作来理解造器与心手，理解法度与自由；在使
用中理解时间与空间，理解盛空与盛有……

茶在中国有趋于程式、精致、贵族化的倾向，实际上茶的终极
美学是"活性"与"田园"！

描写茶和茶艺、茶道的书实在是太多，懂茶而写出好茶书的却
太少。约十年前我曾说过，史上只有两本好茶书：一本是陆羽
的《茶经》，一本是冈仓天心的《说茶》。今天看，仍是。

我之所以选择茶也是因为我觉得茶有一样东西特别感动我，我
不仅依赖它，它成为我理解容器、理解生命，理解植物，理解
自然，理解我自己的心情的一个非常重要的载体，只要我的视
线在那里，只要我喝到它，这些因素都会在我的心目中产生影
响。如果我不理解、不尊重茶的话，我的容器也做不了这么
好，就是因为有茶，我会觉得自己做的杯子一定要适合我对茶
的一种情感，它让我在对容器的理解里面产生了很大的变化。
为什么我看到一封邮来的信上滴落的一个茶点会产生心理上的
变化？就是因为它是活性的，它留下来的这种痕迹里面会带来
许多真实的东西，这种真实的东西是要靠你的敏感去感知的，

而不单是让它用语言告诉你。

绝大多数人品茶只将注意力放在茶的味道上，失却了中国茶艺美学中大部分的讲究、享受，甚至是精髓！品茶是从静坐在茶桌前就开始了，但又有多少人会静听煮水的自然声响？观茶而浮想只此非彼的茶与个人的神奇缘会？细察茗叶于热水中的舒展起伏？享茶色的些微冷暖曼妙？品美器的内空外质的"形而上、下"？

"柴米油盐酱醋茶"在生活必需品中排最后，属可有可无的一类，却是生活必需品中唯一的"精神"元素。

安静地品饮着好茶其实是在品尝生命的意义，这过程的长久积累，可以培养我们对生命意义的理想态度和由感悟带来的对纯粹与丰富、天然与人为的非文字可述的深刻理解。在茶的曼妙里，真切的感悟甚至显出了文字的僵化和表达的缓慢。一款可信任的好茶，在今天是我们的物质与精神的财富。

为茶立经，陆羽是茶圣，那是"茶山的碑"，后人都是徒孙，不可逾越。其后文人墨客中却无开山巨匠出现，多为添枝加叶而已。对茶在世界的贡献，日本有两位不得不提：一为千利休，在茶事、茶理、茶艺、茶论上均有建树。另一位为日本美术界重臣冈苍天心，他的《茶之书》可说是十九世纪最通俗推广日本和中国茶理的书籍，且我认为是写得动情，不仅能打动中国人，还能让西方人看得懂的关于茶的美学读本。

上好白茶能细品出神：淡泊却不淡寡；本真却不呆鲁；有筋骨

而非霸道；有风姿而不肆意；纯粹又不单一；文雅并不文弱。浓得风生水起，平得不动声色。嫩毫缥缈，玉液青波。白茶美学如草堂观尖荷……

饮茶之器要做得精致不难，要做得"平易""平安""恬静""朴素"并具"生活""生机"，入手还"温和"有"深度"，用着知其"非凡""高贵"却又是难得"平凡"的，才是饮茶之器的美学！今日，此"器"难寻了！

手中的杯子一直在为我服务，它的内容里盛着热水，重复着和更新着各种好茶，在视线和温度中被安慰也安慰着使用者。总是这样的平易和毫无怨言。用着了就有感情了，用着和一直用着其美就愈发显出来，使用中的器具之美是有生命的……

|第|五|辑|

|解|读|自|己|

1

听乐、啜茶、翻书，我如此依赖这样的生活，在刚刚一口"凤凰单丛"茶气茶味里突然有了真切的答案。我实则是依着这样的生活来认识"自己"，认识一个熟悉而陌生的"自己"。乐不同，茶不同，书不同，人不同，"己"也不同！

早起，2011年的最后一天，惯例是要回顾的，人之天性。给自己一点完整的时间，静静地回放自己的一年，是丰满人生的重大作业。实则人是需要每天都要做些作业的，这样能显出些年轻来。写日记是传统却是最真实的回顾，现在的微博虽是实时，翻看时也属回顾的范畴了。回顾可留于文字、留于声音、留于影像、留于思考，都是自愿的和有意义的。

向自然注视、皈依，使自己一直心存敬畏、心生平凡、心常自洁、心葆童趣，鸟落阳台，日照房间，风吻门窗……我的"存在"……

我长年反复制作各种奇石并非只是完善对技巧形态的追究，
也不是迷于石的本身，更不是显示自己与传统与现代的某种
观念的联系，而是借恒石之名，累积对自己生命的体验和判
断，于式微中了然自己的式微，却是获得真实的快乐和生命
的安静！

无论你有无信仰，到教堂里坐一坐将让你受益。蓬特韦德拉
（西班牙）的教堂里坐有许多人，长时间。我们也在这古老
洁净的教堂里坐着，望着这教堂，浮想着昨日在圣地亚哥大
教堂里幸遇盛大庄严的仪式和圣颂歌声，许多人步行至此朝
圣也就为目睹这一"圣事"。人其实是需要到一个独特而安
静的空间里去坐一坐，对着一个"信仰"和"理想"或"自
己"去静静地倾诉、回忆，疏理关于自己与自己的关心。只
是静静地在这样的空间里让时间悄无声息地从我们的生命里
流动，也是生命纯粹形式的一种幸福感受！我们在佛、道里
和"安静"的自然中也能达到类似的效果！只是我们要学会
时常将自己置于其中！

每个人的内心都居住着一个"自大的自己"，我年轻时容易让
人们看到那个居住在内心的"自己"，现在是慢慢消化了那个
"自己"。

生活在自己的世界里，过宁静的日子，是需要感受的！感受自
己的呼吸，感受耳膜被音乐抚慰，感受茶的液体流入自己的身
体，感受眼睛所见家中熟悉的景致与昨日的相同与小异，感受
恰当的对微小事物的欣喜，感受此时的敏感……通往自己……

德拉克洛瓦一直是我欣赏的"老"艺术家，每次来卢浮宫我都会在这个厅坐上半小时或一小时，我也希望自己能通过反复欣赏找出让我改变持续热爱他的某种可能，以证明我的年龄和"进步"！很失望，我只能承认自己的固执和保守，因为我还是由衷地热爱这个人！

倾听心的声音！一直在对学生和自己说同样的话。有些话要说出来，哪怕只是自己听到！

人其实做不了什么，让自己有所感知，让自己有所自知，还有可以娱乐自己安慰自己的生活技能，其实很快乐……

认识自己并有真实感并相对客观，有时从不经意处可以看到。

原以为自己能做许多事情，现在了然，我只能做自己的艺术。

在笔墨中知我在！

其实展览的过程是思考自己的生活观点和表达方式。

属于自己的时间总是过得太快？而被他人和它事支配着或见着不想见的"东西"，时间却过得太慢。这"一快一慢"的叹息就是我的日常生活：做着作品、居着家，时间飞快。出门，时间就慢了，开会和应酬不仅是慢，而是停止。谁在压缩属于我自己的时间？使之月如一瞬。谁在拉长不属于我的时间？让我度秒如年。现在朋友们该知道我的工作室为什么一直是关着的吧？因为我在里面。

早晨喝茶的习惯到今天已变成依赖，玩玩茶，享享器，听听水，闻闻气，观观色，合合目，走走神，体会到自己！

喜欢沉浸在自己的思维里互相倾谈，这里面有无尽的可能和陌生，都源自于自己。我的"手不释卷"其实只是我引起思考话题的一种方式。这也是我不愿与达不到"对等"状态的人谈话的原因。自我倾谈中会"发明"许多"词语"，觉出相互的逻辑和导出"各自"的结局。就如同在心里画画，总比画出的更有意思！

近十多年来，世界各国有记者来采访我，总是会问到我的作品在表达什么，以前我会说得更具体一点，现在基本上我越来越说得不具体，我说自己最依恋的是对时间和空间的一种思考，艺术上的思考，不是逻辑上的思考，更不是的科学的，是个人的。

如何证明自己的生活有意义？你拥有一种热爱；如何证明你的生命有意义？除了拥有热爱，还要有一点点独特。

我喜欢"自言自语"，在内心与自己对话是这种方式，在青花里渲染是这种方式，在纸、墨、茶、水中浸泡是这种方式，在油彩的形色中反复也是这种方式。自言自语，是自己对自己的修正和探究，是一种不经意的自主表达，是一种流淌无序却自我依赖的闲思，说出来只为己见己听，让自己觉得度日有趣！

"自言自语"只是存于自我思维中的无声对话，是我心中常演不落的史诗话剧和情境小品，幻作各色人和各种物，既实景又穿越还离奇，却是自证和自觉"我在"的方式！

我好奇这个世界！喜欢未知，但我喜欢和具有持久兴趣的事大多都与岁月留在事、物和自然里的"表情"有关，虽然对新事物的敏感也相当的自信，但终不敌由"识微"带来的视觉与心性的享受与启悟。这世上少数人知道我害怕交际，我喜欢视觉引导下的谈心，与自己，与视线所触，与思绪所及。

有时人们总是愿意相信通过一粒石子来理解一座大山。
我更愿意用理解大山的方式来理解一块石头！

我是谁？从哪里来？向何处去？这样严肃的哲学话题以一种形象进入我的内心，是少年时见到的黑白印刷品里高更的同名油画。重提这样的老派话题不是精神怀旧，是深隐的"我"不由自主、不分时段向现实中的我时常冒出又无须必答的一个提问。实际上，我一直是借助艺术创作来自问自答，犹如"虫洞"与"天虫"。

习惯自我倾谈可丰富感知和强大心灵，疏理自己，清晰自己，柔软自己。在思维里为着天、人；灵、肉；孤、众；清、俗做着无数次的缓谈，这样的"缓谈"就像是自煨的"心灵羊汤"，起到人性的"温补"作用。让自己在现实生活中更轻易地选择与自己的心性所需一致的一面，而非利益认同的一面。自我"保养"！

常自问，为何茶几旁和身边的书换了无数茬，雨果和鲁迅的书却一直在？要说出理由会很长，简单的只有一个：读他，对应现实，绝尘……

瑞士的朋友发来邮件，我的朋友美国著名陶艺大师西尔维亚·海曼走了，去年的圣达菲会议还见着她并拥抱问候（我2005年出版的《世界著名陶艺家工作室》曾介绍过她），一时伫立！……自小就会自问死亡，想象死亡是常伴我的闪念和静思，常想自身离开时的情景……窗外就是应县"释迦塔"，思往生，顺生矣。

2

某名导君问我如何对待"孤独感"？孤独感是今天读书人的常态，这种感觉不是人单之寂，而是心眼有万般敏感且个人化且深刻甚或忧伤的美好，孤独感是我们心中的照明，是我们心性的相对健康，是我们存放着记忆的享有，是我们个人自在的殿堂。身边一杯茶，一本书，一株植，时光移动……

喜欢一个人独处。一个人可以很放松，可以穿着随便，可以躺在床上翻书，可以胡乱调着台，可以用免提接电话，可以自己对自己做怪相，可以瞎想和什么都不想，可很早睡和很晚睡，可以疯狂地工作和完全不工作，最重要的是可以一个人发呆，可以半天临窗远望窗外没有任何特色的城市容貌却无动于衷，最重要的是无人打扰，似生活在他处……由心而为！

独处时，我常与"自己"对话，不同情境、角度的"自己"不急不慢地倾诉，如我的私人剧场，"他们"在访谈，我喝着茶在倾听。自然，向更智的"自己"学习，向相对更无私的"自己"靠近，向可能更宽仁的"自己"成长。我与"自己"们常谈，使日常的自己"平凡"，使灵魂的"自己"可以不平凡！观海时，自己幻成能见到的海和见不到的海，然后是天，与天相接的无涯的"一线"，那是可感知的"线"却是永不能达的"海、天"！观海，让我知道我还有个陌生让我兴奋让我很想深交的另一个"自己"的存在。海可以唤醒我们心中许多的"东西"，第一次为我们称呼那小小心灵为"心海"的人是不是也是无限感慨？

早起盘坐在音响前安静翻书。这音响跟随了我十五年，今天仍属于可以出场的设备。自换了连接线后，每次倾听好像都"干净"了不少，可见我这个人是多么的唯心！"唯心"是我独自享受和思考的"所在"。据说唯心之人易失眠，从这一点上说是旁证了。还有就是"唯心"之人总是会怀旧，这更是铁证。我的怀旧总是与一些旧古之物、之象有关，且会浮想联翩，并由着时间飞逝，这也是造成我客观忙碌的原因之一，"唯心"是很需要时间的事情。由此推断，"唯心"于今日社会、于我是件很奢侈并该得意的一件事。音乐我绝大部分喜欢的是古典，西方是古典，东方也是古典。现代的也听，只是少了。图像的怀旧也是传统的居多，近年来更喜欢老照片了，搜集了世界上不少与老照片有关的集子，那种灰黑和黄黑色让现在的我觉出震撼来，这种憾人的力量只因为万般的真实和如隔世的情景，却是离我们并不遥远，这让我产生出无限敬畏和绵绵感叹后，又涌出温暖的坚信来，如照片中的泛着暖调的黑灰，带来了慢慢岁月中的光照，用手抚着可闭目感知，虽然明明知晓，这只是今天这个时代的印刷而已，可见我的"唯心"已是重症了。回神，音乐又飘传入耳，虽从未停。合书，出门，回到现实。

无论怎样忙碌，我都会拿出一些时间来"独处"，相当多的

"独处"真的只是一种形式，静坐而不思；翻书而不阅；泡茶而不品，只是一种"习惯"了的习惯依赖而已。但"独处"带给我的帮助是全面的，包括最重要的生命"真实"感，一念中的此时此刻此间此境的"存在"。

有时我喜欢将独处的时间拉长来享受，是因为最能安心的倾谈在我与作品之间已经得到了最默契的理解，这两者的空间最让我觉得我好像靠近了我自己！

我希望我的艺术受人欣赏，我又不喜欢我个人被关注打扰。看似矛盾，却极真实。

在城市中生活，与艺术和非艺术的人们交往，时刻与现代科技中的冷漠产品为伍，快节奏让我很少有时间读长篇小说，但我许多的爱好很好地帮助我，并培养我心灵纯粹孤寂的优雅，自我觉得这种在光污染及钢梁水泥建筑群中玻璃窗背后的文明孤寂与田野中的离群索居的古人的孤高是一致的！所以我享受着今古两重世界！

3 /

我生活在我的小世界里，以无限的精力和想象及热情和才华去
思想，希望自己的思想能证明自己作为生命活着的意义，这是
一种本能。为着这能释我的愿望，书不离身，思不停顿，从古
今天下中广涉。年龄渐长，事业小成，却世故难入，成熟未
知。每天的思想是随岁月而长的，思想的话题却是随岁月慢慢
细微了。曾警惕过这细微与心中的宏愿相违，却也不能阻之思
想对这细微的沉迷。这细微的话题和事情已不足以留于文字去
点划，却是我现在思绪中支撑我内心的最主体的信息和能量。
在读、在写、在画、在思中全是一些曾经被我忽视的细微让我
无比动容，现在已不愿思考"大"了，享受自在的内心式微。
是这"式微"的丰满比之"大"的思考让我的"自我"更像自
我了。

好天气，穿过校园去上课。想着因常去圆明园也常会见到我的
老老师们，他们对我如此忙碌和年轻却去圆明园徒步、近水、
望柳、观荷的"老年"生活感到费解和惋惜，每遇会为校方未
好待我而劝慰或寒暄。老先生所言极感动于我，但又极不知
我。世事与人本不一样，他人看到的是我失去的外在，而我得
到的却是心里的自在。圆明园是北京最后的"园子"，我爱圆

明园，不是它能给我在这"非人"的北京难得的散步空间，而是我个人偏爱且有感悟的一种特殊的心安吐纳的"亲古"生活的特殊场域，一种纯粹的唯心依赖，仅此而已，却是于我如此重要的仅此而已。

这个世界没有什么比做自己喜欢的事更重要的，在任何领域做好了"自己"都应该感到自豪！

总是感慨我的生命里有这么多年长于我年少于我的善良的人们关心我、鼓励我、支持我、维护我，于我的周边围起一圈圈友爱美愿，帮我遮风挡雨……让我能在这不安和物欲横行并"无所畏惧"的时代做着自己喜欢的工作，终日与青花、水墨、油彩和著书等雅事为伴。念及，心里瞬间产生的化学反应让我真切感受到暖流如电般在体内的通达，这样的如电的感动常常发生，时时存在，此时如是！所以做瓷时很用心，也尽量画好画，也努力写出能看的书，这些由我创作的作品让爱我的好人们看着喜欢，也是我心里的感恩。知道朋友们的关爱会时时相向，我会倍加珍惜！你们都是活雷锋！

"自在"是个佛教词。我的秉性让我绕开了对"观念"无休止的纠缠，相信文化艺术有经典和草芥之分，经典一定产生于岁月的无情挑选，所以，顺应经典本身就是"自在"的一种形式，而真正的"自在"是自己怡然的心性。

我能生活在自己的内心，靠的是一本本自己的著作和巨大的作品量及阅读和品茶赏乐！是这些让我四十余年的生活踏实不慌乱！微博的碎片式记录更适合我的职业，艺术家就是些能用一闪而过的视觉碎片组成美妙作品的人。

我自小常会对偶遇的一物一事，凭着想象去"认知"，觉出了美妙。这"美妙"的一瞬固化了我对这一物一事的全部直觉，并"坚信"不疑！后发现，这一物一事并非如我的自识，甚至是完全的颠覆，我却为这样的"新知"破坏了我原有由"幼稚"带来的美好而在心里长期排斥着。天真的"想象"有时真能穿越时空。

我庆幸我的年龄，让我的童年成长在有大把时间可以漫无目的消耗的年代，成长在无图时代中面对难得的一两张名作的印刷品会长时间耐心地观看，这让我对应今天的忙碌和闪图显得更有判断、自信和具有优越感！童年的好奇和珍惜一切读物的习惯及尝试多样的表达平凡让我不讨厌自己现在的生活。

我的文字让朋友形容成要长读后并吸气再续念的所谓"白体"，其实我只是很谨慎地使用了标点的权利和尊重自己说话的习惯方式。

4/

不少朋友发微信说我"勤奋"！对我来说，画画、做瓷与翻书、喝茶是一样的日常依赖，甚或是自我情绪调整的有效工具，与勤奋似无关。我的创作就像是自己给自己烧水泡茶，既是"品饮"，也是"对话"，更是"确认"！

有时我也搞不清楚为什么自己会如此"勤奋"地创作作品，似乎在创作中带来的也并非都是快乐，似乎勤奋的艺术家都不怎么具有天赋。原因是在创作作品时，人的专注状态让我自己信任脆弱的生命，并确认人与其他物种还是有高低之分的！

与世界著名艺术家、名作、名著、名曲"形影不离"的好处是可以在自己的心灵里"安放"好自身的一切。

书读多了，茶品久了，画画深了，容颜平了，心胸宽了，气宇定了，人脱俗了……这种我想要的境界好像离我已很近了，虽每一项都不符成功"现代艺术家"的特征。为了健身也应尽量地不怒、不威、不急、不躁，但本善的正直及识别能力和不受欺骗的天性，又常常在不经意的日常视听中激起我的"少年狂"而伤身、伤神！自己营造的平和生活和社会反射给我的波折生活相互交织着又过去了时日。

长年与好茶美器相伴，唤醒的是我们在日常与忙碌中失去或异化，或迟钝了的许多天真感知，忽然有一天，越过我们累加的学识和经验，拂去尘土俗世与雅致贵气，领略"顺应"二字的真实含义。

善居心，需常入心掘之，善则自溢，溢则滋心养性益身。

每天翻一翻早已熟悉的世界艺术史图集，并不是为了增进新知，而是在这"长河"里哪怕是过一趟水也能稍稍清晰些自己，更珍惜着自己那一点点"不一样"的感受。

阅读是一种享乐。是一种让自己从环境中抽身"离开"的简便方式；是让情绪细微、思绪飘浮、领略未知的有效途径；是与伟人相处并倾听其教诲的"客厅"；是跨越空间纬度与远古、未来瞬间往来的"时光隧道"；是观赏史诗的"舞台"；是体贴社会的"温度计"；是心灵柔软、温暖、浪漫的"音乐沐浴"；是胆小、害怕、恐惧和慌乱的"茶疗仪式"。总之，阅读于我是生活中最重要的组成部分，哪怕只让视线触及随处堆积的书籍的表层也能让我心有所安。

微笑在心里！

捆绑着日新月异、色彩斑斓和数码昼夜的忙碌之体，庆幸自己这俗身中还能依着创作、阅读、品茗、玩物而时常拥有世外桃源般的"闲静"，由此确认这生命尚属健康。

艺术做得主观靠境界，人生过得主观靠智慧！

我"明白"什么是白明要的快乐！

之所以喜欢岁月微痕，是自己喜欢在这些微痕里"幻化"并编故事，编得自己感动，编得自己有所表达，编得自己相信自己比他人健康，编得自己觉出这世界的小，编得自己有时加偶尔真的达到了"无碍"！

痕迹本身就是一种语言，独特的语言，而这个语言就像画家画画一样传递着什么，感受着什么，所以它们对我来说是致命的真实，一点都不抽象。

沉浸在自己编辑的虚幻世界里，是保护自己少被窗外的真实世界伤害的有效途径！如何编辑自己的虚幻世界，并让自己确信和受益？于我只有神物之茶与心物之艺！

冥想是我独享生命快乐的重要方式。而且我相信冥想的神奇力量具有不可低估的物理能，我还相信冥想能让我通达远古和未来，也相信冥想能带来丰满和健康，冥想也让我幼稚和狂妄、单纯和与世隔绝，冥想也让我勇敢和恐惧、热血沸腾和心如止水，所有这些是我为冥想留下时间和空间的理由！如果人死后能留下冥想给灵魂，我愿首赴彼岸！

每天关注着身边的事与物，做着作品，想着与作品有关的问

题，生活在自己的内心！保持着常态及平和的情绪（虽然一定
也会偶有"愤"言），规律地生活，忙碌却显出从容和闲暇的
"感觉"来。喜欢端着茶杯在工作室院子里漫无目的地由着脚
步带动着而行，对一草一木望而忘时，生出无限感慨。据说对
身边事物投入的人可能是老了，或是胸无大志之人，这可能旁
证了我的无能和我的目光短浅。但我明显喜欢和适应这样的生
活，这些身边之物带给我轻松和短暂的忘我，也佐证了我的美
学观于我本人的重要性。身边的事物虽小虽凡，却也包含着自
然之律，以小见大，往往也该是最本质的吧？

台湾前辈艺术家钟俊雄说我的作品追寻的是"艺术原乡中的心
灵的桃花源"。"桃花源"是我原乡里的幻觉，"原乡"是我
生命中的幻觉。可我的固执却坏在内心深处对应着创作时承认
了幻觉的真实并拒绝了现实，我时常的"精神恍惚"或是我今
天健康于世的"心灵技巧"？

我知道我的生活方式是"被动式"的：居着家，听着音乐，画
着画，喝着茶，不看书也手不释卷。据说这是一种病，叫"幻
想逃避症"，是对社会感到绝望的人常有的。庆幸自己得了这
种"病"，证明了自己的"健康"！

我喜欢喝茶、听音乐、做艺术是因为专心于此，心自然而
"释"！其他的，有挂碍，当然难于迷恋。

精神中我对比理想，艺术中我对比创造，知识中我对比认识，
财富中我对比适用，身体中我对比完整，朋友中我对比尊重，
家庭中我对比平和，人性中我对比健康，工作中我对比自由，

表达中我对比思想……所以我才可以对极富有、极权重的人说：我"拥有"。

我喜欢的生活状态像极了中国园林。喜居家，喜居处工作，园林大且有外墙，外人不可入，合适；想法多、敏感，如园林穿行，移步换景；不出户"观"天下，如园林中的亭台楼阁、叠山理水、花草鱼虫、奇石异树，似自然却又是巧工人为；求乡土农耕，可菜米自给；求风雅文娱，可琴棋书画；高朋几人有丝竹珍茶，同道满堂有老酒佳肴；早踏露、晚赏月；近台观水，登楼听风；藏书能如"天一阁"，在这样的"小阁"中手不释卷，老去。这样的幻想，我每天都在个人的"感受"里"实现"一点点，满足了。

越来越敏感甚至动心并动容于遍布生活中的细凡微节，是我成年后感受"生活"存在与真实的基础，这"存在"与"真实"与我"身体"的"生命"关系产生了思维联系，为何"同样"的生活细节，过去的以前没有引起我多少的关注，甚至视而不见？早晨阳台上的几声鸟鸣让我醒来，这叫醒我的鸟是刚学会飞的小鸟？声音稚嫩、忐忑、兴奋和有表现性。我并未确见，心里却相信！

突然间，渴望着自己变老。可以不要强大，可以微笑不语，可以静立阳台，可以水岸闲坐，可以背影示人，可以闭目回忆！一种生命的境界只有用"老"才能达到，那就是"安静的慈祥"！

5 /

微博于我就是一个储存日常的"透明"房间，因透明，我的生活不一定都出现在这里，但能让大家看到的一定是真实的。这"透明"的房间里存放的东西可以让我翻翻、整理、打扫，微博在上传时已经定格，被自己看着却是前后能连接起来的"纪录片"，不断发微博的目的，是为"记忆"葆有温度，安慰"晚年"。

微博于我而言好似储罐，只顾随心往这"储蓄罐"里储存记忆、感受、判断、快乐和困惑……在这个碎片化的时代，用碎片化的文字记录碎片化的思维和情绪。就像儿时常看的由彩色碎片组成的万花筒，明摆着只是一眼而窥的光影折射，却也显出了碎片的光彩……

无事，翻微博，真真大千世界，光怪陆离。人人微言，常见前后上下述之不同，最微最细有之，最私最隐有之，最大最广有之，最国最政有之，最悲最喜有之，最平最和有之，最庸最常有之。但却读之不贯，情思相隔，碎片式话语和碎片式生活加碎片式情感再加碎片式链接，著名与非著名，文化人和非文化人，微博中的"碎片"式特征竟惊人一致！人格、精神、思想、关注、资讯、判断、诉求均是"碎片"，唯一不同的是"碎片"的质感不同，玻璃的、金属的、塑料的、木本的、草本的、活性的、惰性的、复合的，并由此显出丰富性、破坏性、发泄性、倾诉性、冲动性、变异性、综合性、转移性与自慰性等微"症状"。此"症状"中众人平等！

喜欢微博，是因为能随时随地记录一些思维的点滴，为今后储存温暖记忆。回头自检，竟也能攒下一些文字。但微博又将生活变成碎片，使它远离文学。使优美极富想象力的汉语在无数精英文人的不断锤炼下变得无比考究和严谨浪漫后，复归平庸，在互动平台上被看到、被传播后更为流俗。微博能让日常成为史诗，使凡夫梦成英雄，使资讯成为新闻，使繁华成为霓虹。但同时又使深刻升华为肤浅，使思想闪耀为思象，让激情流为口笔，使梦想无法渴望。微博什么时候能成为这社会的针灸？

微博带来的特有约束与节奏及各自对应的主题和知识背景、职业、性格所组成的"隔空"对话，组成整篇文章时所形成的陌生与思维的片断式梳理和呼应完全是"后乔伊斯"风格（自编名词），读之有种莫名的当代与当下的恍惚感，诗意不够却足够深刻，禅意不够却悟性足够！编者可无意，读者应有心！

整理微博，看到了自己，看到了时间，看到了每一个微小的片断其实就是"一生"！

朋友将我的微博打印出来，从纸上阅读竟像放一部自己为自己拍的纪录片。每条阅读都让我又回到那时刻的环境中，忙碌的生活于我一下具有了心的细腻，似乎这段有微博的几个月可以还原真实本身，而这真实是被自我印证的。

我喜欢见到微博里自己的"实时场景"，"新鲜"到有动感，有行走的方位。是一时的所想，是排他的表述。一视一言，一转一述，一评一问，均是真实生活里非刻意的"截图"。"微博"的重点是"微"，微者，短小，所以我不谈"大"；微，也无须深思，所以易出错；微，无须高尚，见异即可；微，日里常有，停步感动；微，一呼一吸，吐纳自在。故，我"微博"里前言不搭后语的碎片式滚动，让我见到了自己生活的重复却不同的场景、流动却惯性的思维，"嘈杂"的低语，丰富的简单，像自己。

我的微博是写给自己的"日记"，给未来"证明"现在，是真实的。写的过程虽不像自己中断了十几年书写在本子上的那种只顾倾诉、靠近内心的感觉，但也有记下自己生活的依赖了。早起看了自己的微博，看了些他人的微博，我关注的人最少，突然觉得自己很没礼貌，可这正是我基本上不看电脑的旁证。我所有的微博文字都是手机上传的，在国外也一样。但我喜欢微博并能坚持下来，恰恰是因为可以使用手机，而不是为了在网上阅读。

朋友问我为何微博头像都是低头的？呵呵，不提醒还真没注意。这些照片都是创作或日常中的常态，非摆拍。低首说明我的视线在作品上、茶几上、书本上，我喜欢这样的生活常态。

写微博会让自己更知道自己。我是个不在家就在工作室生活的人，我的世界很小，但自己反而在这小的空间里"得意"地生活，在自己的心里生活得很自在，觉得世界很大很美！看着各种新闻，见着各种人，跑各种地方，反而觉得世界很小很糟，更浓烈地怀旧了。如我这样自以为是而又内心敏感的人只能靠着努力在生活细节上的自大幻想给自己确实的安慰。生活，在自己的文学描写中充满希望。

微博虽小，但它是随身的行囊，可装生活，也可装思想……

| 第 | 六 | 辑 |

| 课 | 言 | 录 |

1

人，更重要的是给自己提问的能力。

我们从现在开始学会这样一个思维方式，你就会发现实际上人的提高，不需要真正知识积累到一定高度你才会转折，才能提升，才会跨出一步，不是这样的。你的观念、你的思维、你的心胸，只要角度一变，同样的一个人可能一小时前和一小时后就不一样了。是知识让你变了吗？不是，是角度，思考问题的角度，看问题的角度，集纳知识的角度。

什么叫集纳知识？在古代，人生病一定要去看郎中，然后开个方子，到药铺里面抓药，这个抽屉打开一种药几钱，那个抽屉打开几钱，然后会告诉你用多少水去煎服，早上用什么做引子，晚上应该怎么喝，结果你的病好了。你说是什么让你的病好了？不是药让你们的病好了，是那个郎中。因为只有郎中才知道用多少量，这个病人用多少量能拷贝吗？你们的身体、年龄、性别都不一样，用量就一定会有变化。药材再名贵都可以找得到，但成为一个好郎中难，知识就是那个药，思维就是那个郎中。所以你们要学会以思维来统辖自己的知识，然后你们才能让不同的知识合在一起产生化学反应，是化学反应产生新知识，是新知识让我们的生命有意义，腐朽了的知识没什么意义。

人们以为这样的能力是年纪大的人才有吗？不是。是越年轻的人越有，就像婴儿生下来丢在水里就会游泳，但是你们是兢兢业业地跟随着老师把身上能飞的羽毛都拔光了，然后成为一个优秀的考试能手到大学，长的肥肥胖胖的，飞不动。所以核心的是你们自己能够把不同的知识突发奇想地、没有过程地放在一起，这样的人生才有意义。

我关注中国最传统的艺术，我有自豪感。我要让西方人了解中国的艺术，它的传统不是死的，是活的——这是我的一个学术观。我在梳理它的时候，发现自己确实也学了很多。原来，我只管做自己用的东西：杯子、茶具……再往后我发现中国人在造器中蕴含着非常朴素的真理。中国人的感情非常朴素，朴素到认为看到的自然景观中蕴含着宇宙的真理，而且是在自己的心胸里培养出这种种子的。然后他就会从自然中浓缩很多东西，来造一个器物，在器物里面蕴含春秋、包含乾坤。我有个不同的理解：中国人对器形、造器的讲究，特别像对音乐的表达，是依着形态走的。我觉得中国人在造器上，对哲学观的引入是巨大的抽象创造。器不是天然有的，西方人也做器，可是中国人做器，能把一个小小的东西做得有"道"，"道"就是一种最高境界。"道可道，非常道。""道"是说不清的，但是你的内心可以感受到。中国人在"器"中已经融合了对整个宇宙的理解，对理想、对完美、对人性和对自己的情感，对这种不具情感的细微物质赋予无限生命力。

你研究了整个传统的制瓷工艺，就会发现工艺本身也蕴含特别多中国造物的精神在里头，也就是说工艺流程的变化，是一个时代工艺人的智慧结晶。看似是一个劳动的过程，但在这个结晶里浓缩出来的却是一个真理的普遍形式……非常精简、环保、省时省力，而且对工艺的要求几乎成为唯一性，别的东西都替代不了。中国在宋代就分工协作，那么早的时候！所以有时候我跟西方人说，中国在宋代的时候，工业化的生产模式和资本主义萌芽就已经出现了，陶瓷就是这样！因为景德镇的陶瓷从宋代开始就已经分工协作：作泥、拉坯、修坯、烧窑、画坯、贩卖，甚至连包装都有专门的行业。这种分工协作在那个时代真的是一项非常了不起的发明，尤其是手工艺。这里面不仅要求分工，还要求团队中极为重要的协作精神，要充分理解上一步的人是怎么做的，下一步才能做得到。拉坯的人如果不留好泥，修坯的人就修不好；留多了，又浪费体力……中国在宋代的造物就已经走到了世界巅峰状态，而且在精神的玩味上，又安慰人的精神。宋代的浪漫有一种"冷"的含义，它不是豪放热情的，它是冷的、一种收敛的浪漫，这完全就是我们讲的"个人世界中的贵族"，实际上这种低调有极强的高调和排他性，这种排他性的高调才是真的高调，但它又以一种安静的方式表达出来。

艺术家是可以活在自己内心的。我们这一代人其实也这样，当你每天跟这个世界发生关系的时候，这些东西的文化符号已经在你的气息之中。它不在我的穿着，也不在佩戴，而在我的价值观，我对器物、艺术文化的情感，然后我的思维方式，然后自我解惑的方式。不仅是思维方式，我自我解惑的方式也很东方，说白了也是我自己对自己的提问与回答，而这个过程我很享受。它会把我的享受、我的困惑和我解答困惑的路径一点一点地用另外一种方式融进我的器物当中。它不是直白的方式，我从来不用我的作品来回答一个具体问题。比如"自游快乐"，我找到了很多动态的点，像生命一样，不是具体的。有人说像"海洋的鱼"，对的；"宇宙的粒子"，也对；速度感，也对；方向性，也对；永远的转动，也对；你在其中的气息，也对……一切它有包容，但是我取了一个非常平凡的名字——自游快乐，自己游动的"游"。你不需要找一个重大的主题，那是你对一个形态的物动？自然生发的一个瞬间的火花，我们可以说"灵光乍现"，被你捕捉到了，然后它就留下了。这就是智慧。我觉得人类文化充满魅力地走到今天，恰恰就是无数人提供了无数神奇、独特的奉献，才成为了一个文化的整体符号。它是细微的，但加在一起也是整体的。

艺术作品怎么样可以打破国界、民族界限和时间界限？时间永远是跟时代捆在一起的，所以很多人说记录时代就可以了。但是记录时代不等于跨入时代，经典的东西都是跨越时空的，有生命的东西是记录时代的。在这个点上，有的时候当代的中国艺术家，要想在今天立足于未来的当代性中，我的认知是，真的不能脱离中国本身的文化母语体系去思考，一定要把这个东西放进来。我们可以把油画画得世界一流，但是也一定要让这个油画非常鲜明地包融中国性，不仅仅指中国面孔，我用油画画中国面孔不一定真正是中国式的。比如说日本人学中国的禅，学中国的园林，在这个基础上发明了个枯山水，我认为这一步极为震撼人心，这只有经常思考禅意才能达到这样。我觉得不思考死亡是达不到这一点的，也就是他们的民族潜意识里边一定是长期跟随着死亡与悲剧色彩，然后再去追求一种永恒，他才能发明那个东西出来。枯山水，没有生命，但是它让谁都觉出时间的静止，时间静止恰恰是永恒生命的开始。只要有时间人就会死亡，如果时间是静止的，人就一直在那里。而我倒是觉得中国应该是在今天有这样能力的人出现，他要在中国传统的母语文化里面受尽浸蕴，受尽滋养，然后说出新的话语。

我很早有一句话叫作：真的传承不是传承一种样式，而是传承一种审美。我们是用这种审美引导中国走到了今天。它一切的积累都是这个传统文化的一个部分。我相信今天所有的人做的当代性很快会成为中国文化传统的一个部分，你不要老是说这个是当代的，是现代的，不是这样的。恰恰是新的个人符号的象征性被世界所认同的时候它就已经成为今天当代的传统的代表了。为什么有人追随，追随、被追随者实际上已经成为传统。诗歌里边的李白、杜甫、白居易就是非常鲜明的个人说话的方式。但是我们可以说由于他们说话说得极为特殊，他们是用诗，用长诗，然后还有风格界定，所以他们才成为唐代的那个文人骚客里边最最重要的代表人物，然后我们谈唐代的时候一定是谈少数的几个人，不会说一口气说唐代一千个诗人，他永远是说浓缩在这个时代的代表人物。如果谈到书法家那一定是张旭、颜真卿。别的人也会说，但是再说下去好像就显得没有必要，因为它就是靠那个东西浓缩的。就是谈到文化本质的时候最后落到的文化现象上就是艺术家本人，几乎没有别的了。每个人的领域角度不同，比如说我们谈唐代的陶瓷，谁都不会绕过唐三彩，它就是靠一样东西象征着这个时代。

我最初到国外展览，参展作品是和陶瓷有关的装置艺术，因为我认为装置比较现代，会跟西方艺术界比较合拍。我当时的作品是把太湖石的形象拿过来，发展过来一种不太像太湖石的瓷石。我有一个特点，我受什么启发，但又不想把作品做得和它一样，不想能从作品中看得到原物的依据。以形写形是一种初级阶段，就像写实并不是照着葫芦画瓢。我想让人从我的作品中看到一种联想。

我这个年龄的所有的经历和阅历都会出现在我的某件作品的某一个地方，有些是清晰的形，有些是不清晰的，时隐时现。如果抛开童年生活的情感记忆，对于一个艺术家来讲是不可想象的。我的一些朋友，包括世界有名的老艺术家会突然间有一天愿意去追逐他原来那块土地上的东西，即便他对自己的族群可能都已经感到陌生了。比方说我有一个日本的美籍朋友，他不经常讲日语，并且他的童年记忆与日本有关的也很少，可是他60多岁后，创作的作品基本都和日本有关，而且那并不是源自他很深很长的记忆，可能只是他极为年幼时的一种情感，在今天已是难以言喻。幼年时的记忆是一种情感依赖。到了一定的年龄时需要回归，这种回归无论是有意还是无意，就像我刚才谈到的，是和你内心的某一个源头是有关的，这个源头有可能是文脉的角度，也可能是种族的角度，人的情感因素最强烈的回归就是来源于这些。

我希望能传递一个创作理念：一个看起来很安静的瓶子可能来源于传统的哪种语言因素。这种不同体现着一种新意在里边，是一种自我感受下的新意，它是有情感注入的。造型本身就是一种精神气质的载体，就像建筑，相当多的人在建筑上做壁画，做浮雕，可以做得很好很精致，但不管如何雕琢，都没有建筑外在的大形有震撼力。我原来一般做小东西，小东西可把玩、有情趣，既感觉舒服又可以日常使用，所以很自得其乐，这是基础性的东西。但做了更多之后自然就会有更多的要求在里边，就像是文学家写了一首诗词一样，文章烂熟于胸后，就得考虑语言词性的内在和外延，对要表达的情感做深刻推敲、不断锤炼，语言与情感的贴合是艺术家作品完成的标志。做陶瓷也是这样，对于这个器型的推演，是从一个线条的变化慢慢推敲出来的。我感觉造型就像中国的诗词，语言用得最少但是包含的信息量是巨大的。

我曾经有一篇短文《东方审美的精神是有生气的静美》，我没有用"生机"而是用"气"，因为"气"也是中国文脉里极为独特的一个特点，生气当然包含着生机，甚至还有一种幻觉和活力。按照道理说有生机的东西应当是活泼而热烈的，而在中国文脉的审美中它是一种安静的美，比如草书动态飞扬，但是它安静，它绝不像一个体育运动画面所展现的激烈，而是很安静，这个安静恰恰是气息和空间结构决定了它像太极一般的奔放，但总有一个力量是往回收的。还有传统的山水，那绝对是高境界，没有哪个国家会像中国一样，用一种黑水反反复复、深浅不同、结构不同、方法不同，以点加短线来表现的这种艺术，这里边更多的不是他在研究一个山的结构。当我们在表达形象思维时，一定是从结构的深层里找到它最精髓的地方，比方说我们画山，一定要抓住山的结构，但画的却并不是结构，而是在画灵魂深处的气脉，组合在一起实际上表达的是人的精神、自然之气。山本身不需要说话，它天然就是有仁爱的事物，可以感染和打动我们。这比西方人用油画的塑造方式画一个照片般的风景更加自然。

我编写的第一本书，是用油纸袋，把反转片的胶片放进去，编一个号，然后贴在纸上，大约排在第几页就在纸上画一个格，这张图放那里，再把它粘上，出一本书要厚厚的原稿，文字都是手写的。一旦出现你的图片和哪个袋子搞乱了，几乎就要重头来，就要几个月的时间。因为底片上没有文字，还得拿观反转片的一个特殊的观片器，光亮很刺眼，做完一本那样的书我的眼睛就开始坏了，经常会流眼泪。如果没有那样的经历，就不知道严谨的工作和设计方式是多么重要。

我们从传统文化里面领略到审美的渊源，就是"源头活水滚滚来"，这种生机勃勃的魅力，才是美学最关爱的地方。我们在母语文化的表达体系中找到精神意愿的寄托，由此不断涌现出的情感促使我们要去描述它，这就像是泉水，泉水是没有声音的，但它涌现出的勃勃生机促使艺术家想要寻找情感的源头，我不认为我已经找到了源头，但我已经有了想要表达的这种欲望。艺术家所选择的这个行当在朝夕之中会有一个元素，就是每个人自身的情感。托尔斯泰的那句名言说白了即"艺术就是情感表述"。当你要表达情感时靠什么？自然会选择语言，有些语言就是说话，但有些人选择了另外的语言。除了说出来的语言，还有肢体语言，比方说有人很热爱拥抱，这也是一种语言，表达关爱，这也是一种情感表达；还有就是艺术，艺术表达实际上也是在解决自己内心的一种诉求，每个人都有自己要表述的一个需要，这种方式是自身一种语言系统，这个系统有要求、有约束、有渊源，甚至可以讲是有相当多的讲

究，也就是固化你，不能扯得太远。它又有另外一种外在的规
范：一定要新，要个人化，不能用别人用过的方式。

我特别在意时间信誉。我每天早6：30～7：00起床，睡觉一般
是晚上11：00～11：30。早上起来第一件事情是打开音响，
烧水泡茶，近来我早上一般喝的是黑茶、老普洱或老白茶，也
就是已经有发酵的。喝茶时不吃任何东西，但是我一直坚持吃
早餐，早餐主要是燕麦，我吃了几十年的燕麦，这样的生活慢
慢会带来一个惯性，我觉得人是这样的，人依靠自己的欲望调
整生活，这样惯常的生活也会形成依赖，我们不喜欢每天的生
活是按部就班，可是我们人类又喜欢满足于这种依赖，这又是
一个悖论。我的茶具都是自己洗，烧水自己烧，我喜欢在还没
泡茶前听烧水的声音，我很享受这个过程，觉得像音乐，像自
然的风，像海浪，有无数不同的语言，水多一点一种声音，水
少一点一种声音，用电热水壶烧是一种声音，用铁壶烧是另外
一种声音，如果你真去琢磨这些东西时，我觉得就像打开另一
个世界的画面一样，那会联想到很多自然的东西在里边，这是
一个很美妙的过程。我常年沉浸在这样的生活方式中，我的朋
友说我完全是一个活在当下的古代文人，用今天的话说：我是
一个走出时代的艺术家。我对这个评价还是很欣慰的。因为在
这个时代里被称为有着自己所向往的、古代文人的精神和生活
方式，有什么不好呢。

我抽象画的美感并不是西方抽象艺术本身的文化演化而来，而
是来源于考古学的一种偏爱。因为我叔叔是做陶瓷考古的，我
多少受一点影响。不过我喜欢的考古的面是很大的，并非陶瓷
考古。而且我对陶瓷考古没有什么兴趣，虽然我在做陶瓷的工

作。因为我小的时候看到太多的景德镇的仿品。我更喜欢，比如：洞窟、陵墓、地层地貌，还有好多地下挖掘出来的历史的东西，比如西汉古尸挖掘的时候，出土的绢和墓墙上面的一些印记。当这些个印刷品摆到我的眼前，我看到的东西和前人真正要表述的东西可能不一样，我会从那个形式上，看到很多的岁月感，而且会在内心深处和自己的创作产生天然的呼应。一些残破的和有岁月感的东西，我是极为迷恋的。当我面对那些破旧的土墙、木结构的纹理、古代的器具，我会站在那里发呆。经常是那样的，这就是我为什么喜欢一些有纹理的石头的原因。它们本身能够带给我很多很多的想象力，这种想象力会让我感到极为舒服，甚至会让我觉得我生活在别的地方。

我希望同学们不只是单纯地关注历史知识，而是通过历史关注到一个事件发生后影响了什么样的生活方式、思维方式、表达方式。之前给大家看过第二次世界大战的图片，奥斯维辛集中营堆积如山的尸体，产生的情感跟那个时间处在现场比肯定是截然不同的。我们今天可能仅仅是像看到一张新闻图片似的对待它，我们的感受都是影像化了的，换句话来说，是局限于那一个小小的空间的、苍白的。在真实的战争场面里，核心的恐惧是来源于对死亡的恐惧，这种恐惧会让人的激素分泌异常，你的思维、情感，你对亲人的担忧，甚至你对下一秒钟将要发生什么都不能确定，都会产生人的最深层的恐惧，这种恐惧无论我现在用什么样的语言表达都不及有过经历的人，不及那些真正经历过亲人、朋友离世的人。为什么要跟同学们讲这些？是因为假如当时你是个幸运的生者，而恰巧又是一个艺术家身份，在经历过这样的事情之后，还会指望自己依然从容地拿着小圆头笔缓慢地去画灯光下的古典形象吗？所以，你会

看到"二战"之后艺术上的变化才是真正的革命式的。有一个
故事:在船上,一个禅师问弟子"你觉得光在哪里",弟子说
"在那根蜡烛上面",但是,禅师说"墙上是光,地上是光,
船外水面上映射着的也是光"。我们是借助一个光看到别的东
西,这才是核心。我们需要光的目的是什么呢?是为了看到被
光照亮的地方,而这也是我们要学习的智慧。

当蒙克一个人孤独地在挪威,面对亲人的过早离开,面对身体
的病痛,面对遗传带来的精神障碍,你能指望他从容地像维米
尔、像伦勃朗、像哈尔斯去缓慢、优雅地表达人的面部的一些
细微表情吗?他内心的这种对孤独、恐惧、生命、轮回、宗教
以及他对亲人的那种强烈的思念和依赖,以及他对自己生命可
能随时会终结的恐惧,使他的画面自然流淌出那种缠绕着的、
有冰冷呼吸感的线条,所以才会有天价的《呐喊》,所以才会
有《桥上的少女》。没有蒙克,德国表现主义绘画是另一种样
子。历史有的时候是一个非常非常有机的联系,但是你又不见
得能找得到非常清楚的那一条线、那一个链条。是哪一个环节
促成了这一切呢?一直不那么清晰。当一个自我与另外一个自
我形成系统的时候,你就会发现,再解释一个流派的时候会更
加混乱,也变得更加丰富,最关键的,这样带来了一个伟大的
好处,就是拥有无限的可能性。这个时代最美的恰恰是这一句
"拥有无限可能性",是可能性让我们所有人都有美好期待,
都会遇见奇迹,而且你会相信自己就是那个奇迹的缔造者、见
证者。 艺术就是这样神奇!

体育之所以发达是有深刻根源的,不完全是为了比个第一和第
二的问题。首先,运动是生命力最勃发的项目,怎样证明你的

族性的伟大呢？怎样证明这个国家未来充满希望呢？生命力！运动恰恰是体现生命力最为直观而且可以通过极限来体现它的美的一个项目。同时，有规范，规范又能够证明人的教养，不是说我因为身体的强大要把你消灭掉，以此来证明我比你强。是因为体育的竞赛里面有规范，规范的制订是需要漫长的时间来完善的，而且还要各方的妥协来配合。大家都遵守这个规范，不作弊，不用兴奋剂，这里面体现了教养。第三，体现公平，看起来是一个体育，实际上是浓缩了这个社会最为合理的释放人的征服力的一个途径。每个人都有征服欲，艺术家征服自己的作品，利用创造赢得人的尊重。同样，所有的运动也是在这个点上获得升华。所以体育不仅是运动员的盛会，我们享受体育的人也是在每一次的奥运会、世界杯、洲际赛和单项赛中享受节日一般的欢庆，是因为我们可以通过这种竞技满足欣赏生命与激情的欲望，而艺术恰恰跟这个是息息相关的。

学生在毕业创作的时候会有很多想法，我也会跟他们讲，这些想法有一些是他们自己的，而有一些可能不属于他们自己。即便不是他们自己的他们也意识不到，他们会执拗地认为是自己的。怎样分析一个想法到底是不是自己的呢？第一，通过实践。大量的小稿、小图和创作可能在很多作品里面有一种表现的方法、有一种奇特的审美倾向，那个才是你的。为什么呢？因为无论做什么样的东西，表达什么样的风格，你都会有那个一致性，它除了是你的不可能成为别人的。第二，人会被艺术形象和一时的爱好迷惑。我们会被美丽迷惑，觉得那种感人的东西就是自己应当去表达的。但实际上那个并不适合他。第三，困惑和选择。我的创作是表达自己的困惑，还是表达我的情感？是表达我的思考，还是表达我的无意识？是表达容易的，还是表达我要征服的困难？这三四个方向最终会指向哪一点呢？你的性格，也就是指向你自己本身。这些问题都会成为决定你艺术风格的因素，你要连同这些东西一起去带入判断。这个判断不容易获得，需要有意而为，需要时间，需要训练，还要懂得享受经验。

当我们看到一个最远古的、几千年的作品，我们坐在教室里，在对陶瓷倾注情感的时候，我希望同学们有一个"心"，是把全世界包容进来，你就会发现小小的陶瓷实际上就是个宇宙。我们可以从中获取非常多的角度、信息，然后让我们更加丰满，我们应该这样去学习。无论在任何时候，都不要忽略我们自主所处的环境。我认为学习"艺术"是应该用"活性的心态"去学习，通过作品来思考？你们就是一个导演，在编著着一个史诗巨著，你们同时是演员和观众，要这样去对待学习，然后你就发现原来读书是那样需要你充满激情，而不是"安静"的。

创作陶瓷最美丽的地方在哪里啊？不是作品本身。陶瓷最美的是艺术家在创造它的过程中所体现的漫长的牵挂。这一点跟其他所有的艺术形式是不一样的，这个牵挂还不单单是指从泥土变成一件作品，这是看得到的作品未烧成前的漫长。拉坯、修坯、塑造，在这个过程中我们要呵护它，呵护它不能有丝毫的缺损，干燥时可能产生的裂缝。我们为了保证作品在烧成前没有裂缝和破损，应该怎么办呢？从最初开始，我们就用特殊的办法和方式遵循它的规律去创作。比如要塑造，我们一定缓慢。雕塑可以翻模，我们就可以用力去挖，陶瓷就不能，它就非得要一点点、一点点来，这不是陶艺家的小气，是陶艺家尊重泥性最终成为一个作品的高贵品德。

陶艺恰恰是所有艺术形式里面我认为与物、与人、与历史的悠久、与我们的生存方式最深刻、最完美、最亲近、也最灵魂相关的艺术种属。它包含了相当多的元素，而这些元素都是我们依赖的基础要素——水、土、火，我们能离开哪一样呢？刚才讲的探索太空，我们或许眼前享受不到它所带来的物质改变，但是它会给我们非常非常美好的，美好到让我们常常会出现幻觉的，常常让我们伫立走神的，常常让我们会愿意把时间花在这种无意的想象之中的愿望——我相信人类的未来还有其他空间，它不仅仅只是我们现在生活着的地球。你要指望这几十年还在飞翔的飞行器给我们某种回报，让我们真实地生活在哪个被发现的、能够生存的星球上，我没有这样的幻想。但是，我相信人类的后代一定会有福气看得到，也享受得到。人只要有这样的想象，你就觉得很了不起，虽然我们的生命非常短暂。芸芸众生最终都是尘埃，能够被我们眼睛看到的在阳光下浮现的尘埃，那都是莎士比亚、爱因斯坦。但是，这不影响我看到那光线照射着的空间里面的浮尘带给我的伟大启迪——空气里有万物。

中国很多的美都是从自然中来，移步换景，瘦漏透皱。永恒的石头实际上是在漫长的岁月中用柔软的东西给一个坚硬的东西留下痕迹的经典，它是水、空气、光照、冷暖、反差形成的，在一个坚硬的石头里留下的，全是柔软的表情。石头表面上波浪式的东西是水纹造成的，可见中国很早就知道在自然之中发现某个东西里蕴含相当多的哲理，并且把软硬融在一个体量里。

中国最高的审美往往是矛盾的，比如玉、比如酒、比如陶瓷。陶瓷之所以美，是因为所有的人说它像人造的玉，并且永恒，但是别忘了，它非常脆弱。陶瓷恰恰是永恒和脆弱的，有人说国家准备拿很多钱研究摔不碎的陶瓷，可把我给吓坏了，陶瓷一旦摔不碎，美就没有了，大家若不信就等着那一天到来，它可能是一个科技发明，但是如果变成艺术品，那就真废了，我有可能就离开陶瓷。塑料刚出来的时候卖得如金银，它根本不坏，现在谁喜欢用塑料？不会坏的东西，所有的美感会在你人生中慢慢转移。陶瓷如果不是易碎，没人喜欢。

出版社现在约我写一本叫《极简陶瓷史》的书。中国的陶瓷史太大了，纯文字就有这么厚，加图片可能这么厚，如果放经典的在一起那就是几十卷，中国美术史里面的"陶瓷"就是20多卷，那还是精中选精。他希望我出一本就100张图，大约就是10来万字，我说我得认认真真地思考一下能不能接。因为写厚容易写短难，写厚还不容易吗？我从上课到现在一个小时的时间，说了这么多，如果整理成文字就是上万字，但是我才说了三四张图片。如果想要用很短的文字把我说的这些传递出来那就非常难了。

我平凡的生命中常有微波递出和羽念闪动，不由自主，如被若有若无的风抚过叶草般被自己看到。生命是一种无限让人感到新奇和困惑的客观存在，这存在于我而言是需要依赖文字记录下的碎片，靠着过后的阅读来确认并还原和相信自己的生命真实地存在过。

每天读书其实是在翻书，半生已过的我在脑海里已经有了许多"书"的阅历。翻书带来的动态和快速被眼睛检索到的文字犹如见到脑海里也有"书籍水面"中的微波被漾起，却比深读传递得更远。

2

在我年轻的时候，每一次创作我都会想：我的作品是否当代？
是否有人喜欢？是否在作品中浓缩了我对社会的批判精神？我
的作品新颖在哪里？我在追求这些东西，每一次的绘画、每一
次的创作都在做这些工作。我的这些困惑，实际上相当多的同
行都是一样的。这些困惑，以及创作，并不如我所愿。我经常
质疑自己的作品，经常不知道自己该怎么走下去。但是，好就
好在，无论我多么困惑，无论我有没有想清楚这个作品该怎么
做的时候，我的手没有停下来。这一点尤其需要对在座的年轻
学子说，不管你有没有困惑，手不要停下来。"不要停下来"
是一个伟大的途径，只要手不停下来思想就不会停下来，你的
手和你的内心一定会有呼应。所以有困惑不要紧，但不要停下
来，往前再走一步是非常重要的途径。

我们应该怎样看？现在不是读图时代吗？相当多的人都在读
图，一个图像告诉我们什么？比如一件作品，我在西方讲课的
时候也这样说，他们都知道这是新石器时代中国的彩陶。就是
这样一个图像，在我们的美术史上，在相当多的美学史上，以

及文明史上，可能都会用到它，尤其近几十年。这是因为无论是美术史、文明史，还是美学史，抑或是人类手工艺史，甚至人类的历史，都会有共性地找到这个源头的点来形成文化的起源、来展开宏阔的成长。

法国也是这样，我这次去看拉斯科洞窟的时候极为震撼，那竟然是六万年前人类在一个洞窟里创造的奇迹。这在今天看来不可想象，因为中国的彩陶才五千年。所以

远古中的现代——拉斯科洞窟壁画

从这个角度，你就会有无限地遐想。回到今天西方人的概念上，西方在十九世纪出了一个伟大的流派：抽象画派。怎样才叫抽象画派呢？简单地说，就是它离开了具象，把绘画的形式浓缩为"几何"线条。

中国在五千年前就已经学会了用几何的方式、线条的方式、律动的方式来表达人的情感。在当时那样差、那样原始的、工具非常简陋甚至可能连辘轳都不一定有的状况下，我们的先民竟然学会了节奏、韵律、几何，这是多么了不起！这是一种对自然的浓缩，它从另外一个角度表达创作的独特视觉，这些就出现在那个时代。

我刚才说到法国的拉斯科，它还是写实的，它画牛、画太阳、画鹿、画羊，我们当然也画这些，也画青蛙、画鱼、画鸟，

但是我们更多的是从这些中抽
离出来，那些没有了自然形体
的线条成为它要表达的精神主
体。比如点，比如线，几何的
线，直线、曲线，这种艺术语
言出现在我们所看到的五千年
前的陶器上。所以我觉得换一
个角度来看，抽象不仅在中国
存在，而且要早于西方，中国
有很好的抽象。抽象是什么？
抽象就是概括的能力、提炼的

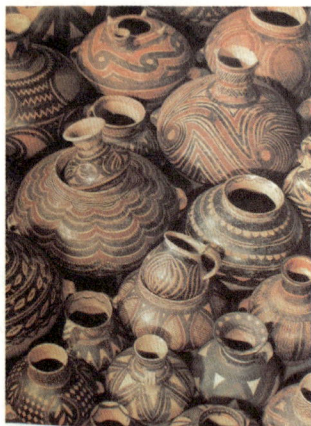

五千年前的抽象——仰韶文化彩陶

能力、精神引导的能力，这个不是你善于观察自然就能做到。
这张图像，一直给了我很大的震撼，也给了很大的自信，那就
是：我们今天应该怎样去做抽象、怎样去做现代，不要觉得自
己缺少这个基因，这个基因在五千年前就非常强大了。

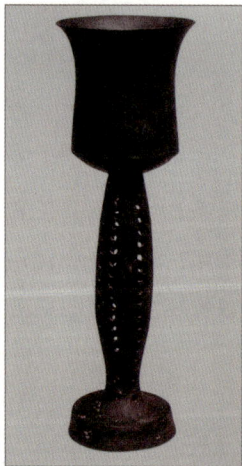

远古中的现代——蛋壳陶

"远古中的现代 "，大家看这件作
品，这也是新石器时代的，黑陶，也
叫蛋壳陶，它很薄，薄到什么程度
呢？薄到像个蛋壳。这个造型让我联
想到德国的设计，联想到工业时代的
设计，我觉得它非常严谨，很内敛，
很几何，如果我们把这些线条分割
开，你就会发现它有很多的东西在今
天已经司空见惯，比如，从这个容器
的上方裁断开，它就是杯子，如果增

加一点曲线就是一个喝红酒的杯，如果再长一点则可以做灯具，它的足也可以变成其他丰富多彩的形状。在今天很多的西方设计里，它离开过这些因素和形式吗？没有，所有的因素在这里竟然都出现了，而且它的工艺还非常非常独特，独特到它只要烧七百度左右。一个黑陶，而且很薄，在没有今天的修饰工具的情况下是怎么做到的？并且它的中心竟然是镂空的，镂空又有技术问题，因为在未烧制前镂空会增加断裂的风险，可见那个时候我们的祖先控制手中的工具、掌握自然的材料已经达到了很高的程度。所以我们不要在意今天的人能够画一张特别像什么的画而觉得很了不起，五千年前我们的祖先就能做到心手相印，今天的人把人画得像人不再是自豪的事了，而且也不会觉得这个东西有什么样的意义，因为有了照片。

太极气韵——马王堆汉墓漆绘棺

为什么我们在秦汉时期就有这样的图像？而且做得如此精彩，这样的材料也是充满神奇的，这是我们祖先发明的。中国人从一棵自然生长的树上，发现了它的黏液可以变成凝固的东西，它的化学性能稳定，可以隔离时间对它的侵蚀、干扰、破坏，最后达到永恒，这样一种材料，中国人称它为漆。漆的品质达到了很高的要求，技巧也非常丰富，包括立粉、包括很多层次的染、磨，这样的材料又是中国最伟大的发明之一，当然还有很多其他的。这些都是祖先给予我们的一种审美，我们有抽象的，有线条的，我们讲究的是气韵。气韵是内心生出来的一种能量，这才是我们东方审美非常重要的、非常核心的一种美，也是我这十几年在西方考察、不断地向他们靠拢之后才发现的，原来我要追寻的东西可能有一个非常感人的地方我缺少了，那就是：让我学会了向内看，我原来一直向外看。我对外面了解的东西可能比对里面了解的要多。当你一旦有了往里看的念头的时候，我个人认为，真的不是打开了一扇窗，而是出现了一片光，这个光不仅仅是我们看到的某一种光，在我内心我认为是看到宇宙一样的光，可能那个光是无数星辰和星球。当你这样看的时候，会发现我们身为东方人、身为中国人是那样幸福，眼睛幸福、语言幸福、情感也很幸福。

时间的容颜——汉代壁画
"太阳鸟"

对我来说，我看到的是岁月。至于说以前的人画的这些东西是什么？在我的面前已经淡化了，我已经不想求证是谁创造的了，我只是想考虑一个人类赋予的创造形象，穿越了千年被我们看到的时候有哪些变化？这些变化是我们作为一个艺术家和观者要去思考的。

我们今天看到的所有历史的东西都不是那个时代的，是加上时间的。如果把时间抽离掉，你以为看到的就是那个时期的东西就大错特错了。

日本和德国、中国的艺术家合作，复原了敦煌壁画。据专家说接近当时的敦煌壁画百分之九十，但我看到时是那样陌生，我宁愿不要那个新，我愿意看那个残缺的，我愿意看那个被风化的、被氧化的、被时代不断覆盖了的敦煌壁画。在一张画里，我们可以透过剥落的一点墙皮，从明代看到唐代。我在想：那一层墙皮里面阻隔了什么呢？带来了什么呢？这些才是真正的艺术最感人的地方，要让这些感动撞击你的内心，然后使你产生很多很多的联想，而这个想象每个人又不一样。所以时间的容颜，其实都是我们看到的作品，作品本身是作品，我们看到的自然和外界的一切也是作品。

唐代真是一个万国来朝的时期，我们经常讲唐代，如果让我形容它，我觉得唐代是一个浪漫的朝代，它的浪漫是富饶的、丰润的、开放的，而且非常有包容心，是舍弃细节的浪漫。与宋、明比，它不是一个精益求精的时代，你去看那个时候的诗，看那个时候的作

华丽的浪漫——唐三彩壶

品，比如这个唐三彩，竟然就是这样的几根线条所达到的一种美感，尤其是烧成后带来的釉色的流动，是那样的不经意，不是人力所为的，不是可控的，它完全是自我在熔融状态下形成

的那种生命力的扩散，这样的东西具有张力、具有征服力，所以唐代这种华丽的浪漫真正让我们想象得到那是一个国势强盛的朝代。

纯粹的万有——北宋青釉盘

中国是瓷的国度，所以她的名字叫china，也有人说这个china是景德镇昌南的古称，我们先不去确认什么，china表达的是瓷而不是陶。很多人会误解了，以为中国是陶瓷的母国，不是的，没有陶，只有瓷。西方人怎么样来欣赏中国的瓷呢？首先是青瓷，我将它形容为"纯粹的万有"，非常纯粹、高贵，但是它容纳一切，纯粹不是无，是万有。这种青瓷的内敛、高贵、质朴、从容，以及线条的严谨就像格言一样地呈现在我们的视线中，格言都是被锤炼过的语言，是许多有修养的文人，通过对词性的理解，将诗一样的语言不断地进行锤炼最终成为格言，所以它言简意赅，它用很少的文字表达很多的情感和道理。

中国的修养在于不是教你具体该怎么做，而是给你传递一种境界，让你自己去选择要成为人类层面的哪一层。高雅的人一定选择高雅的，普通人就会选择普通的，它并没有规定你要成为什么。它把权力都给了我们自己。所以我们所有的哲学观、美学观都融在器物里。这样的人造之器，融天地宇宙之精华，把哲学、道德、尊严、人性融合在一个完全创造出来的物品里面，是东方人最了不起的神圣和浪漫，甚至还带有某些神秘。

作为艺术家，今天我们是还原于它过去的模式呢还是要创新？在那个时代，所有的艺术创造都是最先进的，当我们把它作为一个模式追随的时候，它就已经变成一个标杆了，当它成为标杆的时候，哪怕你追随标杆达到了一个高度，也是追随者，作为创造者，实际上你已经落后了，已经离开了传统。

传统的核心意义并不是追随它，而是创新。任何一个我们列为传统的、经典的东西在那个时期都是创新的、都是被质疑的、被挑剔的、被反叛的。传统根本不是那个样子的追随，它是一种精神的引领。

中国还发明了极为独特的、神奇的、后来在我们的丝绸之路上大显身手的绸缎。大家可以设想，一只虫子，是怎么被人发现的：它吃着那个桑树的叶子，吐出来的黏液，结出的茧通过水的高温可以抽离出丝，做成绸缎穿在身上，还可以用它来写字画画，做成很多的物品，让全世界觉得妙不可言，疯狂地追随，那种浪漫、那种高贵完全是征服世界的，所以丝绸之路才会出现，因为有了这样的东西才让全世界人民共同发狂！什么叫奢侈品？那个才真叫奢侈品。但是你回想它是怎么诞生的呢？这里面绝对不是一种偶然，一定是有一群人达到了这个判断高度。如果大家忽略了这一点，就会觉得这是件想当然的事，我们就应该有丝绸，就应该穿它，就应该有各种丝。当然，现在加工方法更加先进了，有亮的、有薄的、有重磅的，还有磨砂的，质地都不同，说明人越来越挑剔。

但是最伟大的一点就是在那样一个远古，文明程度不是很高的时候，得有一群人具有共同的仁爱和敏感的视线关注到一只虫子，才会从它的黏液里生出华丽的想象，才会像它吐丝一样折射出光彩成为我们穿在身上的那种东西。所以绸缎也是柔软的，而且是天然的。我们还有毛笔，我们的毛笔用的都是动物肌肤上的毛，还分成很多不同的毫，有很多的讲究。这个也是柔软的。我们的墨原来是松烟墨，也是柔软的，是从自然中提炼出来的。我们的绘画、书法用来调墨的是水，更是万柔之源。我们讲究悬腕写字，讲究运笔，讲究肘和腰的配合，那都是柔软的。还有我们讲究气韵，这也是柔软的。我们讲究的点是圆的，也是柔软的。我们的流线，留在纸墨上的线都是柔软的。正是这一切的柔软之和，表达的是厚重的山水之爱，表达的是可以容纳一切的仁爱。通过点、线、面的不断交替、重复，形成一种独特的山水景观。

墨色的仁爱——溪山行旅图

范宽的《溪山行旅图》，如果仔细看会发现各种不同的点，短的、细的、长的，反反复复，就是表达艺术家内心对山的独特理解。我们也看到整个山的气势，下面这种山水的绘画风格基本上也是平视加仰视的结合，它剔开了非常明显的透视，它有透视，但不是非常明显。这样的一个时代将东方人的思考方式、看世界的方式呈现得非常非常细腻、独特。与同时代西方人相比，会发现东方人看世界的方式跟西方人不一样，很主观。主观来源于什么？在今天就是自信，没有自信谈何主观？所以中国梦实际上在过去就有了，中国梦的核心是自信，有了自信才会有梦，才会相信梦，才会觉得那个梦不是遥不可及。

我们将这样的墨色和绘画展开看，发现都是现代的东西，与"传统"没有多大关系，如果有点关系，也是与作者之间的关系。在今天，与我们有关，我们怎么看它，才形成了我们欣赏艺术最核心的审美状态。如果没有这种状态，我们就是在被动地接受很多东西，比如别人教你是这样的，你就认为它就是这样的，但实际上不是。我更多的是愿意花很长的时间面对这样一幅画，感觉那支笔的运动，它墨色之间的空隙，你可以有呼吸的，你的想象可以进去，也可以出来，我们可以想象宋代的人是怎样生活，当你带着这些活性的基因看一幅画的时候，这幅画本身也活了。由此来看，传统中的很多东西都不是我们原有看到的，它已经是你心中的动画片了。

是什么让中国的传统文人有那样独特的精神境界？我一直在强调看的角度。前面说的很多都是关于看的角度，这个是平视的空间。我在看中国长卷的时候感觉是坐在一个能转的椅子上，眼光扫视过去，类似于今天摇拍的镜头，这是在光学产生以后西方人首先使用的一种方法。我想象，我们宋代的文人常常坐

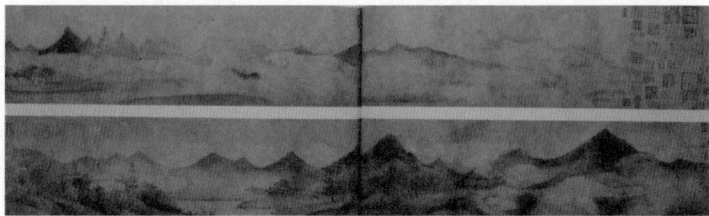

平视的空间——潇湘奇观图

在自然之中通过眼睛的扫视来达到对自然的收纳，这个平视的空间是中国艺术非常重要的核心。为什么中国绘画不是唯一透视？因为它是平视这个世界的，它是从这个点摇到另一个点，你说哪里是透视？每一个点都是透视。

当一个时代的人走到了这样的文化高度的时候，他一定是精神的引领起着作用。我们研究魏晋，很少谈到清雅、清谈两个字，今天也很少在古代的文献中常见这样的词。所以在中国才会发现原来我们艺术家所关注的点会选择让西方人觉得非常神奇的一个角度，就是众多的人处在南方或北方不同的空间里，他们表达的精神状态是一致的，这种清雅就是文人的独白。

这个清雅里面也造就了我们对很多"物"的独特的看法，比如说：兰花。兰花很奇特，在历史上，早在春秋之前、殷商时期，兰花就被移植到家里栽种，梅也是。想象一下，我们的祖先很了不起。为什么有一群人对原来长在大树下的、阴冷潮湿的自然之中的小草产生那样的兴趣？把它们移植到室内来培育，培育之后还觉得这种香是王者之香，它一点都不浓烈。我相信那个时候的人比现在的人还环保，估计那时的花开得比今天还更灿烂，还更天然。但是为什么我们的祖先在那样早的时期就识别了庸俗的香、霸道的香、夸张的香、轻浮的香和暗香、微香、清香的区别呢？那一定是在非常高的精神境界下所产生的判断，而且是一致的。如果不一致，这样的东西不会流行。那个时期不像今天有媒介老板来炒作，它一定是在一个自我感受里面确实有呼应、有共性的时候，才会有这样的流行。

竹子也是。按道理其他的植物情态也是多种多样，不至于单

清雅的精神——墨竹图

单竹子成为被文人供奉的最具代表性的居家植物。且不说郑板桥，太多人喜欢竹子。今天我们叶公好龙，我也会去种竹子，但我对它的呵护远远不如他们，我们对它的体会也不如他们，我们可以从他们的作品里面体会到那种情感。

中国的艺术家浓缩自然形态的能力让我非常惊讶，也非常好奇，原来我觉得这些东西是了不得的神来之笔，如果不是，则没办法解释，为什么他们这样画几笔，就让你觉得那样惊心动魄？本来平淡无奇。当我带着学生在南方实习的时候，有那么几天，也是在烟雨朦胧的时候，我坐在楼顶平台上，看到远方的山头真的就是这个样子，我才发现我们的祖先再怎么有诗意也是自然地引发，是自然引发了他的创造，然后以一种浓缩的方式定格成一个经典呈献给后人。这样的景象在南方还是有很多机会见到，包括前面说的平视的空间。

诗意的云涌——春山瑞松图

这种方圆画面在那个时期好像只有中国有，这可能跟中国的

方圆有乾坤——秋江渔艇图

哲学有关，我们是讲究方圆的，比如钱币它也讲究方圆。这些都是有观念在里头，并不是所有的东西都是一个个体或者自发。这种方圆的"团画"形式在宋代非常流行，主要是在宫廷绘画中，这个方圆实际上注定了是有国家意义

在其中的一种审美方式。但是里面的内容却清雅得很，尤其这两条船，非常有意思！它很明显地被拉长了。它们就是讲究在正常的视觉里看不到的，但是在美学上是成立的，按正常的角度看这两条船在现实中已经翻掉，上面的人一定是栽下去了。但是它在艺术上合理，就是因为创造。在表达自然的写实中，艺术家选择了创造和视觉上的合理性以及美学上自我要求的那种合理性，而没有太过于写实，中国的艺术一直是写意的艺术。

随着生活水平的提高，我们会到处去看，看过之后会发现一个很简单的规律：古代的诗词书画里

季木伴恒石——潇湘竹石图

面，都会表现出石头和一些娇嫩的植物之间的关系。比如，芭蕉就种在石头边上，竹子也在石头边，还有兰花。我曾经质疑

先古之人，怎么让芭蕉种在石头边上？芭蕉在春天是那样惹人怜爱，那种绿是我在植物当中所看到的最能打动我内心的，是娇嫩得让你驻足、挪不开腿的那种绿。那种绿黄里面泛出的生机，令你的呼吸变得缓慢起来。但是很奇怪，秋天还没来它就开始枯萎。等到了晚秋，那个张扬肆意的芭蕉就开始开裂败落，再冷一点就只剩下光秃秃的杆了。这样一个情态肆意张扬、摇曳生姿的，现在还有人说阴气很重的植物，为什么那么多的文人愿意把它放在一个被供奉着的、被欣赏着的奇石边上呢？我觉得这是一种美！这是利用一个极娇艳、一岁一枯荣的植物来显出石头的永恒。其实，那个永恒的石头也是一个瞬间。

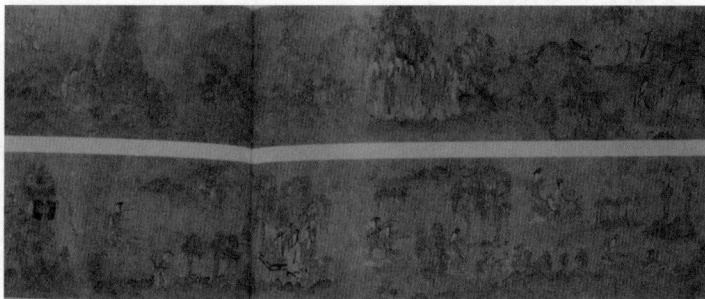

展与收的剧场——摹顾恺之洛神赋

我们在很早的绘画里可以看到：中国有个独特的艺术形式——卷轴，卷轴的阅读和视觉的审美过程是展开一部分收起一部分。这样的方式类似于我今天跟很多西方人讲："你们所说的行为艺术，在我们中国也有，我们看卷轴就是行为艺术，就是时间的艺术，就是过程的艺术。"它是展开了前面让你慢慢品赏，然后收起来。当你看完它也就完全被收起来了。如果换一个角度，这仅仅只是你看的过程吗？不是，它的方式就像一个话剧的展与收。这个话剧中只有你一个观众，或者两三个观众。而你就是VIP，它只为你呈现它的美、它的所有。

再好的基本功，当成为定式的以后，当情绪达到极度的或者一个异态的情况下，也不会讲究那么多规范。在行书里，我最欣赏颜真卿的《祭侄文稿》，那种情绪的微妙变化类似于我看到的一幅绘画杰作，跟文字没有什么关系。我体会到的是笔随心意，那种轨迹，它在我内心会变幻为心电图的模式，这个地方跳的与以前不一样是心律不齐的表现。那个时候他一定是"心律不齐"的，往往不齐才美啊。我喜欢看一些医疗病理切片的图片，大家可以去求证，但凡被确诊为病变的细胞都特别漂亮，与它相比，健康的细胞并不好看。由此看来，异态的东西总会被关注到，不管好与坏。这样的书法正是颜真卿异态的表现，这是中国书法的核心所在：是以情动人，而不是规范，也不是技巧。

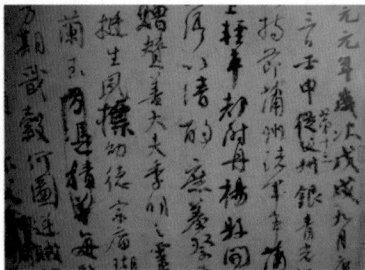

笔随心意——祭侄文稿

《瘗鹤铭》碑是我所欣赏的碑里排名第一的。西方人一直说他们有什么什么，我们就这个碑来说几个问题，我们看到的这个字是穿越时空的，但这是那个时代的字吗？不一定，因为字在石头上，石头是那个时期的吗？也不是，它过了几百年，这个字是书法家写的吗？是，但又不是，是一个石匠刻上去的。这就是当代艺术，我认为当代艺术最伟大的在中国就是碑，它是由书法家用软笔写在纸上，或者用软笔写在石头上，然后换个人用金属凿刻出来，另外一个人刻上去，刻的人不一定是书法家，但一定带着情感，修改了字，石头有软硬，也经过了时间、风雨、日晒、崩塌，模糊了字的边缘，形成了这样的一字，然后有个人去拓它。拓的人也讲究技巧，墨调浓了，会没有松动感，调稀了又看不清楚或没有精神。

石上千秋——瘗鹤铭

所以这里又经过改造，最后我们看到的字是个反衬的，墨不在面上而是在背后，写的字是实心的，我们说像朱文，刻出来的字又变了，是个空的，是白文。它的方式又像是版画，读木版画最早在碑上。西方最流行的一种版画实际上就在中国，我们再来看碑的时候，如果这样来理解一个碑，就发现世界全变了。中国文明最早产生版画、产生行为艺术、产生当代艺术、产生概念转换、产生协调合作。今天我们看的时候还加上很多想象力，所以非常了不起，我经常对着碑发呆，我并不一定去多临它，是因为我通过它不断把自己变成书法家、变成工匠、变成拓印的、变成版画家，把自己变成一个可以介入其中方方面面的人，我就觉得自己变了，不像我自己，我觉得这个时候的状态特别好！

| 附 | 录 |

| 讲 | 座 |

1

亚细亚之魂
——关于亚洲艺术的今天和未来

此次我受韩国策展方之邀，谈谈关于亚洲艺术的今天和未来，这一命题如此之大以致难以表述。我认为个人，特别是艺术家都是渺小的，也许美术史学家、理论家们更有能力综合各种资源来融合这样一个庞大的、雄伟的、对于亚洲艺术家而言都极具意义的一个话题。作为个人艺术家，在此我只能聊及自己的个人感受。在许多文化领域中，今天的亚洲总会谈亚洲的问题，就像今天的欧洲也会谈欧洲的问题一样，但亚洲的话题不是孤立存在的，是对应美洲、欧洲和全球的话题。这样的话题在中国常常被提及，因为中国艺术界一直在讨论中国的当代艺术与世界艺术的关系：中国的当代艺术如何被西方接受？怎样的展览、怎样的艺术家、怎样的风格才能被西方接受，或者说才能代表中国的艺术？每当出现这样的话题，艺术家只能感到巨大的困惑，因为艺术家本人很难从一个单纯的思考中诞生自己的风格，相当多的实践是来源于创造本质的感受，很难从一个理论化的角度中疏理这么大的一个关系，当然这样的关系肯定会在创作实践中有所思考。当我不能回答这么巨大的问题的时候，我想谈谈我作为一个中国艺术家走到今天所感到困惑的一些阶段。

现今中国艺术界，生于 20 世纪五六十年代的艺术家正是最核心和主流的群体，我本人即属于六十年代。包括在大学期间和年轻时代，我经常会思考自己的创作是否现代、是否引起别人的关注，我的风格是怎样的？为了解决这个问题，像我们这一代人所有借鉴的艺术图示大部分来源于西方，我们毫不犹豫地拥抱着西方的现代文明、现代艺术、现代艺术思潮。我们如饥似渴，不断地以自己的实践来对应西方的理论和西方大师笔下的名作，我们以向他们靠近、学习为荣。那个时候，自己最初的作品也诞生于这样的思考之中。但是，艺术之所以神奇就在于只要实践就会有所感悟，就会对使用的工具、表达的材料产生深切的外人不知自己却能切肤的感受，你会对应自己的感受，逐渐在创作中有所改变。随着主题的不断深入，随着对世界的不断认识，我们自己的作品风格也在慢慢产生变化。最初我是用材料来绘画的，就是世界艺术史上说的"无形式主义绘画"。西方的塔皮埃斯、丰塔纳对我的影响非常大，当然在他们之前还有杜尚、毕加索，有我们耳熟能详的无数大师。那个时候我们忽略了回头看，我们所有的眼光和热情都是向外的，这一点确实也很重要。

以我的创作经历而言，如果没有当时那种飞蛾扑火般的向外、接纳和实践，今天如此多艺术家如此多实践所产生的艺术的丰富性就不一定能够诞生。但是，在不断创作的过程中，艺术家的感受、对自身的要求与提高也总是与不断产生的困惑相交织，尤其是如何对待自己的风格与表达。所有的这一切，最终都会在作品中有所反应。我很庆幸自己在创作绘画的同时也在从事另一种艺术形式的创作，那就是中国最古老且伟大的一个艺术门类——陶瓷。在陶瓷的创作之中，通过对技术及材料的感知，我逐渐体会到了在中国传统文明之中，对手艺造器、对自然、对宇宙的一种认知观。在这缓慢的劳作之中，接近本源的过程中，我的精神和灵魂感到了极大的震撼，也在长期研究陶瓷工艺、记录陶瓷历史的过程中得到了洗礼和升华。当然，这种转变也来自于当下不断追随先进文明的时代，来自于世界范围内的更多交流、更多通讯、更多对彼此的了解和探究的包容。我在学生时代只能于课本、印刷品中得见的大师作品，今天可以去世界各地亲眼看见。这种交流越多，越让我更多回归到了自己灵魂深处所追慕的对待艺术的核心认识，也由此引来更大的困惑：绘画是观念重要，还是技巧重要？是艺术表达重要，还是个人的语言符号重要？是我们的切身感受重要，还是观众、评论家、收藏家的看法重要？艺术是愉悦于人的，还是给人类提出问题的？艺术是启迪还是给出判断？所有的问题都有两方面的理解和答案，当我向着一个方向去实践的时候，另一个方向的声音就越来越强大。面对这些困惑我们在不断思考，但创作从未停歇，创作与思考的关系就是在这样在复杂、困惑、愉悦、冲撞，充满激情又自然而然且十分享受的过程中前进。当然，在这样充满困惑且不断尝试的过程中，自己的作品也呈现出多种状态：有装置、有雕塑、有容器，有实用、有观赏，也有纯粹的装饰；有油画，也有水墨，有综合材料；有为了悦人的，也有只为悦己的；还有一些观念性强烈的作品……也许正是这样触及多门类、跨种类，通过旅行、冥想、研究、写作感受手中的材料、尊重自我的心情，加之不断地思考，才逐渐让我越来越享受手中的工作，享受自己创作的心情，享受与材料打交道时愉悦的契合。这种美妙越来越成为我创作中的核心。偶一回头，突然发现自己并没有思考哪些是当代、前卫或者传统，东方人如何接受、西方人如何接受、自己又如何接受的时候和过程中，我的作品却积累了巨大的数量，在这数量中也开始有了自己的面貌，也让我开始越来越坚信：创作中最伟大的核心是如何尊重你内心的真实。

　　今天的亚洲艺术其实已经非常丰富多彩，其中也不乏有引领过世界艺术或者一直处在前列的重要艺术家。这种艺术的丰富多彩与瞬息万变，其实放远来看，相较之人们生活的变化、沟通的变化、信息的瞬间全球化等，并不更令人惊讶。艺术的核心是求异而非求同，但是不管如何求异，所有的艺术形式所关心和研究的方向是一致的，那就是面向未知和探究真理。

亚洲拥有全世界在区域文化里最独有的、丰富古老的手工艺文化，从这一点上说，亚洲艺术中对技巧、对物质的理解是有很大优势的。在装饰语言上，亚洲也是非常有成就且值得自豪的区域，而带有装饰性倾向的本身就是艺术的核心表达的方式之一。亚洲的传统艺术不是直白地表达一个概念，不是口号也不是直接地回应一个问题，亚洲所有的艺术都如诗歌般优美，将人的情感转化为看得见的具有韵律的通感。这种转化的方式需要更深的教养和更含蓄的情感，控制最为精湛的手艺和激情才能做到。这种向内的挖掘，同时又表达得很含蓄的艺术方式，在今天一定会遇到像西方的强势艺术的巨大冲击，那种直接表达在今天的当代艺术中也是主流的一种方式。不论我们是否愿意接受，在近代史上，亚洲是落后于欧美的，连带着这种落后，也反应在对文化的认知上。我们习惯了接受西方艺术和文化的方式，我们的美术史、艺术理论者、艺术实践者也在不断向西方学习，并确实有所作为。当这种交流变得越来越频繁的时候，一个疑问开始出现：亚洲的声音在哪里？中国的声音在哪里？韩国、日本的声音在哪里？这种自然而然的疑问也就成为了近三十年来整个亚洲艺术所面临的共同话题。在这种融合交流中，亚洲的许多艺术家已经做出了杰出贡献。像韩国的白南准这样活跃在当今世界艺术舞台上的亚洲艺术家不在少数，中日韩都有。

其实，随着自己创作实践不断走向内心，我也在反思我们先人同样反思过的一个问题：艺术有先进之言吗？此次我在法国参观拉斯科洞窟和史前人类博物馆，那几千甚至几万余年前的艺术无论从形色光影和雕刻的角度、工艺手法、借助自然的形态方式，它们覆盖的层次所造成的空间感，绘画者通过用嘴嚼颜色喷在岩层上的方式，以及他们对待形体、对待刻度的精准把握和生动性的传达，到今天仍然震撼人心。甚至是原始人创造的工具，如果在今天放大来看，就像是一个巨大的现代雕塑。面对这些震撼人心的艺术作品，我们能否用先进或者落后来衡量？所有的这些形态和物件在震撼我们的同时，更引起人们的思考：他们那个时候其实并没有什么样的观念和思想认为这是一个流派，这会影响着后人，他们可能很单纯地、特别是在工具的制造上，只是为了生活的方便，但是在今天，这成了极为震撼我心灵的艺术形式。一旦不去思考先进或者落后，不再去拥抱西方或者拥抱东方，只把它视作文化、视作艺术，只是尊重自己的内心感受，追随自己的情感，表达最无微不至的呵护与倾听……可能此时，作为艺术家的你，已经是这个时代最先进的成员之一。

亚洲的话题永远不会停止，无论是今天的亚洲还是未来更为团结强大的亚洲，这个话题是永远存在，因为无论从哪个角度谈论艺术的时候，都会有一个区域来进行划分，这样才能把一个话题表述清楚。如果说今天亚洲绘画和艺术的话题，我认为更应该去关心的并不是艺术家，而是亚洲的艺术史学家、理论家和策展人。其实，亚洲艺术所面对的话题是全球人类共同面对的话题。前几天我见到了一张冥王星的图片，这对我的刺激和影响非常巨大，此前，我也关注了另一条新闻：美国发射的航天器飞出了太阳系。这两个消息对我的震撼是无与伦比的，我们无法想象人类可以探索那样无垠的宇宙，且那么多科学家为此的激情付出，只是为了满足人类探索未知的好奇，那仿若是人类的希望所触及的无限遥远带来了最具诗意的伟大回馈。实际上艺术也如此，对于艺术家的真正核心，是所有的艺术门类都在于不断展示他的好奇，是他对未知和新形式的好奇与表达，而这所有的表达都是不同的。我们每个人都很鲜活，我们所处的时代都不一样，同一个时代每个人的生活环境、经历、阅历、情感包括肌体自身的状态都不一样……是这些不一样让人类丰富多彩，让每一个个体都得到巨大尊重。我们把每一个人的个体都做到最好，把尊重自我的感受真切地通过作品呈现出来，这才是艺术的魅力！这是全球艺术的共同话题，而非仅仅亚洲的话题。

策展人要求谈"亚细亚之魂"这个主题虽我不能及但实在是重要，在中国，魂是一切事物的核心，甚至是在肌体和生命之上的核心，可魂又是无形和难于言说的，我们常说一方水土养一方人。那亚洲的魂一定是与亚洲的地理、气候、民族、宗教、传统、文化、人口、风俗等密切相关，亚洲还要面对亚洲的问题，这也决定了艺术表达必然与欧美不完全一样。我认为亚洲的艺术在当下正处于最充满生机、最让我们激动的时期：丰富多彩、各种表达形式共存、令人欣喜地不断探索，此外，我们还有追随的目标，我们还觉得有距离；我们并没有脱离传统，也并没有把自己的行为和艺术方式当作标准让别人接受，步入所谓的"艺术成熟期"。这恰恰是我认为艺术最伟大、最有活力的阶段，当文化艺术成为标准被人追随的时候，实际上应该重新起航。所以，我们一直处在这个鲜活地融入世界和世界其他艺术家共同表达的这样一个时期，是亚洲不可多得的艺术生机勃勃的时期，对中日韩都是这样，我们用好这个鲜活的时期，用好我们自己独特看世界的角度，这才是真正亚洲艺术的未来。

2015 年 7 月 22 日 ｜ 首尔

2

在巴黎亚洲艺术博物馆的讲座

　　非常荣幸能够在赛努齐博物馆与在座的各位谈我的艺术创作，首先我要隆重地介绍我的朋友韦遨宇教授，他专门从美国飞过来为我这次讲座做翻译，有他在我身边，我可以非常安心地叙述我的艺术创作。

　　作为中国的艺术家，我一直觉得我非常幸运，这种幸运不仅是来

白明赛努齐个展海报在
马德兰教堂前

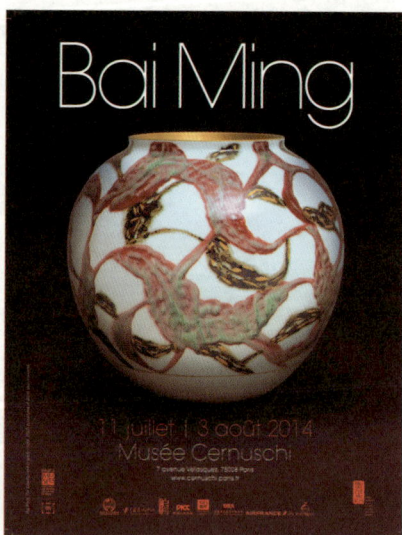

白明赛努齐个展海报

江南水乡

自于我们所处的时代：中国经济强大，被世界关注。我的幸运不仅是指这些，而是因为中国传统的艺术家把琴棋书画作为他们的业余爱好，而我今天却以一种职业的方式获得了认同，相比传统的中国艺术家来讲我非常幸运。我是一个老师，每当我跟学生讲中国艺术史的时候，我会举出无数个中国伟大的艺术家，他们或是书法家，或是画家，或是诗人，或是篆刻家，或是琴人……但是所有的这些都是他们的业余所为，可见那个时候我们的祖先所拥有的文化教养和取得的艺术高度是如何让今天的人为之汗颜和敬仰。

实际上，每个艺术家的艺术经历都是他自己个体生命所感知自然生命的一个必然过程！我生长在中国江南鄱阳湖畔的一个小城。我的老家美丽富饶，盛产水产和稻米，是真正的鱼米之乡。如今回想起来，如果我的作品让人感到美，恐怕跟我从小生活的环境看到的美是有关联的。

照片上是我的家人，左边是我的祖母，中间上面的是我母亲，右边是我姑姑，前面左边是我，右边是我哥哥。

白明和亲人

白明故乡——余干

彩陶

园林

碑拓　　　　　　　　圆明园　　　　　　　宋代山水绘画

　　这就是我从小生长的那个县城，我出生地叫余干县，那个县城正面是一个湖区，它叫琵琶湖，依湖的街道环绕着东山岭，这边有一个岛屿，我从小见惯了荷塘莲花。

　　除了我生长的地方以外，我受到的最大的艺术教养是来自于中国的传统艺术。中国的传统哲学素来就具有宏观的起点和高度。在艺术的表达上，我认为远在五千年前的新石器时代，中国艺术就充满着今天西方人形容为抽象风格的高度浓缩艺术形式。从这些陶瓷上面我们可以看到中国的祖先很早就已经脱离了模仿自然而进入到了情感的表达。中国的文化走到宋代的时候，中国出现了在陶瓷上让世界为之敬仰的一种艺术形式，那就是青瓷。在这样的艺术作品面前我感知到先人对器形的独特理解和对一种安静的美所产生的无限遐想而带来的精神愉悦。实际上，在青瓷的造器过程之中，我们的祖先是把一种哲学观和精准的视觉辨析的能力浓缩到一个非常微小的、在身边日常使用的容器之中。欣赏这样的艺术需要你靠近她，并且安静地让自己的心灵对万物有一种敬意之情，你才能理解到她散发出来的宇宙的光芒。这种审美精神在我的作品得以体现，因为我一直是遵循着这种对万物的敬意而创作。

　　中国还是一个崇尚玉的国度，在大自然之中，我们的先人发现了一种特殊的石的精髓，具有君子的品德。另外，中国人把对自然的理解融入到了生活环境，那就是中国的园林。园林的精髓就是把人对自然的追寻，然后通过浓缩和挑选置于一个小的生活空间里边，也就是说把外面的自然搬到居室周边。中国园林最大的特点用一句话可以概括那就是"移步换景"。所以在这样的园林之中，我们可以看到太多的中国艺术的讲究和对人的尊重。还有一种艺术形式更是直接地影响了我的艺术，那就是中国的水墨。不仅是这样的艺术形式影响我，更主要的是我从它的材质和讲究里边理解了中国先人对自然、对造物的理解。

中国的绘画材质均取于自然，取自于桑蚕的丝绸和宣纸是柔软的；绘画的工具是毛笔，是柔软的，墨也是柔软的，用的水更是柔软的，人在画面上所布置的气韵更是柔软。但是中国的艺术家却能用一切的柔软之和创造出厚重、开阔和博大，最终却是表达仁爱的艺术画面。我之所以喜欢山水，是因为它传递了中国艺术我认为最精髓的那种审美，那就是安静的敬畏，有生机的静美。当然中国还有非常伟大的对文字的敬意和理解的艺术形式。中国不仅把历史留在了石材上，而且也对这样产生的一种艺术形式命名为"石上千秋"，这是需要多么让人感动的浪漫精神！当然更诞生了中国最能表达情感意义的书法艺术。

这是我拍的珠穆朗玛峰，因为我除了要从中国传统的艺术形式里找到可以依赖的艺术楷模，我还在自然之中寻找我需要的源泉。我们全家在离珠穆朗玛峰最近的大本营，五千多米海拔的高山上住了一夜，

白明拍摄的珠穆朗玛峰

白明景德镇工作室

白明在圆明园

亲身靠近来追寻我对伟岸与高度的敬仰。

这是我的工作室，大家看到的很多的作品都是我在烧成以后发现有瑕疵的，那就置于我的庭园之下。这些陶瓷也就成了园林的风景。

除了在传统里边有我对中国审美的遵循，我也愿意在我的工作环境里边一直保留着与中国传统息息相关的很多信息和形态。因为我的观念是我不想从现代之中寻找现代，我的当代其实是我追寻着最古老的文明的源头。我常年会去我大学附近的圆明园，圆明园在法国应该也非常著名，这是我常年要去的地方，从中我能够在一个中国最大的都市里边找到我能够安居于心灵的一方净土。

这是我 1993 年在中国参加全国油画大赛获得金奖的一件作品。

白明全国油画大赛金奖作品

彼时，在中国的艺术圈知道我的名字并不是因为我的陶瓷，而是我的油画。然而从那一件作品开始，我就开始遵循纯粹使用材料来表达我对画面的一种理解。这里面恰恰是我把所有的形象浓缩成我手中的这个细细的线条，它在缠绕飞舞之中，却形成一种很安静的调性。我之所以从获得大奖的艺术风格转为这种使

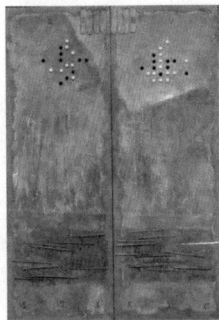

物语·天语

物语·静静的领域 之二

用材料来思考自己对形式理解的方式，实际上是由于我对艺术的时间与空间的关系产生的迷恋。所以我的画面会出现很多好像有叠加层次的结构和神秘光源，但是又不知道它来自于哪里或者说它的特定意义在哪里。而在平面上不断地追寻时间和空间的复杂性、游离感，以及我自己独特的敏感体验……这些因素是我艺术创作最为核心的线索。这些都是我的艺术形式的一种不断地探索。

而我和西方的几何式绘画又有不同的地方，就是我的这些所有的光源和空间完全来自于东方的某种神秘性色彩。我不仅要在绘画里边表明我的时空观，更多的我也想脱离于西方极简主义那种简单的色块，我的所有色彩里边弥漫着像宇宙星云般变化的缥缈色彩。

早期的作品中，我还加入了中国的很多身边使用的物质、物品，比如围棋、筷子还有绳索。特别是这种平衡的画面里边突然间有一块神秘的光出来，我把这张画叫作《天语》，这个也是这一系列的作品之一，我从傍晚的时候静静地在湖面上观察山的倒影的时候，我发现山和影子慢慢地在我的心目中是融在一起的，我不知道哪些是真正的山，我也不知道哪里开始的是水中的山。我没有画那种山峰起伏的山形，是因为我所理解的最安静的一种山影是"高原"。因为我们中国就有好几个高原，所以这种自然形态对我来说是有很深刻的记忆的。

这是我在台湾的个展现场，当时他们给我主办

白氏杯

展览的主题是"纪念抽象艺术诞辰一百周年：云霭之白个展"，而我的这些主题都是有关时间和空间的思考。中国还是一个盛产茶并且善于品饮茶的大国和发源地。我非常安享于茶在我日常生活中的依赖。因为热爱茶，我做了无数种不同形状，不同大小，不同用处，不同茶的品种的这种茶具和杯子。在我心目中茶杯虽小，但确实是我可以依赖的一个小的盛载宇宙的容器。它可以成为我的至交，因为我每天和它发生关联。每天早上起来，当我听着烧水的声音，从无到有至声音响亮，然后再到没有声音的沸腾时，再到我可以品饮茶的时候，我觉得我拥有了这个世界！所以我做了无数的不同的这种茶杯，是我的希望。我要把我很多的设想都在这个茶杯上面显现出来。当然这些茶杯也为我带来了很多的国际声誉，所以在上个世纪末，他们就说我的茶杯叫"白氏杯"。

我相当多的艺术形式都是来自于自然，我的这件作品叫《生生不息》，就是源于我对爬墙虎、青藤的这种生机的一种提炼和表达。但是我不能去客观描绘我所看到和感知到的青藤，这是我心中所表达的青藤的形象。我也常常在自然之中被无数次地感动。自然的伟大和神奇不仅让我见证了艺术的神奇，也更让我通过艺术认识自己。我从自

青藤

生生不息

水面

线释水

云涌

瑞屿祥云

黄山

青山仁爱

然里边提炼出与自然精神有关，但却形态上并无真正联系的一些因素，来表达我心中的山水。因为山在我的心目中不仅是自然给予我们的诸多启迪，更重要的我是通过伟岸的山理解到了柔软的仁爱。

这些植物都是我从小生长的出生地周边到处遍布的一种植物。我的家里经常会采这种苇草插在家里，让我的感知里跟自然有息息相关的某种联系。但是我虽然热爱这些植物，我却没有办法完整客观地依赖像照片一样的写实去表达它，我是表达它的精神和我理解的那种情态。这件青花的作品我特意在整体造型上增加了动感，实际上是想表达清风轻吟的感觉，并且我希望达到整个的画面给人感觉有水气的感觉。这件红苇颂我是把所有的叶子都抽离成几根线，只是为了衬托那个张开的芦苇在夕阳下的色彩和辉煌。我生长的地方也到处环绕着水和湖泊。我整个少年时代每天洗澡的方式就是在这样的湖水里面游泳来清洁。在中国，水也被称之为智者的语言。我常常被自己安静的观察水面所感知到的启迪而感动，所以我把这样所有的视觉，演变成不断变化着的线条。

这也是我出生地附近的真实的景观，有时我就在想我们在天空中看着岛屿的形态，竟然像我在地面上仰望天空看到的云彩。所以这件作品的名字我叫《瑞屿祥云》，就是吉祥的岛屿和吉

祥的云彩。我内心特别希望把一个最凝固的充满
力量的和常常没有形态的、轻盈的东西结合在一
起。但是陶瓷的装饰又要求你不能太写实，所以
这才成了我创作陶瓷里边为什么会有很多自我表
达的这种新的形式诞生的原因。只有从你自己生
活的环境里面找到了你有感受的这种物品或者是
形态，你才能跨越传统对你的束缚。氧化铁是中
国最古老的一种陶瓷装饰的原料，在唐代就十分
著名。这种颜料因为不是非常好掌握，所以现在
的工艺人很少使用。我喜欢表达虽然是已经烧成
瓷的固定的一个状态的作品，但是它一直是有动
感的。许多人说我的作品很抽象，看不懂，实际
上我的作品都是依赖自然的形态。

实际上抽象与具象的区别就是你看到的形态
远离引发它诞生的形态，你没有找到它的母体，
你就觉得它抽象。但是在艺术家的心目中它是无
限的写实。这是我在飞西藏的飞机上拍的一张照
片，这是我的一张油画，比较大。这组画上面所
有的这个主题我叫《天虫》，天虫就是中国的文
字"蚕"的拆解。我非常迷恋这种小小的"虫子"，
我觉得它非常神奇，它竟然可以吐出黏液让人类
造成丝绸，它还可以破茧而出成为蝴蝶，我就觉
得这样一种生灵，它所表达的时间与空间竟然跟
我很多的追求完全吻合，找到了一个实实在在自
然之中存在的一个案例。所以这种白色的线和这
种长线条，恰恰是通过天虫把我所理解的形式表

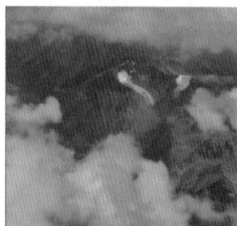

山和云

天虫·阅山水

俯瞰城市

从容之城

卢浮宫墙体纹饰　　　　　　　　　　　　　　　　太湖石

达出来，但是我是把那种线提纯为像水的感觉。

这是我在天空拍到的地面的照片，这是我八年前画的一组作品的图片。实际上我很多的画就是从天空看地面的差不多的这种形态，但是当别人没有这样的意识的时候，他会觉得我的作品非常抽象。实际上我是写实的。

中国很崇尚一种自然的石头，我们把它浓缩到最经典的一种石头的品类叫太湖石，并且因为这个石头在美学里头提炼出了四个很经典的字叫作瘦、漏、透、皱。

这张照片不是在中国拍的，这个是在法国拍的。而这个就需要解释一下，这是美国航天博物馆里边切开的陨铁。这让我想起来也许这种独特的中国人欣赏的一种石头的结构暗含了在中国，在地球，在太

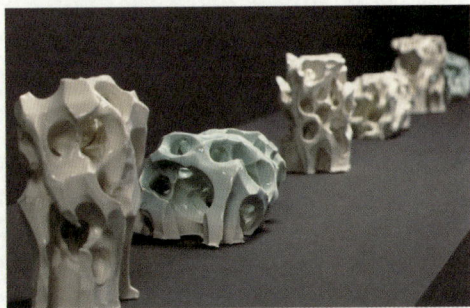

梦石　　　　　　　　　　　　　　　　　　2010 年法国个展

瓷石流觞

空的许多独特的形态。正因为迷恋这样的形态，我有一组作品就是围绕着与太湖石有关的形式，我做了一系列的创作，但是我选择了一个最艰难、最耗时表达的一种材质就是瓷土，而不是陶土。

实际上有很多的不同国家的艺术语言，它有很多近似或者是相通的地方。我指的只是它的相似性，而不是一致性。因为我迷恋这样的材料，我不仅做雕塑，也用瓷板画和油画来表达。

这一组作品都叫《梦石》。我不仅做平面的和雕塑的，还做容器性的装饰，我觉得这种太湖石的形态也类似于从天空中看到地球的河流。

我还做这种更加脱离于太湖石形态的雕塑。这是五年前在法国，于靠近戛纳的瓦勒雷兹创作的，材料是法国的瓷土，釉也是法国的釉，它与中国的材料还是有一些不同。

我现在在尝试做超长的太湖石，这对于技术控制来讲是一个艰巨的考验。这件作品有 80 公分长，这是我的工作室和我的工作空间。

这两件作品都非常巨大，前面那一件作品是我在广东的个人展览

大汉考·龟板   参禅·形式与过程

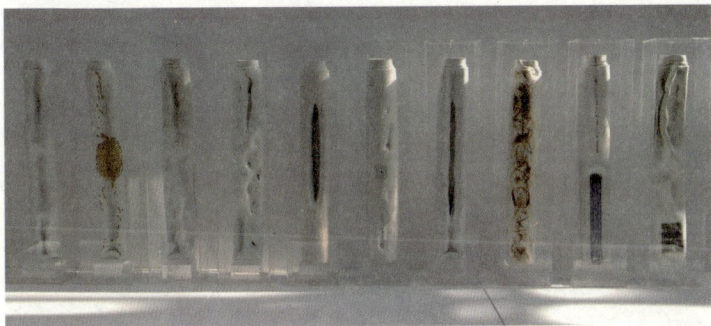

管锥篇

上做的我目前最大的作品。

我在十几年前还创作了一组叫作《大汉考》的作品，就是从龟甲文里边的龟板演化过来的一种形态。

这是《参禅》，在我们博物馆的三楼有两件在展出。这也是在法国创作的一组作品。是我 19 年前的作品，我特别关注时间与山水之间的关系，除了前面讲的时间与空间，我认为在中国的思考方式里边，山水与时间的关系是一个永久的话题。实际上我长期会着迷于询问我所读到的最古老的书里边对某一座山的理解，我今天登上的山还是那个人描写的山吗？我提出这样的问题并不想解答它，而是因为我向自己提出这样的问题，让我感兴趣去表达。

《大成若缺》，实际上我做这一组作品是来源于对《道德经》的理解，同时我特别想尝试一个通过圆旋转形成的完整

大成若缺

灰白的精神·由心观水　　　天虫·阅卷云

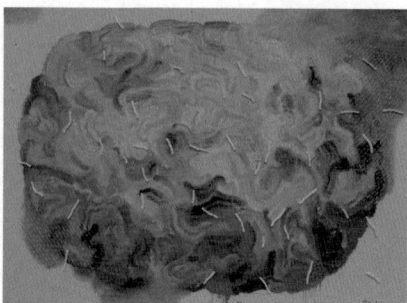

的作品，我如何在这里面寻找它的一种平衡、立体的和平面的，破坏的和规范的一种思考。这些都是这一组的作品。

这是《管锥篇》，这些作品创作的灵感来源于我画案上摆放的宣纸卷轴，因为中国古代的书法、绘画、经卷都是这种形态。

我在广东做的展览比较大，把我最大的作品都在这里展现了。我之所以将这个多种场合的展览放出来就是我想尝试着如何将一种作品的形态赋予它有多种的陈设方式。如果说当代与不当代之间，恐怕这种不成熟的陈设方式它是一个途径。

这是最后的陈设效果。我非常迷恋这种光影下面的虚空间。

这是四年前在法国的普瓦提埃做的户外的展览。

这是我的油画，完全是表达隔着一层玻璃下着雨看的外面的自然。所以我把这一组作品叫《由心观水》。

中国还有一种独特的形式叫屏风，因为我觉得屏风它也有很好的时间与空间的这种关系。所以我也拿出了很长的时间创作过一组关于屏风的主题。这是其中之一。

这是云彩。我把这个云彩凝结成像团云的感觉。

实际上我的所有的、在很多人认为抽象的画面里，都有我很多的依赖和依据。比如色彩就像是汉代的，比如一些形色的完全不受控制的自然形态，我是来源于自然。

以上分别为中国特有的另外一种山石：泰山石，及我的水墨。我最近的水墨是用香火去烧灼出来的洞，源于我对传统的碑帖、丝绸和书籍里边形成虫洞的联想。也更是真正的时间与空间的关系，是因为你烧成了孔洞以后它已经是另外一个空间了。传统的书法和书籍里边的虫洞是一些细微的虫菌，它无意识造成的，而我是有意识的。所以大家看到的这种烧灼的白就是烧灼的作品。包括这样的线也像泰山石一样的结果。因为很多人并不知道我的这些因素来源于此，所以他们说我的作品很抽象。

因为我喜欢喝茶，所以我也尝试着用茶汁，整体上完全抛开墨来

泰山石纹

文化虫洞·被放大的中国条屏

茶禅一味

不断地渲染形成"茶画"，然后我在上面烧灼不同的有节奏的虫洞。

在中国还有一句非常流传甚广的话叫作"茶禅一味"。我所有的作品实际上都是用我身边感兴趣和理解深刻、甚至是依赖的那些物品：茶、瓷土、墨或者中国的纸。我表达的主题更多的都是今天的中国人所关注的，安静地看待这个世界的一种思考方式。

在中国的当代艺术圈里边也在争论着什么是当代，什么是不当代，什么才能和世界对话，什么才是中国本土的对话。在今天的中国也不乏相当多的艺术家抛弃了中国的传统或者是说远离中国的传统，以西方人认同的艺术方式走进了现代。而我所有的生活方式和我所崇尚的一种审美让我不可能走那样的一条路，因为我有一个态度：那就是我们不能永远去追问什么是现代，我们应该考虑艺术真正的品质是永恒，而永恒是不能和过去割裂的。我的所有的艺术实际上就是我和我祖先的艺术，还有我和世界上完全没有隔阂的信息共同组成在一起形成了我的艺术观和艺术风格。我希望大家看到我的作品能够知道我有中国渊远文化的教养，但是我用的形式和表达的方式是今天的。

谢谢大家！

2014 年 7 月 15 日　巴黎

｜集｜评｜

　　白明探索的是这样一条道路：传统至极而新生，创新至极而传统。

……

　　安静却永在思考，白明，作为一个人，作为一名艺术家，他已在生命和艺术的高峰。

法国《艺术》杂志主编　Françoise Surcouf

　　白明这样的艺术家，不需要立刻通过直白的手段以"过去式"来完成自我定位。创作全新的和世界性的作品，不需要否认自己的文化，也不需要在全球化语境中消融自己的原创性。白明与其他艺术家尝试展现中国艺术的能力：内生的能量，加上对西方技法和风格的兼收并蓄，书写属于他们自己的理论、美学以及历史。

……

　　沉醉于白明的作品前，对于法国的鉴赏者来说，这是一次探索和体验。探索中国当代艺术的一个最美的侧面，同时体验亚洲传统艺术那无法否认的不断变革更新的能力。

法国赛努齐博物馆馆长　Christine Shimizu

研究员　Mael Bellec

他画的不是形象，而是感知，是情感！或粗或细的线条在起舞！

......

大自然！总是在中国陶瓷中占有一席之地，然而，在白明这里，"自然"第一次找到了当代的表达，他能通过在无限小的概念中表达最大的情感！

法国《陶瓷》杂志　Carole André ani

白明作品的当代性、高雅性和传统的东方气质，征服了以其亚洲馆藏和学术研究著称于世的巴黎亚洲艺术博物馆，并且破例为一名中国当代艺术家举办个展。而这次展览的名字，也经过策展人反复推敲和思索，最后，展览的标题就是艺术家的名字——"白明"。

法国《欧洲时报》2014年11月刊

对于绘画，白明选择了抽象。他对塔皮埃斯、杜尚、基弗、封塔纳和罗斯科的艺术进行反思，同时不忘对中国文化的传承。他的绘画作品中，诗意的作品名称中折射出传统意向，如围棋，如茶墨。白明是把绘画当作了哲学思考的载体吗？如同陶瓷作品，白明总是游走于空间与时间，虚与实之间。调制的色彩微妙得恰到好处，不禁引发人的怀古遐思：青白或者类玉的色泽极简约，是内心的从容，是静水深流，也是雨过天晴。

白明一直遵循着几条准则：学习西方艺术，但画油画时要提醒自己不要太西方；继承传统艺术，但画水墨时要提醒自己不要太传统；研究制瓷工艺，但做瓷器时又要提醒自己不要太工艺。

......

他在其所在的国度成为一个例外！当我们欣赏他的花瓶，可以感受到极强的抽象感，象征植物的色块或者线条在自由地起舞，非对称也非规则。而有些作品，例如"管锥篇"则接近雕塑。这一切在中国是独一无二的，亦给景德镇带来一阵清新的风。而这一切，却不是那么简单的，白明也承认："重塑陶瓷艺术，是带着镣铐跳舞。"

法国《今日价值》杂志2014年9月刊

白明的绘画与陶艺展，给非常礼节性的中法建交五十周年带来惊喜！白明属于这样一代艺术家：他们重温传统的技法和密码，却将其超越，继而朝向一个诗意的抽象。白明，火的艺术之大家！他守护了一些形式，却可以自由地将这些形式超越，直至雕塑的方向！而在绘画方面，他重新创造了祖先们留下的格局！

法国世界报集团的 *Telerama* 文化报

赛努齐博物馆一直在寻觅一位重塑传统的中国当代艺术家，这非白明莫属，他重新发现创造了火的艺术。

法国《观点》杂志7月刊 Caroline Puel

在北京、台湾、上海和香港，白明已是当代艺术的 Hot spots（热点）。在法国，赛努齐博物馆（亚洲艺术博物馆）的馆长、陶瓷研究专家 Christine Shimizu 和研究员、书画部主任 Mael Bellec 聚焦白明，通过为这位 49 岁的中国艺术家举办展览，引导世人"重新解读中国当代艺术"，白明的绘画、陶瓷和茶墨作品，与老子思想和大自然之道契合，从而让人理解何为"道心"。

法国《新观察家》杂志第2953期

今夏最"一见倾心"的展览

他用中国的历史和哲学思想观以及西方的艺术理论（如塔皮埃斯和封塔纳）之泉浇灌他的绘画以及陶艺。风格多变的他，从在油画布上进行粘贴以追求材质的效果，到灰色赭石色的单色绘画，再到用墨、香火以及茶水在具有透明感的宣纸进行的创作，用散落其间的线条以及白色虫洞来象征时间流逝的意向，这是艺术家作品中反复出现的主题。我们在他的陶瓷作品中看到线条、植物和万物的生长。一方面，他有些陶瓷的器型和画面纹饰脱胎于东方传统，如作品中的笔筒和卷缸，也如他偏爱的釉里红和青花；另一方面，他作品中不可忽略的一部分作品是将陶瓷作为雕塑材质来进行抽象艺术创作后再装饰，例如"管锥篇"和有一些有塑造感的作品。

法国《艺术广场》网站　Catherine Rigollet

白明不仅是一位年轻的画家，也是一位创作瓷器和炻器的陶艺家。他在瓷器上创作的抽象作品闻名于中国。最近，他在美国向人们展示了他的装饰技巧。他是北京一所艺术学院的老师，也因为如此，他影响了许许多多的学子。

美国纽约市立大学亨特学院　荣誉退休教授　苏珊·彼德森

数年来，白明一直是推崇进行国际间对话的重要倡导者。过去一年（2001 年）他对美国的访问是极其重要的。作为一位艺术家，他通过自己的作品不断地给我们带来了认知与信息，更通过他的不懈努力真实地记录了当代陶瓷艺术发展的历程。

美国著名陶艺家、教授　韦恩·黑格比

"感谢您与我分享这一不同寻常的时刻，对于我来说这是一次非凡的经历。我发现：白明的陶瓷艺术达到的高度，远远地超出我的所有想象，我也永远不可企及。现在我知道了，有这样的美丽存在着，对我来说已经无比美妙"。

摩纳哥首相夫人　玛丽·珍妮·罗杰

每件艺术品，都密集着白明飘逸隽永和渊博才思的磁场，什么语言能够评论如此天物？

雅，这种极致的雅，源自于艺术家自身的"大儒"气质。

白明，其人如其作品，其作品犹如其人。

有的艺术家其人其作有其一致性，而有的艺术家其人其作之间却很相悖。而艺术家如白明，我们会情不自禁地追随他的目光，投向他创作所用的材质，看到作品一点点成形、凸显轮廓、画笔优雅地落在胚上，当艺术家和材质融为一体，飞旋流转之际，完美的传世之作已经问世。

白明是调柔的、恒久的。其作品的材质虽具备天生的脆弱性特质，他却赋予其独立不朽的灵魂，彰显出不可断灭的永恒。当代性的思想和最精华的传统精髓，使其作品在空间上具备无限的延伸性，具备穿越时空的能力，衔接了古往今来。

永恒……

瑞士日内瓦艺术之门基金会主席　多米尼克·巴达斯

白明的陶瓷和绘画作品中神奇地注入了中国传统艺术中最精华的元素。当我们凝视其陶瓷作品时，密致的材质、完美的器型、优雅的笔触……我们被其美的纯粹摄取了心神。

法国前驻华大使　飞利浦·高毅

尽管表面上破碎、剥落、凹陷或折皱，但是，中国艺术家白明的这些小型陶瓷雕塑并没有太多地追求这种衰败的视觉效果，而是更多地关注作品的形式，正是这些形式抗御着岁月带来的毁灭性影响。在这些具有极少主义风格的作品中，时间似乎是抽象过程中的一种媒介，它紧紧地抓住这种持久性的本质，进而将这种本质融入到几乎等同于人的心脏大小的一块块质密的陶泥之中。这种对心脏的模糊暗示——心脏既是重要的器官，也是情感的象征性缩影——为阐释白明在作品中意欲表达的时间与人性之间的基本关系提供了一种解答的方式。

白明的陶瓷器皿，技术完美无瑕，风格雅致恬静。如果人们知道，在过去的十年里，他仅仅把自己的部分时间用于陶艺创作，那么，留给人们的印象就会更加深刻。他是一位真正的多才多艺的艺术家，曾撰写过 7 本专门研究当代陶艺的论著，而且在绘画方面也达到了相当的境界。与此同时，他也详尽阐述中国人对大自然的独特观念。

单独去看每一件雕塑作品，在形式上似乎都是相似的。然而，作品表面上留下的创作过程的印迹却是独一无二、各不相同的。

在白明看来，时间是一切事物中最伟大的抽象派艺术家。能够历经时间一次次无情否定的不仅仅是震撼心灵的畏惧感，而且还有真理的最纯粹的形式。

美国著名艺评家、堪萨斯州立大学艺术系教授　格伦·R·布朗

考古发现的最早人类制造的物品，居然不是工具，也不是武器，而是一样乐器——笛子。这说明艺术携我们穿越古今，追溯过去引领未来，艺术家如白明，就是承载着这样使命的摆渡人：他汲（取）传统的能量和自身的想象力，在用梦之线织成的画布上挥洒，给我们创造出幸福感。白明，行走在东方和西方之间的天才，由于他的魔法之手，使得最古老的艺术由于他而不朽。

法国著名建筑师　岚明

陶艺家、画家白明，是中国开放之后，最早将陶瓷艺术引入当代元素的先驱之一。他的作品融合了传统和现代的元素，但是白明深知如何摆脱西方程式化的元素在中国当代陶瓷中的影响。他的作品极具创意，气场强大。是由静穆、温软、雅致、低调、贵族气质集合而成的优雅气场。

法国普瓦提埃大学教授、孔子学院理事长　阿兰·米诺特

面对白明的作品时，是有何等的情感！所有完美构建的元素都被赋予了生命，给我们传递宁谧、从容和能量。白明的作品把我们送上不同寻常的心灵旅程。无论何种材质的作品，都那么和谐完美。我感受到这些作品亘古以来就存在了，还将永远地存世。阅读白明的作品延展了我的时空，带我进入到一个澄明透亮而又真实的梦境，而我不愿意醒来。

城市规划专家、国际策展人　米歇尔·高

白明的作品中，最主要的就是他的传统性和他的当代性的结合，如果没有自己的传统性，欧洲人觉得你是他的附庸；如果只有传统性，没有当代性，我们没有必要对话。但是光有这两个欧洲人也不觉得满足，尤其对法国人来说，最好中间还有一个什么？高雅。一定要有一种高雅。作为一个有几千年文明的国家的艺术家，如果缺少高雅，不会得到人家的尊重。我觉得白明之所以被赛努奇艺术博物馆聚焦，被瞄准的就是传统性、当代性、中国文化的高雅和神秘，这些东西在他的作品中全部都有，所以他就被博物馆"寻获"了，他就被对焦了，所以才有一个突破性的中法文化交流史上的重大事件，我把这个事情叫作"白明事件"。

著名艺评家、凤凰卫视《文化大观园》主持人　王鲁湘

白明先生是在中国改革开放之后新的文化条件下最早在陶瓷艺术领域进行现代探索的艺术家之一。在这个过程中，他一方面深入地研究中国陶瓷的传统，另一方面开阔地吸收现代艺术的多种因素，在传统与现代的结合上形成了自己独特的陶艺风格。

依我所见，白明先生的两个作品系列很好地体现了他在陶瓷艺术领域将传统进一步发展的努力：一个是他在陶瓷容器上的绘画，这种手法是传统陶瓷的重要形式之一，但在白明先生那里，这种形式得到了强化，形成了醒目的个性风格和新颖的面貌。他将圆形体积的陶瓷容器视为一个整体的空间，在那里描绘了一种种自然生命的形象，使

容器退去实用的属性，成为生命存在的世界。他特别善于运用书法般的线条和写意绘画的笔法进行描绘，使形象呈现出类似抽象的形式美感，形成古典气息与现代感受的结合。他的另一类作品是他自己动手制作的陶瓷造型。在这类作品中，他的构思与他的文化情怀更多地结合起来，使陶瓷的造型成为一种种文化符号。在这类作品中，他把握了陶瓷泥土的材料属性，使造型具有偶发性的意态，也留下手工制作的痕迹。他的那些最精彩的作品，宛如出自自然，同时也似乎要回到自然的空间中去。

白明先生的创作过程是不断地向陶瓷造型的难度发起冲击的过程，他的艺术彰显了中国当代陶瓷追随时代发展的路向。

中央美术学院院长　范迪安

白明先生把文人的性情和匠师的手艺完美地结合起来，而这两个要素都有久远的文化传统根源。这就是所谓的"手感文化"，连带着个人性的主体自由，并与盛行的大众文化形成对比。

中央美术学院人文学院院长、评论家　尹吉男

白明的作品更多的是一种综合，是对这些年中国油画边缘探索的综合。

著名艺评家　殷双喜

从某种意义上说，这一些学院艺术家的出现，中国才有了自己真正自觉意义上的现代陶艺。白明是这一些人中的主要人物。但是最重要的还是白明的陶艺创作，整个九十年代中后期，以及 21 世纪初，白明通过他的作品，鲜明地将久违了的雅致、沉静和诗意的中国精神，带到了中国当代艺术的艺坛上，在观念被无休止地追问的背景下，从某种意义上说，白明的创作，是中国本土化的现代陶艺崛起的一种有力的指向。

白明的雅致、诗意还体现在对材料的选择上，同许多陶艺家选择粗粝来表现原始质朴不一样。他最终选择的是景德镇的瓷土，曾几何时，景德镇的困境也连带着我们对它的材料也有了怀疑和疏远，但是白明却喜欢"它那湿润、亲切的感受，尤其是那种天然的，极具包容力的宽厚、温暖、从容的白色，让人心动！"白明在《自述》中坦陈："面对这样的黏土，你很难有霸气，剩下的只有善性和感动。"

可以毫不夸张地说，白明给我们打开了一扇中国陶艺家看世界的门，白明的那些介绍世界优秀陶艺家以及世界现代陶艺运动发展的著述，在不远的将来，终会使我们受用无穷，他们和他的创作、策划的展览一起，构成了中国现代陶艺运动的重要景观。

清华美术学院副院长、著名艺评家　杭间

白明的综合材料试验建立在三个雄厚的基础上：对材料媒介的敏感，对中国传统抽象语汇的研究与继承以及对个人话语的现实定位。

他既想以形式的纯粹和特性的价值来拒绝意识形态的侵入，以艺术和现实的差异来重建艺术的历史功能；又想把艺术建立在一系列的反思性主题上，从而使作品的观念性超越语言实验的价值同时，他又试图从糜烂的物质性的现实中返回到历史理性的高度以及从那里找到重建人类价值的可能性。这样，白明就不得不同时是一个形式主义者、生活的体验者和历史主义者。

著名艺评家　张晓凌、孟禄新

白明选择了纯粹性的历险，这实际上也是他对自我本质的选择。他的艺术感觉、意识与经验是在陶艺创作过程是对材质、肌理和时间的体验中形成的。绘画对他来说意味着艺术的纯粹，他对材料体验的纯粹性在绘画的语境中即升华为精神的意义。

中央美术学院教授、著名艺评家　易英

白明的作品有一种极致的东方情怀，哲思中透露的文人气质，在纷繁的当代艺术表现中，恬静地展现出一种源自传统的、跨越时空的永恒审美。他成名于油画，是中国当代陶瓷集大成者。他在创作中不断地自我超越，却将审美精神浸泡在中国传统的文脉之中。他的作品无论水墨、装置都能在当代语境下儒雅而含蓄地表达出古典东方精神中的禅宗哲思和道家意境。其中独具的性格可用李白的名诗《静夜思》的诗名来概括。

……

白明的瓷如儒、如道、如禅，深邃、悠远、神秘。白明的瓷是儒。他的青瓷、花瓷作品文儒雅致，贯穿着儒家文化的思维脉络，中庸、含蓄、温绵和柔韧，瓷质温润如玉，造型简洁、明快、素雅，具有水一样的韵律，无论器具的外形和器具的内质都符合传统儒家"中庸"即"合度"的要求，单纯中不乏精致、巧美，充分地表现出形的变化和瓷质的品格，蕴含着优雅和刚柔结合的儒家文化气质。 白明的瓷是道，自然、灵动、超然，蕴含着道家思想的玄远。他的现代瓷，在造型上具有道家文化"朴素""自然"的审美特征，着重张扬的是一种自然生命本身在合规律的运动中所表现出来的自由精神，文化意识与材料运用有机的结合，使道家"玄远"抽象的表达方式和现代体验的意向图式结合为一体，形象和意义构成了完整的比喻关系。 白明的瓷是禅，清纯、智慧，透出一分幽冥的灵感。他的系列作品《参禅——形式与过程》，结构简洁，形式纯粹，随意卷起的泥片所形成的自然肌理形态给人的视觉提供了极大的可视性和神秘感，流线的韵律和团块的扭转中似乎预示着某种逃离现实喧嚣和躁动的情感，显示出一种东方文化思维特有的参禅的时间意识，那些神秘的短线刻痕暗示着某种内心的迷径，而所有作品整体的组合又似乎是在重塑当代人的存在意识和生存观念——人生如参禅。

广东美术馆馆长、艺评家　罗一平

"大象"是一切形色世界的共相，"大音"是一切音响世界的共相，它既是概括的，同时也是具体的，这里又体现出朴素的辩证法思想。白明对老庄哲学有着深切的领悟，在他的作品中，力图表达的正是这样一种充满哲思的恢宏而博大的"无"和"大"的境界。白明在继承这样一种传统的同时，做了富有个性化的和具有中国时代精神的创造，这是白明的艺术创作的最大成就。在白明的作品中，言、象、意是一个高度的统一体，共同展示着哲思之美，颇有世界庄子所论的"知者不言，言者不知"（《庄子·天道》）的大智若愚的境界。

著名策展人、艺评家　郭晓川

从心底里说，我十分喜欢他的这些作品。理由之一是他的作品大气、大度、大方，给我带来了一种少有的震撼力。白明的抽象艺术境界既无具象之形，无常形，无定形，又单纯、简约、虚灵，并趋向了一种纯粹的境界，且还蕴含着丰富的情感意蕴和哲理意味。

著名艺评家　陈孝信

白明的创作自觉包涵着非常强烈的中国文化意识。他从传统中国艺术里找到了他的美学倾向，而且他的美学选择不脱中国文人画里"高蹈"一派的精神洁癖。

白明剔除任何在"真实"以外的不必要元素，所以任何多余的描述与装饰都是累赘的，这样才能够精炼出真正"纯粹"的造型。那些经过他筛选、简化后的单纯元素被组合在一起所呈现出的"朴素"面貌，其实掺和了艺术家自我提升与净化内在心灵的过程。

他借这些简约、纯粹的物质分子，将他的精神状态提升到朴实无华、毫无虚矫的境界。

台湾著名艺评家、策展人　陆蓉之

白明是一个时间的沉思者，所以他总是把自己的作品寄寓在时间抽象的框架中。时间最简单，时间又最复杂。那些带着写意笔法的点、线、面，就是时间的表意文字，有着独立的生命意志。他会用最寻常的线条，表述最新奇的体验，白明复苏了我们对这些符号的想象力。在他的作品中，点线面的组合自然流畅，完全摆脱了观念的束缚，互相包容，多维共存，与器形共同构筑一个栩栩如生的空间。观者畅游其间，自会有心灵的发现。白明明白，如果他构筑的空间均衡到美妙非凡，一个成形的器物就是一个与天地通灵的处所，也是可通向永恒的空间。

白明信奉简单的力量，信奉纯净的力量，因为那正是时间的形象。"至诚才能与天地参"，他不断驱使自己回到事物和时间的原初状态，打开被经验和观念遮蔽的双眼。他相信言简意赅，他相信简单的符号蕴藏着最复杂的寓意。因为那些符号不过是一种标志，表明时间自身的不完整。只有这种不完整，才能让创作者倾听到那沉默的泥土中传来的声音，也可让观者把思想抛到自身之外，与往昔重逢。时间本身就暗含了对道的遵从，是为生的驻留。创作者送出的不过是一种时间的断片，一次境遇的断片，越简单越充盈，就越易把观者引向那个广大的生活世界。这种简单和充盈，也使这些陶艺，获得了异乎寻常的活力与尊严。

诗人、文化学者　叶匡政

没有文化背景的要求，更没有种族、制度和意识形态的要求，白明的艺术是以一种完全开放的现代姿态，游离于现实生活局限下的一种现代理想思维，而将每一个不同肤色、不同地域，不同阶层、不同文化来源的观众，同时带进了一个不曾来过的世界，并让你对未来有了崭新的看法。

白明的油画作品，说其"阐释"传统，是因为它不仅透露了"传统中国"的本质性信息，更让白明身上挥之不去的"传统文化"情结，得以在作品中尽情地挥洒和表现。但是，传统的"具象"在这里，显得是那样微不足道，而"抽象"的情怀表达，更没有让传统的"审美经验"，来干扰她的"抽象性"和"现代性"，而是将思维与情绪，随着作品本身所要传递的那一方意义，得以无限且清晰的延伸。

把个人的"主观"世界变成手头下塑造的客观世界——"作品"或"瓷器"，用老子的话来说，就是将"道"这个东西，变成了一个"器"的东西。"道"是无形、无踪无影的，是放之四海皆准的。但"器"却是可触碰、可看见、可亲近的"东西"。白明将自己对这个世界的各种认识，以"道"的方式，转化为"器"的现实。又让每一件作品中的"道"在"器"上，散发着理想的光芒。

学者、评论家　萧鸿鸣

白明的陶瓷作品，可以说是人见人爱，真正做到了雅俗共赏。通俗的作品一般难以做到"雅赏"，而高雅的作品又常常是"雅赏俗不赏"。白明的瓷作一般人喜欢，文化人、艺术圈里的人更喜欢。究其原因不外乎两个方面：他的作品既保持了传统青花的精美、典雅、纯净，又符合现代人自由洒脱的审美趣味；既具有中国古典文化的温文尔雅，又具有现代人的造型观念和新颖手法。也正是在传统与现代的临界线上，白明的瓷作展现出自己特有的艺术魅力和鲜明的个人特色。

他的平和、温厚、文雅的艺术风格，也无不与他长期积累的传统文化的底蕴相关。正是这种对本土文化的追慕，使他的作品具有一种不同于西方的文化底蕴。无论是江南丝竹般的温润，还是黄钟大吕般的交响，均能传达出一种古老而久远的文化气息，这里既透露着清静优雅的文人格调，又折射出深厚凝重的汉唐风范。

艺评家、画家　贾方舟

白明勤思，读书多，艺术创造的路子宽，他在现代陶艺、绘画中漫游，开过展览，得过大奖。在与上述两种艺术打交道的同时，他的视野始终没有离开艺术瓷，且成果同样丰硕。

在青花瓷的装饰手法上，可以清晰地看到白明谙熟传统技法，但他的审美格局和情趣却具有鲜明的现代感，他远离"国画"的移植，同时远离传统装饰的图案化，这样，他与景瓷现有的创作模式分道扬镳。他在器物上似草、似花、似果、似荷塘、似流水的意象描绘，看来随意，却极经心，布局恰到好处，造成明丽、开朗、生机蓬勃的感觉。

白明青花器物的造型，在单纯中不乏精致，且巧且美。他运用点、线、面的结合，充分表现形的变化和瓷器质材的品格。即便那些不引起人们注意的细节之处，如沿口、底部、盖钮，等等，无一不体现出匠心，显示出讲究、精细、含蓄、沉着、稳妥、挺拔的美感，蕴含着优雅和柔刚结合的传统文化气质。

清华大学美术学院史论系教授、博士生导师、著名史论专家　奚静之

白明是一位学者型的陶艺家，但更重要的认同，是他在此文化身份之上，持久地面向艺术整体自觉的建构精神，通过跨界（Transgression）创体与研究，将绘画、陶艺、教学及批评诸领域汇聚在文化前沿，促使长期迷失在实用理性和艺匠窠臼的陶瓷文化焕发出令人耳目一新的当代灵韵（Aura）。

批评家们普遍认为，白明的艺术作品蕴含着雅致、沉静和诗意的中国精神或曰"东方气息"。

例如白明的瓷作精品"白氏瓷"或"白氏杯"，本来是高蹈的文人化实验艺术品，但其一出窑，便被争相复制模仿而风靡于市场。事实上，中国当代陶艺能够进入文化精神价值的评议，正是由于以白明为代表的学院艺术家介入陶艺生产场域，方才俾使陶艺的"工业文化生产"出现了雨后彩虹般令人神往的"灵韵"。

清华大学美术学院教授　、著名策展人、艺术评论家　岛子

　　白明首先是一个艺术家，是一个生于本土，成长于本土，植根于中国本土文化，承继了中国数千年优秀文化艺术传统的艺术家；同时他又是一个思维开放，博采众长，将西方艺术流派之精华尽收笔底的融会中西，打通古今的艺术家。更重要的是，他是一个擅长对艺术语言进行思考的自在、自为、自觉的艺术家，是一个能够达到心灵自由，心与物游，思接千载，视通万里的艺术家。

法国巴黎大学教授　韦遨宇

　　白明的瓷上植物世界，是一个自主的世界，也是一个纯粹的世界。以他的代表作之一《生生不息》来分析，这里没有树，没有鸟，没有土壤，我们不知道这是一种什么样的藤蔓。它密密匝匝，占据着画面的所有疆域，甚至没有给画面留下多少空白。我们只看到了青花线条的缠绕，只看到了生命的交织，只看到了激情的涌动。这时，植物不是植物，藤蔓不是藤蔓。它既不作为他者的背景，也不需要他者来做自己的背景。它在排斥现实世界的同时，也排斥了一个粗鄙的想象世界。

　　是的，终极艺术，就是要创造人类前所未见的世界。白明在这样探索的时候，没有忘记节奏、韵律，没有忘记色彩的搭配，由此，诗意与禅境于有意无意间生成。

　　如果林风眠先生介入陶瓷，还只是简单地以画入瓷，或借瓷绘入画，相互借鉴，那么，白明算是艺术家中非常深入的一个。看白明瓷艺的美器美绘，真的是若吮三千年洁冰，沁人心脾，那份形质清澈、手感温润，那种蓝白的对比与变化的神完气足，那种火凤凰涅槃于烈火的高贵，让人久久不能释怀。

江西美术出版社社长兼总编辑　陈政

生生不息 / 高 52cm ／ 2008 年

苇风吟／高 45cm ／ 2011 年

文君瓶·大地似绸／高86cm／2015年

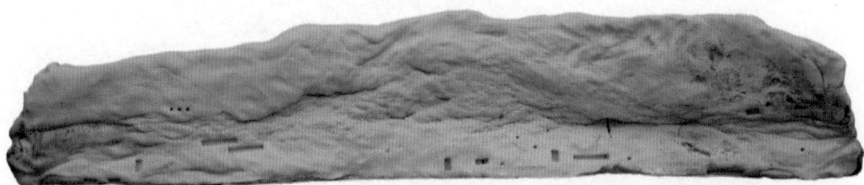

山水与时间／长119cm／2015年

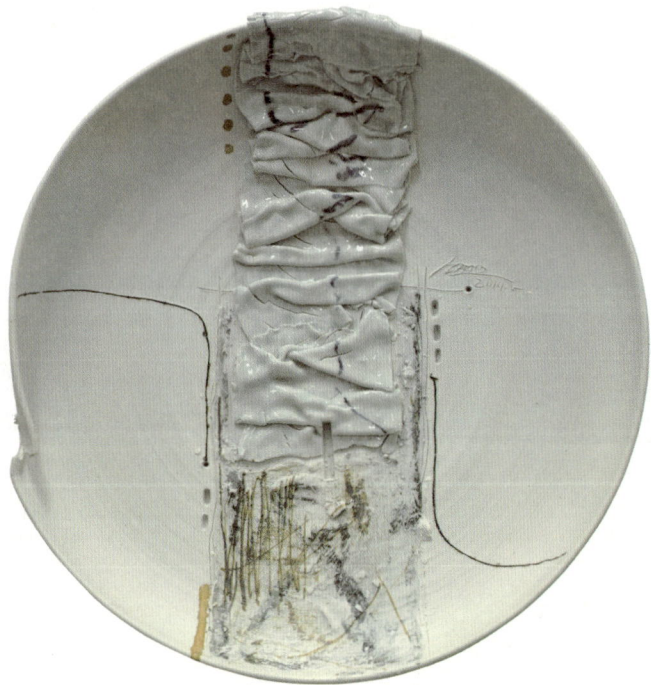

大成若缺 / 直径 57cm / 2014 年

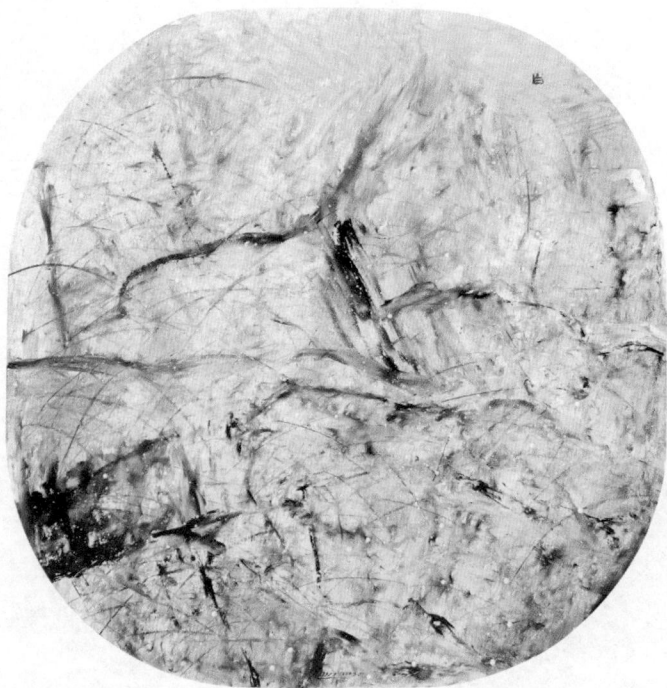

迎雪探园 / 80cm×80cm / 2008 年

物语·静静的领域 / 180cm×120cm / 1999 年

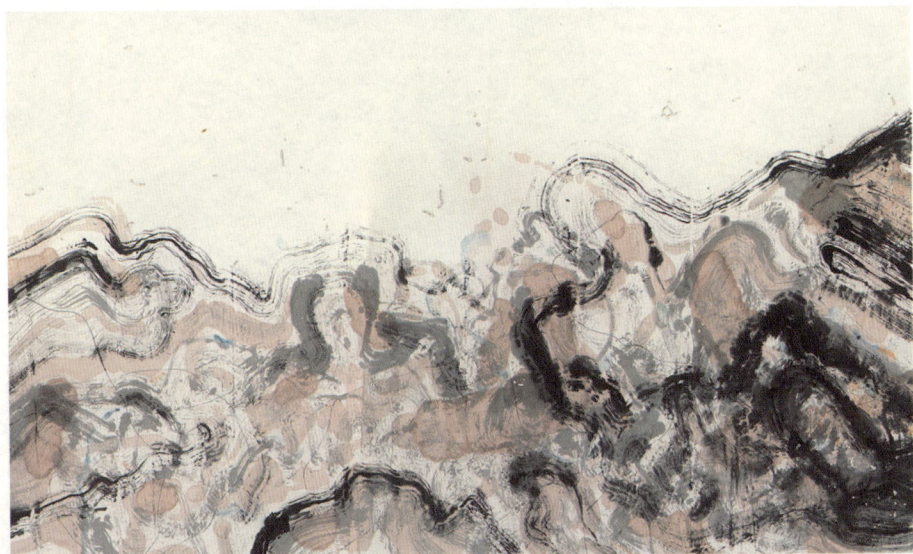

文化虫洞·山为气图 / 150cm×200cm / 2014 年

天虫·阅屏风 / 200cm×280cm / 2015 年

文化虫洞·线语烟江 ／ 160cm×1600cm ／ 2009 年

2012 年广东"静·夜·思"展览现场

2013 法国"文明的对话"古堡展现场

白明在《管锥篇》前

法国户外展览现场

器·形式与过程 / 高 18cm—24cm / 2004 年

线释水 / 高 60cm / 2014 年

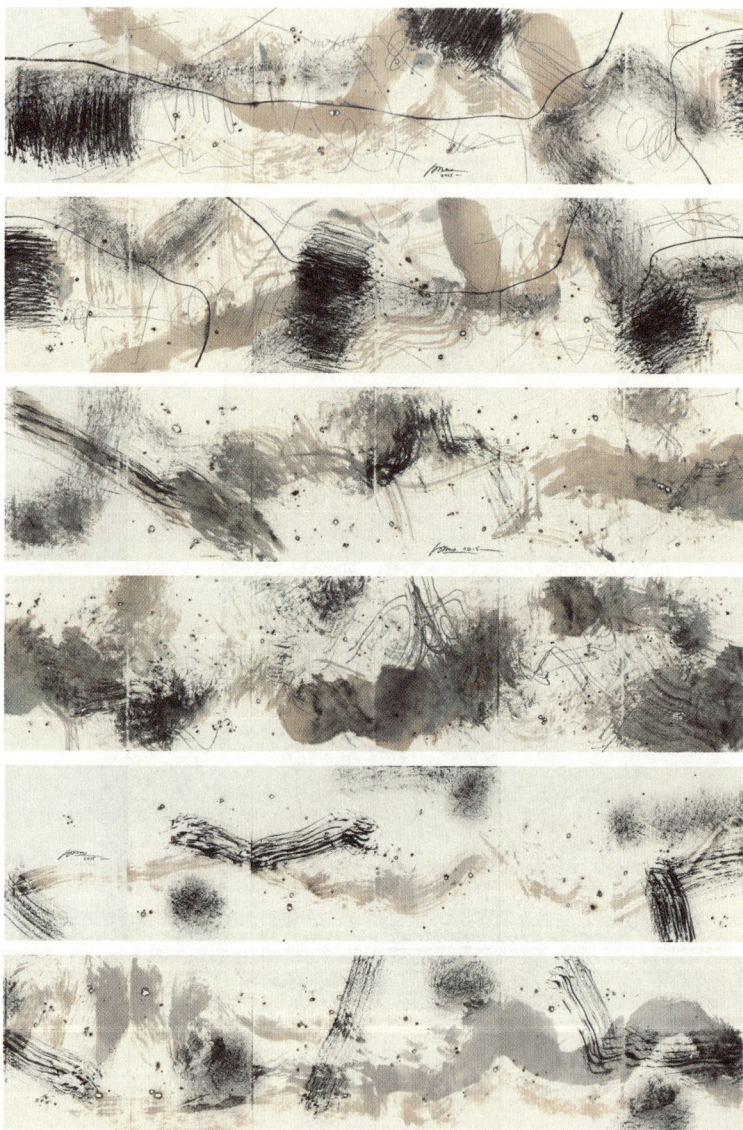

秋山行吟图 系列 / 275cm×31cm / 2015 年

白明巴黎赛努齐展览现场

巴黎赛努齐博物馆大门